謎を買うならコンビニで

秋《あき》保《う》水《すい》菓《か》

JN051469

講談社
タイガ

目次

イラスト　後藤史春
デザイン　長崎綾（next door design）
図版制作　釜津典之

謎を買うならコンビニで

『――春紅《はるく》はコンビニというものをどう見る？』

　昔、そんなことを彼に尋ねられた。

『――そのまま訳せば便利な店だ。どこにでもあるし、誰にでも利用できる。時間だって選ばない』

　今にして思えば、おおらかな彼にしては珍しい問いかけだった。

『――生活の一部か？　もっと冷淡に社会のシステムか？　ただただ都合が良《い》い存在か？』

　わからない。だけど、確かに言われたことが一つあった。

『――俺か？　俺はミステリーだよ。どこにでもあるし、誰にでも利用できる。時間だって選ばない。コンビニの数だけ……いや、それ以上の数の謎がそこに待っている場所』

　まるで彼が彼自身に言い聞かせるように言った記憶があった。

『――だが、どんな真実でも受け止めなきゃならねえ。たとえ自分を殺してでも、な』

　そうして彼は二度と戻って来ることはなかった。

　コンビニから探偵は消えゆく定めにあった。

【1】出勤

自動扉が開く鈍い軋《きし》み音がすぐそばから聞こえてきた。

ぼやけた思考を切り替える。店の出入り口の傍《そば》の壁にもたれかかりながら、着ている灰色のロングコートの襟《えり》を正す。さりげなく、退店するその人物を横目に見てみた。

手押し車と共に姿を見せたのは、七十代くらいのおばあさん。着ている長袖《ながそで》とスカートは目立たない黒色で統一されているため、雪でもかぶったかのような白髪が印象的だ。

おばあさんは両手で手押し車を押しながら、ゆっくりと俺の脇を通り過ぎる。

そのとき立て続けに、二人のコンビニ店員が店を出てきた。おばあさんを取り囲むように、二人は険しい顔をして立ち塞《ふさ》がる。さらに、近くにいた俺にも同意を促してきた。

「今見てました？　この人が犯人で間違いないっすよね？　ナイトアウルさん！」

そう呼びかけられた俺は、紅《あか》い帽子のつばを指先でつまみ目元を隠した。

「彼に訊《き》くまでもないでしょう！　さあ、おばあさん、ちょっとそれ、見せてください」

そのやりとりの目の前で俺は、手元の携帯端末の画面をチラリと見る。そこに映し出されている映像は、九分割された売り場。セルフレジでは一人の男性が会計している。

「な、何さ、いきなり……」

「おばあさん、今万引きしましたよね。ワインを一本——ちゃんと見てましたから」

「はぁ？　あ、あんた、何を言って……」

「じゃあ、これ……どういうことですか？」

店員のうちの一人が、おばあさんの左腕をおさえた。袖を強引にめくって高く上げる。露出したその左腕は、生気のまるで感じられない作り物の肌だった。

「義手。あなたは手押し車で両腕が塞がったように見せかけて、フリーになった本当の左腕でワインを盗んでいたんじゃないですか？　長袖なのは義手を隠すためでもあったんでしょう」

「最近のワイン類の万引き、まさかこんな方がやっていたなんて……」

「あ、あたしゃ、そんなことやってないわよ！」

揉《も》める三人の横で、なおも俺は携帯端末を片手に紙カップに口をつける。

画面に映し出された今現在の映像を見る。問題のワイン類のゴンドラ棚は防犯カメラの位置からでも前陳が行き届いているのがわかり、管理体制の良好さが窺《うかが》える。そのワイン類の棚はカップ麺の棚の裏面にあり、風通しの良さそうな大きな網目の仕切り板で隔てられている。該当時間、反対側の通路に足を運んだ他の客こそいるが、そのワイン類の前を通ったのはこのおばあさんだけ。にもかかわらず、陳列されたワインの数が数分前と比べて一本だけ減っているのを店員がついさっき確認していた。ということはつまり、やはり……。

そのとき、また一人のお客が店から出てきた。ブカブカのダウンジャケットを着た恰幅《かっぷく》の良い三十代くらいの男性。ポケットに両手を入れており、左手はカップ麵の入ったレジ袋も握っている。さっきセルフレジで会計していた人物だ。

彼が揉めている三人とは反対方向に足を向けたのを見て、すかさず俺はその男性のあとを追った。無言で肩を叩《たた》き、振り向かせる。

「なっ――!?」

即座に右腕を摑《つか》んだ。その腕のあまりに固い感触に、頰《ほお》が緩む。

「なるほどです。あなたこそが、ワインの万引き常習犯だったんですね」

「はあ!? なんなんだお前っ！」

「万引き直後なのに前陳が行き届いている――ということはつまり、今回万引きされているのは手前ではなく奥の方に陳列されてあったワイン。しかしこのコンビニのワインの陳列方法はゴンドラ陳列式で、奥の商品に本来手が届きにくい状況となっています。その状況下で、わざわざ奥のワインに手を伸ばして取るメリットが果たしておばあさんにあるのでしょうか？」

背後で店員たちが困惑する声が聞こえてきた。

「あれ？ おかしい。ワインがどこにもない。いやそれどころか……腕が……」

「えっ……本当に……義手？ なら、ワインは……」

「だからそんなもん、知らないって！ 失礼な奴《やつ》らだね、まったく」

「た、大変申し訳ございませんでした！」

俺に腕を摑まれたままの男性が、焦燥気味に額に汗を浮かべる。

「お、俺でもねえよ！　俺はそもそも、ワインコーナーの前に立ってすらいないんだぞ？」

「ですがカップ麵コーナーには足を運びましたよね、ワインコーナーのちょうど裏手に位置するゴンドラの」

「――ッ！」

「簡単なトリックです。万引きは、何もお行儀よく真正面からやる必要はありません。店の中央に置かれたゴンドラは両側面に商品を陳列する棚なのですから、裏側から棚に向かって手を伸ばせば、反対側に陳列されてある商品を触ることは可能でしょう。ましてやワインなんていう細長い商品は、ゴンドラの仕切りが大きな網目状ならば簡単に間を通り抜けられる。あなたはそこから、ワインを裏側から万引きしたんです」

「そんなもん、防犯カメラが見逃すわけがない！」

「ゴンドラの棚の中までは、防犯カメラも映しません。このブカブカのダウンジャケットで手を伸ばしてワインの先端を手に取り、そのまま袖の中にしまえば、――ほらこの通り」

俺は彼の袖の中に手を突っ込んで、固い感触のしたそれを引っ張る。そこからは、赤ワインが出てきた。

「しかしこのトリックは、ワインを袖にしまってそのまま持ち運んでも不自然じゃない体型でなければ、成立しません。だからここからは推測ですが――」

その場にしゃがみこんで紙コップを地べたに置き、ズボンの裾をまくる。そこからは、何重にもはかれたズボンの裾がさらに見えた。

「衣服の重ね着で、体型をごまかしていたんですね。すべては滞りなく万引きするために」

その瞬間、男は走り出した。俺は溜《た》め息《いき》をついて、紙コップを手に取る。蓋《ふた》を外して、そこから橙《だいだいいろ》色のカラーボールを取り出した。

直後放ったボールは、まっすぐな軌道を描いて万引き男の頭に命中した。橙色の塗料は弾《はじ》け飛び、その反動で万引き男は勢いよく転倒する。

遅れて、店員たちが駆けつける。万引き男を拘束しながら笑顔で感謝の言葉を口にした。

「いやぁ、本当すみません！　ナイトアウルさん！　こっちで勝手に早とちりしちゃって」

「たった一回来ただけでもう見抜くなんて……！　さすがっすね！」

二人のまばゆいものでも見るかのような視線に、俺は思わず顔を逸《そ》らした。

「いえ。防犯カメラのリアルタイムの映像を、自分の方の端末でも見られるよう中継してくれたおかげです。おかげで店の外からも、万引き犯の動向を逐一《ちくいち》把握できましたので」

念入りに帽子を深くかぶり直し、背中を向けた。

「それじゃあまた何かありましたら、連絡お待ちしています」

「あ、もう行っちゃうんですか？」

「はい、次の依頼の待ち合わせがありますので……っと、そうだ、これ代金です」

ポケットからコインケースを取り出した。今回の謎の品質は、まあこの程度だろうか。

「どうぞ、百円でお支払いします。領収書は要りませんので――」

「え⁉ いやいや！ むしろこっちが報酬をお支払いしたいくらいなんですが……！」

「あー、そういうのは結構です。そういうことのためにやってるわけではありませんから」

無理やりその百円玉を押しつける。いつものように、進言した。

「もしご不要とあらば、店の募金箱にでも入れておいてください。それでは――」

「だけどなあ……じゃあせめて、次お越し頂いたときにでも、うちのコンビニで何か買って行ってくださいよ。たっぷりサービスしますんで……！ ナイトアウルさん！」

俺はかぶっていた帽子のつばに手を添える。深く、かぶり直した。

「コンビニではミステリー以外、買いませんので」

駅からだいぶ離れた閑静な住宅街に、それはぽつんとあった。コンビニチェーン、ハローウィンド颯山店《はやてやまてん》――そこに到着したのは、夕方の五時を過ぎた頃だった。

先方との待ち合わせ時刻は、五時十五分。イートインコーナーにはまだ誰もいない。

窓際の席に座り、ニュースをチェックする。ここは確か数ヵ月前、一度だけ他の依頼人との待ち合わせで利用したことがある。結局そのときはポシャったが、今回はどうだか。

都内大学構内に爆破予告、という見出しの速報記事をぼーっと眺めていると、間もなく、一人の店員が乾ききった青いモップを片手にやってきた。

腰まで伸びたストレートのロングヘアがまず目につく。年齢は十六から十八くらいの女性で、不機嫌そうに細く整った眉《まゆ》をひそめていた。

「あの、何も買わずにここを利用するのはお控えください」

「あっすみません、ちょっと待ち合わせしておりまして……」

「ここは待ち合わせ場所ではありません。商品を売買する普通のお店です」

俺は皮肉を込めて言った。

「ですが、無関係の店員を装ってまず接触を試みる依頼主さんがいるコンビニが、とても普通のお店だとは思えませんが」

店員の顔が強張《こわば》った。

「……何を？」

「もしもあなたがここでコンビニ店員として今働いているのなら、普通その長い髪はゴムやヘアピンなどで留《と》めますよね。店内調理がほぼ必須のコンビニでは、異物混入に至りかねない身だしなみには細心の注意が本来払われているはず。にもかかわらずあなたはその長い髪をそのまま下ろしている。つまり、明らかにあなたは今、勤務中ではないんですよ」

彼女は無意識のうちに、毛先を触った。表情からは余裕が消え失せている。

「それなのに、ユニフォームを着用しています。モップも持っています。乾ききっていて、汚れはない。でも、その業務用モップは本来濡《ぬ》らして使うものです。雨でも降っていない限りは、それでわざわざ乾拭《からぶ》きする理由がありません。つまり現在雨なんて降っていない以上、その理由なんてないはずなのに、あなたはそれを持ってここにやってきました。まるで、イートインコーナーの床清掃という名目で、私の近くに来ても不思議じゃない理由を急遽《きゅうきょ》こしらえたと言わんばかりじゃないですか」

小説を閉じて、柔らかい笑顔で語り掛ける。

「信頼されていないのでしょうか。アカウント名〝ポプラ＠葉脈《ようみゃく》の子〟さん」

彼女のユニフォームについた名札を見た。そこにははっきりと〝緑賀〟と綴《つづ》られてある。

「……いや、ミドリガさんと言った方が今はいいですか？」

少しだけ彼女はむくれた。どこか落胆したような響きで言った。

「ミドリガではありません。リョッカです。緑賀一葉《りょっかいちよう》。以後お見知りおきを」

「そうですか。しかし信用に欠ける依頼をナイトアウルは受け付けておりませんので」

にべもなく立ち上がりかけた俺の前に、その女性店員は立ち塞がった。

「信用なら、たった今しました。すみません、少し試してみたんです。コンビニ探偵がどれほどのものなのかって。噂《うわさ》にたがわぬ推理力、御見《おみ》それしちゃいました」

女性は座り直した俺の前を行ったり来たりしながら、すらすらと口にする。

「横浜市《よこはま》を拠点に活動する、コンビニ専門の探偵――通称〝ナイトアウル〟。警察が介入しないような小さなことから、店側が大っぴらにできない後ろ暗いことまで、なんでも解決してしまう探偵。その姿は年端も行かぬ男の子とも、老境に入ったお婆《ばあ》さんとも囁《ささや》かれ、正体不明の神出鬼没。世間一般の知名度こそ低いものの、コンビニ関係者なら知っている者も少なくないという都市伝説まがいの存在――そうですよね？」

こちらをじーっと見つめてきたので、帽子を深くかぶって顔を伏せた。

「まさかこんな同年代くらいの方だとは思いませんでしたけど。へえ、意外と好青年。体型もすらっとしていて、でもなんでそんなに顔を隠すんですか？　シャイ？」

「……茶化すために呼んだんなら、帰りますよ」

また立ち上がりかけた俺を彼女が両手で押し戻した。

「違います違います。ちゃんとDM見ました？　ここへお呼びしたのは依頼のためですっ」

基本的に依頼はSNSで承っている。〝ポプラ＠葉脈の子〟から連絡があったのは一昨日だ。ごく端的な依頼内容のみを伝えてきて、待ち合わせ場所と時間をここに指定した。

「『人探しをしてほしい』……DMにはそうとしか綴られてありませんでしたが」

「はい。詳しいことは直接話したかったので。いかんせん、大事なお話ですから」

辺りを見回す素振《そぶ》りをする。

「ここで、ですか？　大事な話を？　コンビニのイートインコーナーで？」

彼女は胸に手を添え、自信満々に張った。

「問題ございませんよ。しかし私はまだ、レジや売り場にまでは聞こえませんので」

「そうですか。ここでの会話は、あなたを信用しきれていません。依頼を受けるかどうかは私の方で判断させていただきます。イタズラ目的の依頼が最近大変多いので」

「はは、イタズラなわけないじゃないですか。きっと興味を持ってくれると思いますよ。じゃあ……あ、ちょっと待っててくださいね。コーヒーは飲めます？」

「……飲めませんが、お気遣いなく」

「いいですから！　ではでは、何が飲めます？」

有無を言わさない態度だった。俺の目を大きな瞳で捉えて離すまいとしてくる。

「……ジャスミン茶で」

頭を軽く下げる。彼女は軽妙にウィンクして売り場に向かい、数分と経《た》たずに戻ってきた。腋《わき》には折りたたまれた新聞紙が挟まれており、両手には紙コップが二つ握られている。

「ありがとうございます」

ジャスミン茶を受け取った俺は、彼女と同じタイミングで紙コップを口にした。彼女はコーヒーを選んだのだろう、淹《い》れたての香ばしい匂いがこちらにも漂ってくる。

隣に腰を下ろした彼女が、新聞紙を手前のテーブルに置いた。外の景色を見つめながら深い溜め息をつく。辺りはとっくに暗くなっていて、時折車や人が横切るのが見える。

タイミングを見計らって切り出したのは、俺の方だった。

「……それで、人探しの依頼とは？」

もう一度紙コップに口をつけてから、彼女は本題に乗り出した。

「私の姉は市内のアクアマート泉河《いずみかわ》店で働いていました。知っていますか？　アクマ」

「アルファベットでＡＱＵＡ　ＭＡＲＴと綴られた看板ロゴが目印の大手コンビニチェーンですね。もちろん知ってます」

「はい、姉は五ヵ月ほどそこで働いていました。根暗で人見知りで友人も少なかった姉が、その場所では見違えるほどに明るく真面目に勤務に臨んでいたのを覚えています」

俺は先手を打つように言った。

「そんな姉が突然行方不明になったから探してほしいってことですか？　いくら姉がコンビニで働いていたとはいえ、さすがにそれは私の領分では……」

「姉は殺されました。一ヵ月半ほど前に」

無言で彼女の顔色を窺う。悲愴《ひそう》的で、とても冗談を言っているような表情ではない。

「正確には、自殺に見せかけられた遺体となって発見されました。そのコンビニの中で」

わずかに目を見開く。俺の微小な変化を知ってか知らずか、彼女はこちらを見て言う。

「遺書が残っていたんです。携帯端末のメモ帳に。『皆さんへ。申し訳ございません』って」

「……それが自殺に見せかけられたっていうのはどういう？」

「携帯端末に打ち込んだ文字は、筆跡鑑定できませんから。姉以外の誰かが打ったんです」

断言する様は自信を覗《のぞ》かせているようにも、そう思いこんでいるようにも見えた。

「なるほど。では、警察はどういう見解なんですか？」

彼女は沈痛な面持ちで頷《うなず》く。

「残念ながら自殺と断定しています。私がいくら言っても、取り付く島もなく……」

悔しそうに拳《こぶし》を握りしめるのが見えた。

「でも姉には自殺するような動機がそもそもありませんでした。最後に話したときも、今度一緒に服を買いに行こうって約束したばかりで、とても死ぬつもりでいるようには……」

語気を強めて、何か確信でもあるように告げた。

「誰かに殺されたんです。それもおそらくは、コンビニ店内にそのときいた何者かに……！」

「根拠はありますか？　誰かに殺されたっていう」

彼女は首肯《しゅこう》し、テーブルの上に置いた新聞紙を広げた。指先をとある記事の上に乗せる。

そこには、最近巷《ちまた》を騒がせる〝事件〟についての続報が記載されてあった。

「こちらは見ての通り、連続強盗殺人事件です。この横浜市で最近、四件の強盗殺人事件が起きたのはご存知ですか？」

「例の×印の、ですか」

犯行それ自体は通り魔や他の強盗となんら変わりない。深夜に人気のない道で、ナイフなどの鋭利な刃物で老若男女問わず人が刺され殺される。遺体からは携帯端末や財布などの高価なものが抜き取られていることから、強盗目的の線が強いと目されている事件。

だがこの事件が世間を騒がせているのは、他の点にある。いずれの遺体にも、口元に〝×〟というマークで必ず大きな傷が何重にもつけられているのだ。この猟奇的な犯行の特徴から四件の事件の犯人は同一人物とみなされ、世間を焚《た》きつけてやまない。

「〝死人に口なし事件〟、〝罪と×の殺人〟、〝×の悲劇〟、メディアやネットでの呼び名は様々ですが、とにかくこの連続殺人には〝×〟が付き物です」

「……まさか、お姉さんにも？」

「はい。ただ、口元ではないんです。何重もの×印がつけられていたのは、ここです」

彼女が腕の両手首の部分を強調するように見せてくる。

「手首。動脈を交差するように、その印はそれぞれの手首に乱雑につけられていました」

「口元ではなく、手首にですか」

そう呟いて俺が黙りこむと、察したように乾いた笑みを彼女はこぼす。

「ええ、無論それだけで何かが決まるわけじゃありません。でも、×印が遺体につけられたという点では共通しており、私は実際なんらかの関わりがあると睨《にら》んでいるんです」

いくら×印があるとはいえ、その傷口が手首と口元とでは、かなりの差異があるが……。

少し話題を変えた。

「お姉さんの死因は、そのリストカットってわけではないんですよね?」

「はい、首吊《くびつ》り自殺というのが、警察の見解だそうです。店内の、トイレの中で……」

そんな場所で自殺を? それも、手首に×印の傷が重なってついているんだよな……。

「安置所で、その×印の傷を見て……もちろんそのことも警察に言いましたし、警察も知っていました。しかし、事件性はないと言われ……」

「納得ができないってことですか。私よりも遥《はる》かにその手の捜査が得意な警察の見解を?」

「……はい」

俺は少しだけ突き放し気味に疑問を呈す。

「服を買いに行く予定があったから、手首に傷が残っていたから——それだけで警察の捜査を疑うんですか?」

うつむいた彼女は携帯端末を操作して、ある一枚の写真を見せてきた。

「一番気がかりなのは、実はこれです」

その写真は誰かが緑色の腕時計をつけているものだった。腕の部分だけ切り取られているのでそれが誰かはわからないが、会話の流れからして姉なのだろう。実際そうだった。

「三ヵ月前、私が誕生日プレゼントで贈ったものです。いつも身に着けてくれて、亡くなった日もそうでした。出勤前に、それをつけていくのをこの目でちゃんと見ましたから」

目線だけ向ける。彼女は腕の辺りを触りながら、顔を曇らせた。

「ですが事件が起きたあと、それが腕からなくなっていたんです。店のどこからも出てこなくて。警察は店外のどこかに落としたのだろうって、まともに取り合ってくれませんでしたが、でもそのタイミングに偶然紛失ってあまりに出来過ぎじゃないですか」

「それは……まあ」

「勤務先のコンビニで亡くなったのも釈然としません。どうして姉はわざわざ勤務中にそんなことを？　まるで亡くなる場所とその理由が、姉以外の意思によってもたらされたような気がしてならないんです」

一呼吸分の間を置いて、彼女は切り出す。

「きっと、姉は殺されました。犯人はそれだけじゃ飽き足らず、姉の体に×印まで刻もうとした。でも従来の顔に×印だと事件性が問われ、そのとき現場にいた人物が……犯人自身が容疑者として急浮上してしまう。だから犯人は自殺に見せかけるよう偽装したうえで、リストカットだとも誤認させられる手首に妥協して×印を刻もうとした。でもそのためには腕時計が邪魔だから、あらかじめそれを外した。そしてそれを持ち去ってどこかに処分して、証拠隠滅を図った。腕時計に自身の指紋が付着したのか、それとも他に理由があったのかはわからないですけど」

「そんなことまでしてわざわざ×印の傷をつけるのは、連続殺人鬼以外いない……と？」

彼女は首を縦に振りかけたが寸前で留まり、下唇を噛《か》む。

「確証は、ありません。しかし当時店内には、六……あ、いえ、七人くらいしかいなかったそうです。つまり、もしこれが自殺ではなく他殺なら、アクアマート泉河店にそのときいた人物の中に姉を死に追いやった犯人が——連続殺人鬼が紛れ込んでいたのかもしれない！」

目を合わせてくる。大きくて、まっすぐで、それなのにどこかくすんだ瞳。

「探してほしい人は、連続殺人鬼。私の姉が亡くなった理由と深く関わっているかもしれないその人を、そのコンビニの中にもしいたのなら、探し出してほしいんです」

俺は紙コップに口をつけた。ジャスミン茶のほのかな甘みを惰性《だせい》で味わう。

「私には調べる力もその時間もなかなかありません。だから、もうあなたにしかッ」

手を握られる。白くて柔らかくて……それなのに震えていて、わずかに冷たい手。

「報酬なら、いくらでもなんでも、いつか必ず払います。お金は時間がかかるかもですが、それ以外なら本当になんでも私はする覚悟です。させてください！」

目を見開く。慌ててその握られた手をやんわりと解いた。

「コンビニではミステリー以外、買いませんので」

立ち上がる。ジャスミン茶を勢いよく飲み干して、イートインコーナーを出ようとする。

「容疑者は七人。コンビニにそのとき潜んでいた連続殺人鬼の正体を暴く……か」

ふいに後ろを振り返る。

「緑賀一葉さん」

初めて名前を呼ばれた彼女が、茫然《ぼうぜん》とこちらを見てくる。

俺は帽子を深くかぶり直した。

「そのミステリー、私が買いましょう」

【2】容疑者は温めますか？

1

「いらっしゃいませーこんばんはー！」

「……ぃ……いらっしゃぁーぃまっせー……こんばんはぁ……」

「ちがーう！　もっと腹から声出して！　コンビニ店員は、挨拶《あいさつ》が一番大事なの！　ここに来たからには、絶対徹底してくださーい！」

「は、はい！　い、いらーーっしゃーーいまっせーーー！」

「ぶっぶー！　もっと姿勢よく、笑顔笑顔！　語尾は必要以上に伸ばしたり上げたりしないで！」

研修中の俺に辛抱強く付き合ってくれるのは、台場歌音《だいばかのん》先輩だ。大学一年生らしい。ザ・姉御といった感じで、明るさの滲《にじ》み出《で》る潑剌《はつらつ》とした綺麗《きれい》な顔立ちが印象的な女性。

「春紅くんだったっけ？　あのさぁ、よくそんなんでここの面接通ったね」

「ここのっていうと、どういうことでしょうか？」

「ん？　そりゃ、このコンビニだよ。アクアマート泉河店！　うちんとこの店長は……」

辺りを見回して、耳打ちするように言ってくる。

「店員への厳しさだけは超一流だから。特にゴミの分別とか、挨拶の有無とか、厳しくチェックしてきて。ガミガミうるさいったらないの」

フランクに接してきてくれるのは助かる一方で、少し戸惑い気味でもあった。俺の内情を、できれば他の店員には探られたくなかったから。

そう――俺は依頼解決のための潜入調査を敢行するべく、本丸であるコンビニチェーン、アクアマート泉河店のアルバイトにさっそく応募し、即仮採用してもらえた。

「そういえば春紅くんって、経験者なんだっけ。どこで働いてたん？」

「アクアマートと、ハローウィンドです。それぞれ数ヵ月ほどですが」

「おー、ハロウィン！　あそこいいよねー！　お惣菜《そうざい》は安いし、揚げ物は美味《おい》しいし！」

潜入調査は別に珍しくない。本当は他のコンビニチェーンでも勤務経験はあるが、あまりに多いと怪しまれるので少なく申告した。

「その点、アクマは他の後追いばっか！　店もどんどん潰されていくし……うぅー」

台場先輩が地団太《じだんだ》を踏んでいると、そこでお客さんが俺たちのいるレジにやってきた。

俺は経験を活《い》かし、そつなく接客をこなす。一応台場先輩が手伝ってくれたが、彼女自身もすぐに気づいたらしい。ひと通りお客さんを捌《さば》き切ったところで、言われた。

「おお、レジ打ちはさすが経験者って感じだね。挨拶はまだまだだけども」

「すみません、上がり症で……でも、頑張ります！　さっそくメモとらせていただきます！」

「健気《けなげ》だなー。うんうんいいね。愛想が良いっていうのは、実にお客さん好みだよー」

潜入調査とはいえ、お金を貰《もら》って働くのだ。どんなに教えが厳しい場所でも、めげずにふて腐れずに全力で勤務に臨ませてもらう。それがナイトアウルとしての矜持《きょうじ》だ。

客足が落ち着いたところで、さっそく情報収集へ赴《おもむ》くことにした。

「あの、少し売り場を見てきても構いませんか？　どこに何があるか、覚えたいんです！」

「ん？　あぁ、おっけー！　あとついでだから、みゅうにも……他の店員にも挨拶しときなよ。多分バックルームで発注作業してると思うから」

敬礼して、売り場に出る。売り場は、他のコンビニと比べてもかなり広めだ。空間の真ん中に三つの大きなゴンドラが設置されていて、そこにはお菓子やパン、生活用品などの常温で保管するような商品が隙間《すきま》なく陳列されてある。

それらの売り場を通路を隔てて囲むのは、主に冷蔵、冷凍食品と操作端末。バックルーム側にあるのは、ペットボトルや缶飲料が陳列された冷蔵リーチインケース。紙パック飲料、惣菜、お弁当、麺類などのその他の冷蔵商品はレジの対角線上に、雑誌類や雑貨、コピー機やATM、チケット券売などの操作端末は店の出入り口側に、それぞれスペースが確保されてある。お弁当コーナーは特に圧巻で、狭い棚に、これでもかというほど陳列されている。

さて、出入り口から入って左には雑誌コーナーがある。反対の右側にはイートインコーナーも併設されており、窓際には数人が座れる席と電気ポットや備品ボックスもある。外には駐車場もあって、やはりどこをとっても広々とした空間だ。

……よし、こんなもんか。

メモ帳にこのコンビニの簡略的な図面を書き記した。

ここアクアマート泉河店は市内の住宅街の中にありながら、駅からのアクセスも良く、また悠々とした店内環境からか来客数はかなり多い方だ。顧客満足度も高いだろうし、売り上げも悪くはないのだろう、ほぼ理想的なコンビニ像と言ってもいいかもしれない。

……ただ一つ、約二ヵ月前に店員がここで亡くなったという事件を抜きにすれば。

事件現場——トイレのある洗面ルームの出入り口を見据える。スイングドアの上部には〝関係者以外立ち入り禁止〟という紙が貼りつけられている。

営業停止はせずに、事件現場だけ封鎖したのか。

ちらりとレジカウンターへ視線を向ける。二つあるうち——店の奥側の方のレジでは、台場先輩がこちらを見ながら立っている。目が合うと、にっこりと微笑《ほほえ》みかけられた。

愛想笑いで返す。その洗面ルームを経由してバックルームへ行こうとした。

だが、洗面ルームと売り場を隔てるスイングドアが、手で押しても動かない。内側から、何か重たいもので塞がれている……そういう手応《てごた》えだった。

「あ、そっちからは通れないから、バックルームに行きたいならこっちおいで!」

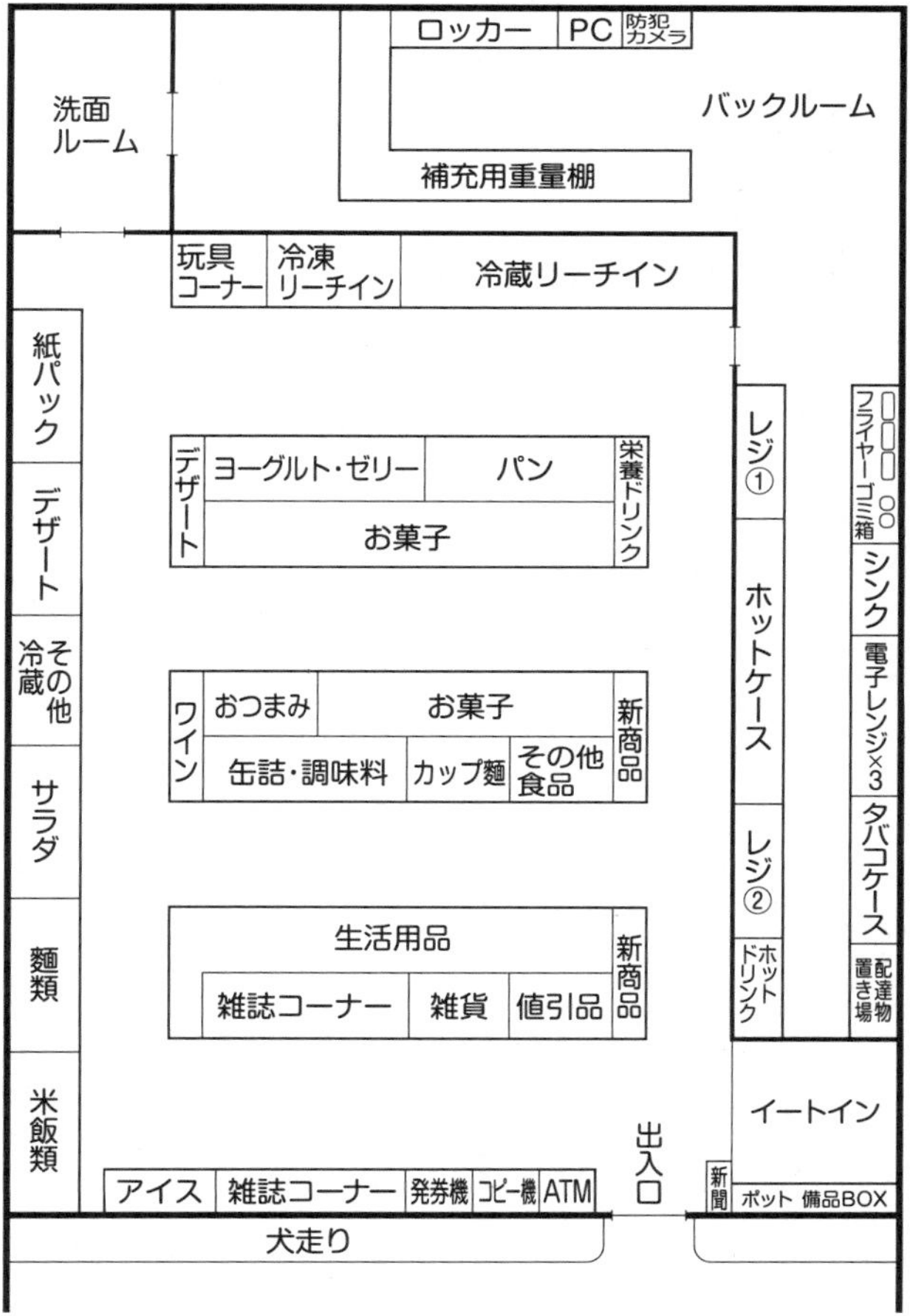

ロッカー
PC
防犯カメラ
洗面ルーム
バックルーム
補充用重量棚
玩具コーナー
冷凍リーチイン
冷蔵リーチイン
紙パック
デザート
その他冷蔵
サラダ
麺類
米飯類
デザート
ヨーグルト・ゼリー
パン
栄養ドリンク
お菓子
ワイン
おつまみ
お菓子
新商品
缶詰・調味料
カップ麺
その他食品
生活用品
新商品
雑誌コーナー
雑貨
値引品
レジ①
ホットケース
レジ②
ホットドリンク
フライヤー
ゴミ箱
シンク
電子レンジ×3
タバコケース
配達物置き場
イートイン
アイス
雑誌コーナー
発券機
コピー機
ATM
出入口
新聞
ポット
備品BOX
犬走り

彼女の助言に従ってレジカウンター側から迂回《うかい》する。事件現場の調査は後回しにしよう。

バックルームは主に二つのスペースに区分できる。洗面ルーム側から近いのは品出し用の商品の段ボールが山積みになっているスペース。レジ側から近いのは店員の私物を保管するロッカーや、発注業務などの事務仕事をするデスクトップパソコンのあるスペース。その二つのスペースは、補充用の商品を保管する大きな重量棚で隔てられていて、横に伸びた細い通路で行き来できるようになっている。

俺はその細い通路を横目に、〝みゅう〟と呼ばれているクルーの元へ。確か発注業務をやっていると言っていたから、デスクトップパソコンのあるテーブルの前にいるはず。

通路の先に、しなやかな背中が見えた。アクマのイメージカラーである水色を基調としたユニフォーム。紫色のラインが何本か入っており、エレガントさとキュートさを兼ね備えていると評判だ。

もちろんそのユニフォームは俺も着ている。着ているが……。

その後ろ姿が、こちらをゆっくりと振り向く。

何者も逃すまいとする鋭い瞳。凛《りん》とした高い鼻筋。きゅっと結ばれた薄い唇。ゆるふわな黒髪ポニーテール。前髪のサイドは水色のメッシュが一本あり、まるで宝石のアクアオーラを砕いて水に浸してそのまま染みこませたような綺麗な毛色。

第一印象は、〝冷たい〟だった。水というよりは氷のような付け入る隙《すき》の無さ。はいている黒色のロングスカート越しに足を組んでいるのがわかり、背もたれに少し寄りかかるそのシルエットは、同い年くらいの女の子にしてはふてぶてしさすら感じた。

何も言えず、視線も逸《そ》らせず、ただただ俺は、そんな女王然とした彼女を見ていた。

彼女の指先は、手に抱えていた発注用のタブレットの画面の上でぴたりと止まる。

「君は……確か」

まずい……自己紹介……しないと。

「春……っ………く……」

出した声があまりに乾いていたので、唾《つば》を飲みこんで潤す。

「っ春紅です。ここで働かせていただくことになりました。よろしくお願いいたします」

彼女は視線を俺にじーっと向けたまま、告げる。

「司水美優《しみずみゆう》です。よろしくお願いします」

司水……やはり……。

まるで俺の反応を逐一確かめるようなまじまじとした目つきに、お辞儀して応える。

「司水さん、ですね。不束者《ふつつかもの》ですが、どうぞよろしくお願いいたします」

無言のまま俺を上目遣いで見てくる。一挙手一投足に細心の注意を向けるみたいに。

十秒ほどそういう時間が続いて、ようやく視線はタブレットに戻る。司水さんは立ち上がって、俺の横を通り過ぎた。ぼそっと囁かれる。

「……同じ店員として、これから頑張りましょう」

思わず振り返る。彼女はすでに売り場に出て行ったあとだった。

……冷たいようで温かいようで、しかし決してぬるくはない。さながらドライアイスに手が触れたときみたいな痛みを……いや、警告をほのかに感じ取った気がした。

髪の毛をくしゃくしゃして、気を取り直す。

俺はデスクトップパソコンのすぐ近くにあったモニターに近寄った。六分割された画面には、リアルタイムで店の内外の映像が映し出され、おそらくは録画されている。

防犯カメラ——目当ては、これだ。

モニターに映った売り場にいる二人を最大限警戒しつつ、マウスで操作を試みる。コンビニで採用されている防犯カメラの型と初期パスワードのサンプルはすべて把握していたため、ひとまずそれを片っ端から入力していく。まずは、0000……次、1234……。

よし、解除成功。大体どこも初期パスワードのままなんだよな。

日付と時刻を指定するべく、マウスを動かす。緑賀一葉の姉が亡くなった日——九月三十日にカーソルを合わせて……。

……ないか。さすがに二ヵ月近く前のデータは保存していない。

とりあえず、保存期間をチェックしよう。古い順の欄をクリックすると、モニターが切り替わる。どうやら一ヵ月前の十月二十五日までしか遡《さかのぼ》れないみたいだ。つまりは——。

「君、何をしているの?」

即座に後ろを振り返る。俺の背中にぴたりとつくみたいに、司水さんがそこにはいた。

この子、いつの間に……。

「れ、練習です。いざってときに、操作できるように」

したたかな笑みを彼女は浮かべた。

「へえ、研修一日目の店員が、もうそんなことを？　精が出るわね」

手放しで褒められたようには聞こえなかった。

司水さんは続けて冷徹に言った。

「けどその練習、水泡に帰すわよ。最近……と言ってももう数ヵ月くらいだけど、ハードディスクの調子が悪いの。よくリセットされるから、ほとんどあてにならない」

データがよく飛ぶ……？　まさか、証拠隠滅のために誰かが頻繁《ひんぱん》に消しているとか？

「おかげで警察にも完全なデータは渡せなかった。早く替えようって話はしてるんだけどね」

俺はその糸口を見逃さなかった。

「警察？　警察にデータを渡すようなことが、最近起きたんですか？　このコンビニで？」

司水さんの表情に、ほんのわずかだが緊張が走ったのを見た。

「……君には、関係ないことよ」

急に彼女は身を翻して、バックルームの奥へと去って行った。

……明らかに、警戒されている。反応も不自然だった。

でもクルーは他にもいる。そうだ。全員が全員、口をつぐむわけじゃない。

レジカウンターに戻った。そこにちょこんと立つ台場先輩に、小声で話しかける。

「あの、さっき司水さんに挨拶したんですが……」

台場先輩は、明るく朗らかな態度で顔をほころばせる。

「お！　どうだった？　みゆう、可愛《かわい》いでしょー」

「え？　あ、いえ、はい、まあ……」

「何照れてるのー！　このこの！」

肘先《ひじさき》で小突かれて、なぜか焦る。ただ、これくらい分け隔てなく接してくれるなら
……。

できるだけ軽い調子で尋ねた。

「その司水さんが、最近起きたっていう警察にデータを渡すような一件について全然話してくれなくて。なんかあったんですか、このコンビ――」

「何もないよ」

「……え？」

「だから、このコンビニには何も起きてないってば」

一瞬だけ……声を荒らげられた。

気づけば、彼女から明るいあの笑顔は消えていた。無表情で無感動で、まるで会話から

何も悟られたくないとばかりの有無を言わさぬ調子で、意思を発してくる。

「ここは、なんの変哲もないフツーのコンビニだし」

口調こそいつも通りなのに、声の抑揚は無いに等しく、ひたすらに空虚だった。

明らかに、様子が……態度が、おかしい。絶対的な禁忌へ警鐘を鳴らすみたいな。

そこで来店を示すセンサーチャイムが鳴った。ついそっちに目がいき――。

「いらっしゃいませー！」

「ッ⁉」

ゾッとして、素早く視線をその顔に戻す。

「只今、アクアチキン二十円引きセール中でーす！　ご一緒にいかがでしょーか！　ほら、春紅くん、やまびこやまびこ！　いかがでしょーか！　いかがでしょーか！」

目を疑う。そこにいたのは、温かく相好《そうごう》を崩した台場先輩だった。まるで最初からずっとこの調子だったと言わんばかりに、平然とセールストークを展開している。

……なんだ、この人。

そこでお客さんが、また立て続けにやって来た。

「あ、いらっしゃいませー！　ほら、春紅くん！　背筋伸ばして挨拶挨拶！」

なんの淀《よど》みもない仕草だった。されるがまま、背中をぽんぽんと叩かれる。

その屈託なく微笑む顔を見て、つくづく思い知った。

なんだ、このコンビニ……絶対に何か、隠している。

2

午後九時を回ったところで、夕勤の勤務時間は終わった。夜勤の二人が入れ替わりに出勤してきたので、一応バックルームに戻りがてら、その二人にも挨拶していく。

まずは痩軀《そうく》で高身長の方の男性。マスクをしていて、顔色があまり良くない。ただ髪型は爽やかな感じで彫りが深そうな顔立ちだ。決してルックスが悪いわけでもないが――。

「ぼ、僕は……稲熊怜《いなぐまれい》……よ、よろしくね……春紅くん……」

なんとなく、病弱で気弱な印象を受けた。この人、俺よりそこそこ年上だよな、多分。

次に、中肉中背の方の男性。金髪でウルフカットと派手な見た目だ。耳にはピアス用の穴も開いてあるし、眉も薄ければ目つきもそこまで良くない。

「僕は金和座景臣《かねわざかげおみ》って言います！　二十歳《はたち》の大学生です！　春紅さんっ！　これからよろしくお願いしますねっっ！　いやあ、頼もしい仲間がまた増えましたねぇっ！」

見た目に反して物凄《ものすご》い礼儀正しい人物だった。物腰が柔らかいというレベルじゃない。好印象を通り越してちょっと不気味なくらいのへりくだった態度だ。

稲熊怜と、金和座景臣……とにかく、この夜勤二人のことも頭の片隅に入れておこう。

バックルームに戻ると、司水さんが一人テーブルでノートを広げ、何か書きこんでいた。

変な空気にしたくなかったので、先手を打つ。

「お疲れ様です」

「……お疲れ様」

素《そ》っ気《け》ないというよりは、余計な感情をそこに込めないよう一線を引いた声色だった。

「何を、書かれているんですか？」

「学校の課題。提出期限が明日までなの」

学校……か。彼女は眉間《みけん》の辺りを触りながら、すらすらと綺麗な文字を綴っている。

「春紅くん、君は学校に――」

話を振られかけたタイミングで、バックルームの奥の方からドタバタと足音が鳴り響く。

「おっ待たせー！　帰ろー！　みゅうぅぅ！」

台場先輩が細い通路から威勢よくやって来る。手にはタブレット端末と先ほどまで着ていたユニフォームを持っていて、代わりにベージュ色のフレアースカートをはいている。出てきた方向は細い通路。奥の補充用スペースの方で、私服に着替えてきたのか。

「お、春紅くん！　お疲れ様！」

「あ、お疲れ様です」

「次は、明後日《あさって》だっけ？　私、その日は昼間から入ってるから、またサポートできるね！これからも共に頑張ろう！　じゃあ私ら、先に上がっちゃうから！　行こう、みゅう！」

台場先輩はニコニコして司水さんの手を握って、バックルームから出て行こうとする。司水さんが後ろ髪を引かれるように俺を一瞬見てきたが、軽い会釈《えしゃく》だけに留《とど》まった。

二人が店を出たのを確認して、俺は先ほどまで司水さんが座っていた椅子に腰かける。防犯カメラのモニターで夜勤の二人がレジ対応している隙を見計らって、調査に着手した。

目標は、当時の出退勤記録。勤務予定表でもいい。それらが入手できたなら、店員の履歴書も欲しい。とにかく緑賀一葉の姉が亡くなった日、一番近くにいた店員をまずは洗い出す。当時の状況を知っているんだ。有益な情報提供者になる。

しゃがみこみ、デスク周りの引き出しを下から順番に調べていく。

すると……間もなく見つかった。看板ロゴのＡＱＵＡ　ＭＡＲＴがプリントされたクリアファイルの中に、在籍する店員たちの履歴書が束になって保管されていた。

よし、これで――！

「……何をやっているのかしら」

戦慄《せんりつ》する。背後で突然、冷え冷えとした澄みきった声が響いた。

間違いない。司水美優――彼女が、またしても俺のすぐ後ろに立っていた。

「忘れ物をしたから戻ってきたのだけど……ねえ、これは何？」

振り返らずに、かといって何か言えるわけもなく、喉《のど》をごくりと鳴らした。

「……春紅くん、君は今日初めてここに出勤してきたのよね。業務だってまだまともに任されてもいない、そんな君が、どうして引き出しを漁《あさ》っているの？　まさかこれすら練習？」

　硬直がかろうじて解けて、振り返る。俺は今浮かべられる精一杯の笑顔で応じた。

「あ、いえ、その……備品の場所を把握しておきたくて……いざってときのために！」

「なんでもいざってときをつければいいと思ってない？　それ二回目よ」

　即座に辺りを見回す。返本用の雑誌の束、段ボール、床に落ちたレシートに目が行く。

「そんなことは！　雑誌を綴《と》じるゴムとか、段ボールカッターとか、あとレジロール紙の予備とか……いざってときに場所を知っておきたい備品って結構多いじゃないですか？」

「ゴムとレジロール紙の保管場所はレジカウンターの下。カッターはすぐそこ……ペットボトルが保管された重量棚の上。いずれも少し想像すればわかる場所にありますが？」

「あっ本当ですね！　失念しておりました。以後留意します」

　勤勉な調子で応じる俺を、なおも厳しく見下ろしてくる。その視線は俺の顔からふいに俺の手元へ。

　慌てて立ち上がって、機先を制した。

「そういえば、備品の場所を確認しているときにこんなものを見つけたのですが……」

　あえて堂々と手に持っていた履歴書ファイルを彼女に見せた。

「何の気なしに拝見していたら、その……見知った名前と顔があるなって思って……」

「……？　誰のことかしら？」

「あなたです、司水美優さん」

無言のまま、冷めきった眼差《まなざ》しが淡々と俺を射貫く。

「株式会社アクアマートを指揮する司水グループ。その社長の娘が、いつだったかテレビ番組の特集か何かに出ていたような気がして……あなたは、まさか……」

司水美優……彼女は業界ではかなり有名な令嬢だ。幼くして経済学、経営学、統計学、そして帝王学を叩きこまれ、未来のアクアマートどころか、コンビニ業界を今後背負《しょ》って立つとも言われていた才女。そんな彼女がここでなぜ働いているのかはわからないが、この情報、話を逸らすのにはうってつけだと判断した。

「ええ、そう。私は司水。それが何か？」

だがそうあっけなく返される。彼女はどこか辟易《へきえき》しているようだった。

「なんにせよ、店で保管する個人情報を安易に手に取るのは感心しないわ」

「すみません。有名な方と一緒に働けているかもしれないって思ったら、つい……」

彼女は怪訝《けげん》な眼差しのまま、俺から履歴書ファイルを受け取った。一つ溜め息をつく。

「まあ、いいよ。店長の……いえ、私が個人情報の管理体制を厳格化できていなかった落ち度もあるし。今回は、不問にしましょう」

暗雲が立ち込める。おそらく防犯カメラの一件のときから……いや、もしかしたらそれよりも前から、司水さんは外部からの来訪者を警戒している……そういう感触だった。

「けれど、もうこのコンビニで妙な詮索《せんさく》はお止《や》めください」

傲岸《ごうがん》に言われた。まるでそれが冷や水を浴びせられる言葉だと確信するみたいに。

「藪《やぶ》から何が出てくるか、わかったものじゃないから」

3

事件の概要について、とある大手の新聞記事ではこう伝えられている。

横浜市内のアクアマート泉河店で、一人の女性の遺体が見つかった。トイレでスカーフのようなもので首を吊っているのを、勤務中の店員が発見。病院に搬送されたが間もなく死亡が確認された。警察は自殺と見て捜査を進めている。

しかし、当時は別のニュースに紙面の大部分が割かれていたため、新聞はもちろんテレビやネットなどのメディアからの扱いは皆一様に小さいものだった。

事実、俺もコンビニで起きた一件でありながら、それを知ったのは依頼人から話を聞いたときだ。世間の注目度も異様に低く、わずかな記事につけられたコメントも極端に少ない。あたかもこの事件が、そういうふうにコントロールされたみたいに。

司水美優――アクアマート社長の令嬢……か。

圧力や配慮があってもおかしくはない。店員が亡くなったコンビニで、その社長の娘が働いていたなんて、事件の真相にかかわらずできれば隠したい事実であることは明白だから。

ただ、一方であのコンビニは今も営業してるんだよな。自殺にしろ他殺にしろ、経営者次第では廃業になってもおかしくない一件だけど……。まあ、トイレで起きたっていうのが肝なんだろう。トイレのある洗面ルームさえ封鎖すれば、あの売り上げ好調なコンビニは手放さなくて済むのだから。それに確か、最近アクアマートは本社自体が経営難らしいから、本部から見てもそう易々《やすやす》と切り捨てられない位置に、泉河店はあるのかもしれない。

しかしそれを加味しても、店員の自殺という事件が起きたいわくつきのお店でなぜ今も司水が働いているのかまでは、よくわからない。何か深い事情でもあるのだろうか。

とにかく、外部から仕入れられる情報には限界があった。やはり渦中《かちゅう》にいた人物に、話を聞く必要がある。司水さんも台場先輩も明らかに何か知ってそうだったけど、引き出せそうな雰囲気は今のところない。想定以上に調査は難航しそうだ。

そのときちょうど、トイレのドアを乱暴にノックする音と酒焼けした声が聞こえた。

「――おいぃ、嘘《うそ》だろ、入ってんのかよぉ……くそ」

便座の蓋から立つ。別に用は足していなかったが、その体を装うべく水を流しておく。トイレから出ると、そこには誰もいなかった。不思議に思ったが、洗面台で手を洗って洗面ルームを出る。店員にトイレを貸してもらったお礼を言おうとレジへ向かうと――。

そのとき、レジにはもう先客がいた。先ほどトイレの扉越しに聞いた声が響く。

「こっちにもねぇ……つかぁ使えねーなクソ……カスが。もういい、ラぁイターは？」

「はい、こちらです。百三十円になります。ポイントカードはお持ちですか？」

「……ん？　持ってんにきぁってんだろ、ゴミが。ついでにこれで支払ってやらぁ」

口調が悲惨で、呂律《ろれつ》もあまり回っていない、顔が真っ赤な酔っ払い客。

携帯端末で時間を確認する。午後四時四十一分。あまり悠長に待つ時間はない。

「トイレありがとうございました！」

大声で一方的に感謝を伝えて〝ＡＱＵＡ　ＭＡＲＴ〟の看板ロゴの下をくぐって退店。

ここはアクアマート凪 渚《なぎなぎさ》店――泉河店から徒歩五分もない駅の沿道すぐ近くにあるコンビニ。最近ではもう見慣れた光景だ。同じ旗を掲げたコンビニさえ、顧客を奪い合っている。

沿道を進んで、住宅街の方へ入ろうとしたとき、目の前から誰かが走ってきた。

あれは……。

私服姿の、台場先輩だ。彼女は携帯端末を片手に、こちらへ全力疾走で向かってくる。

「や、やあ！　春紅くん！　お姉さんちょっと今忙しいから！　っはぁはぁ……またね！」

本当に忙しそうにして、俺の来た道の方へと走り去ってしまう。

あの人確か、今日は昼間から出勤するとか言ってなかったっけ。

……まあ、いいか。それより俺自身が、ちゃんと出勤しないと。

午後四時四十五分に泉河店に到着すると、すでにレジには司水さんが立っていた。

しかし……なんだろう。その彼女はどこか動揺したような、困り果てた様子だった。

「何かあったんですか？」

眉間にしわを寄せて、俺のことをジーッと値踏みするように見てくる。

「……いえ、その……まぁ、いいわ」

どこか吹っ切れたみたいに、彼女は言った。

「台場さんが、店を出て行ったきり戻ってこないの」

その視線の先が、レジカウンターの棚の下に向かう。そこには、台場先輩が着ていたと思《おぼ》しきユニフォームが乱雑に脱ぎ捨てられてあった。

「台場先輩……ですか」

数分前、沿道ですれ違ったのを思い出す。

「私たちは昼間からの出勤だったわ。私が五分ほど前にバックルームで作業していたら、レジカウンターの方から急いでやって来て、『レジを少し任せる』って。店を出て行ったの」

「それっきり、戻ってこないんですか？」

「ええ。たかが五分と思うかもしれないけれど、コンビニ店員にとっては一分でも責任感を持って臨まなくてはいけない。その数分が、店員生命を絶つクレームに繋《つな》がるなんてザラにあるのだから。間違っても私に理由も話さず持ち場を放り出していい時間じゃない」

憤りを覚えているふうでもあった。司水さんはあれだけ仲の良さそうな相手に対しても、仕事中は厳しく接しているのがわかる。ただのアルバイトの意識のそれじゃない。

「じゃあ防犯カメラ、チェックしてみましょうよ。理由は明白に記録されているはず」

「……それも、そうね」

店内に他にお客はいなかったので、二人でバックルームへ。そのまま防犯カメラのモニターの前で、彼女が当然のようにマウスを握った。きわめて早くパスワードを入力する。

「……あれ、おかしいわね。データが飛んでいるわ」

司水さんは不思議そうにつぶやいた。確かに防犯カメラの映像記録は、ほんの数分前までしか遡れなくなっていた。台場先輩が店を去ったあとの映像ということになる。

「勝手に不具合で初期化されているのかしら。はぁ……やっぱりそろそろ替え時かしら」

先日も似たような話を聞いた。数ヵ月に及ぶハードディスクの不調。ただこれに関しては不具合のタイミングがあまりに良すぎる気もする。人が亡くなった日の映像記録まで偶然消し飛ぶなんて、誰かが意図的に自分にとって都合の悪い映像を消しているのではないか――それをカモフラージュするべく、日頃から頻繁にデータを消して不具合だと誤認させているのではないか――そんなことまでつい考えてしまう。

今回だって、もしかしたら……。

まず司水さんの表情を窺う。真剣で、思いつめているふうだ。その視線の先は、店の外。

台場先輩……か。

彼女の口ぶりからして、二ヵ月前にはもうここで働いていたのは間違いない。彼女が緑賀一葉の姉の死に関わっていないとは限らない。この司水さんも含め。

当時の出退勤記録さえわかれば、こうして片っ端から疑うこともしなくていいのに。

「……何を考えているの、君は」

いつの間にか司水さんが俺のことを上目遣いで見てきていた。

これだ……計算かどうかはわからないが、彼女は身構えた俺の意表を平然と突いてくる。

「……な、何か考えているように、見えました？」

「ええ。それはもう。生まれたときからこの業界に身を置いているからわかるわ。君は、普通のコンビニ店員の目つきじゃないもの」

心が揺さぶられるような感覚に陥った。

「どちらかといえば、レジカウンターの外側の存在。警察あるいは、クレーマーのそれ。粗でもいい、とにかくこのコンビニの悪い点を探そうとしている側の……執拗《しつよう》な目つき」

はっきりと俺は、慄《おのの》く。すぐに見透かしてきた彼女に。

できればこの子は、敵に回したくない。こういう感覚は、久しぶりだ。

「あの、〝台場先輩がコンビニから理由も言わずに消えた謎〟――もし俺が解いたら、一つお願いを聞いていただいてもよろしいでしょうか？」

「……お願い？　なんの話？」

「約二ヵ月前に起きた、警察が関与するまでに発展した一件」

驚いてこそいたが、そういうワードが俺から出てくるのを予期していたようでもあった。

「そのときの詳しい状況、教えてください。知っていること、俺に教えてほしいんです」

「君……やっぱり！」

やっぱり……やっぱりって、なんだ？

「君には関係ないって、言っているでしょう？　これ以上は——」

「関係ありますよ。だって俺はもう、このアクアマート泉河店の一員なんですから」

たどたどしく、それっぽいことを付け加える。

「な、仲間外れ？　に、その、しないでください！」

「っ……は、はあ？　何子どもみたいなことを言っているの？」

たじろぐ司水さんと目を合わせて、申し訳なさそうに早口でまくし立てる。

「仲間外れって勤務に集中できないくらい気になるんですよね自分にとって職場って人間関係がやっぱり一番大事ですからこんな注意力散漫な状態じゃ今後お客様からのクレームをたくさん受けちゃうかもしれませんせっかく司水さんと一緒の勤務なのに！」

クレームという言葉、そしてその苗字《みょうじ》を強調させたことによるものか、彼女は柳眉《りゅうび》をぴくりと動かした。明らかに逡巡《しゅんじゅん》している様子だったが、すぐにまた抵抗の構えを見せた。

「そもそも、別に君にこの謎を解いてもらう必要はありません。彼女が戻ってきたら――」

「戻ってきて、教えてくれますかね。それなら店を出て行くときに言うはずです。司水さんにできるだけ知られたくなかったからこそ、理由を伝えずに店を出たんじゃないですか」

司水さんは反論しようとして口を開くも、そのまま萎《しぼ》んだ。

「……はぁ……わかった。いいわ。台場さんがどうして勤務中に持ち場から立ち去ったのか、その謎を解けるなら考えてもいい」

存外あっさりと要求を呑んだことに、俺は内心驚いていた。

「ただし、台場さんが帰ってきた時点でもし解けていないなら、金輪際《こんりんざい》、君は〝関係のない店員〟でいてくれるかしら？」

……そういうことか。一見その提案を呑むようでいて、自分にとって好条件の提案を突きつけ返し、あくまで優位に立つ気でいる。

でも俺だって、引くわけにはいかない。ここが正念場だ。

「構いません。もし謎を解けなければ今後一切そのことは詮索しません」

時間を確認した。午後四時五十分。時間的にいつ戻って来てもおかしくない。

さっそく着手するべく帽子のつばを握って、深くかぶり直した。はっきりと告げる。

「このミステリー、私が買いましょう」

「……ミス……？　買う……？　え？」

取り合わずに、急ぎ足でまずは謎が発生したであろう現場を調べることにした。

当時司水さんがバックルームにいたとき、台場先輩はレジカウンターの内側にいたはず。

レジを見渡す。バックルーム側にあるレジカウンターの上に、商品が置いてあった。カレーパンが一つ。箸《はし》がなぜかすぐ横に一膳添えられている。

お客さんが置いたもの……だろうか。しかし店内にお客さんは一人もいない。おそらくはこの箸を用意した台場先輩も、当然いない。

いったい何があったんだろう、そう思う空間だ。司水さんのあの表情にも納得がいく。

ただ、俺は彼女と違ってすでに店を出た台場先輩と接触している。情報量は雲泥《うんでい》の差。彼女の様子や足取りについて、見当がつかないと言えばそれは嘘になるほどの。

レジのディスプレイをいくつかタッチし、レジで記録された過去の会計履歴を洗う。最新の会計データに表示されたとある商品名を見て、すぐに合点《がてん》がいった。

客のポイントカードの会員番号はXXX7－X3XX。六百円分のお会計によって、百円一ポイント分が加算されたためにポイント残高は五九七から六〇三に……と。よし、覚えておこう。

次にレジカウンターを出た。そのまま売り場へ入って、米飯系コーナーをひと通り回る。すでにほとんど売れたのか、それとも発注量を絞っていたのか、十数段もある間隔の狭い棚にはあまり商品がない。

その足で、出入り口側の通路の脇にある操作端末の前へ。これはチケットやウェブマネーなどの支払い用紙を発券したり、ポイントカードの会員向けの特典や使用履歴を確認できる端末だ。もちろんポイントカードの会員メニューへとアクセスすることもできる。

俺は先ほど覚えた会員番号をそこに打ち込んで、会員メニューを開く。ポイント残高は……四七四。ビンゴだ。

「司水さん、この謎、解けました！」

レジカウンターで腕を組んでいた彼女が、さらに訝《いぶか》しげに俺を見てくる。

「……もう？　本当？　まだ一分経ったかどうかだけれど？」

「はい、その程度の謎でしたからね。とても高品質とは言い難いものでした」

司水さんは眉を寄せる。試すように言った。

「へえ、じゃあ聞かせてもらおうかしら。その程度の謎とやらを」

かぶっていた帽子をあらためて深くかぶる。

「まずレジカウンターの上には、カレーパンと箸がありました。普通、カレーパンに箸は添えるものでしょうか？」

彼女がレジカウンターの上の状態をちらりと見て、「いいえ」と相槌《あいづち》を打った。

「そう。つまり組み合わせはパンと箸ではないんです。箸と別の商品、そしてパンです」

ディスプレイをタッチして、会計履歴を洗える電子ジャーナル照会ページへ飛ぶ。

「もしかしたら、すでに会計が済んでいるかもしれないと思い、調べました。すると、やはり箸が必要な商品が、ちゃんと買われていたんです」

そこに書いてある商品名を、読み上げる。

「カレーパン、海鮮唐揚げ弁当（特製和風ソース付き）……午後四時三十七分に、これらが会計されています。箸を添えることを想定できる商品……お弁当がちゃんとありました」

「……お弁当が一緒に買われたから、なんだと言うの？　それで店員もお客様もレジからいなくなる理屈には、到底《とうてい》ならないわ」

「お弁当がレジからいなくなる理屈なら、想像に難くないでしょう？　会計済みのパンはありながら、お弁当だけがそこからいなくなってしかるべき理由」

司水さんは瞼《まぶた》をパチパチさせて、すぐにまた冷ややかな瞳を俺に向ける。

「まさか……」

そのまま視線は、レジカウンターの内側中央の棚へ。

「そう――電子レンジ。お弁当なんです、当然、〝温めますか？〟と、きっと台場先輩は会計の最中《さいちゅう》に伺ったはずです。実際お客が加温を希望されたからこそ、レジカウンターの上にはお弁当がなくなった。なぜなら電子レンジの中に入れられたから」

「では、なぜ今ここにないのよ？　加温時間にも限度ってものが――」

そう切羽《せっぱ》詰まったように言って、電子レンジの扉を順番に開けていく。このお店には三つの電子レンジが串団子のように三段に設置されており、一番上は身長百六十センチ以下の人からは取っ手が届きづらい位置にある。そのため必然的に彼女は中段か、一番下段の電子レンジを最初に開けることとなり、さっそくその答えを目の当たりにした。

中段の電子レンジの扉を開けた瞬間、司水さんが眉根をひそめる。

「これは……」

「フラッシュライト・オン」

俺は携帯端末のサイドボタンを押しながらそう呼びかけて、ライト機能を起動させる。AIアシスタントによる音声認識だ。そのまま電子レンジの中を克明《こくめい》に照らし出す。

照らされたレンジ内は、見るも無残な状態だった。茶色の液体のようなものが四方八方に飛び散り、弁当の容器や蓋はよりその痕跡《こんせき》が顕著だった。

「とても……お客様に提供できるようなものじゃないわ……何よ、これ……まさか！」

「そう。添付してあるソースを弁当から剝《は》がさずに一緒に温めてしまったことで、ソースが過熱され袋が膨張し、破裂してしまったんです。コンビニではよくあることですね。新人店員に多い失敗ですが、慣れた店員でも時々やってしまう取り返しのつきにくいミスです」

「台場さんが、そんなミスを……」

「しかも売り場にはもう海鮮唐揚げ弁当はありませんでした。夕勤の時間帯に納品が来ないことは、一昨日の研修で把握しています。つまり、この短時間のうちに他の海鮮唐揚げ弁当で代替することもできない。台場先輩はきっと絶望したでしょうね。お金を支払わせたあとで、『新人ではない自分のポカです、やっぱりお渡しできません』は印象としては最悪の部類。お客さんによってはクレームに発展しても不思議じゃない」

俺は司水さんのユニフォームについた名札を一瞥《いちべつ》する。

「それも、司水さんがいる状況です。もしクレームになってネットで拡散でもされたら、司水さんだけじゃない、アクマ全体に迷惑がかかる。だからできれば代替品を用意したい。しかしそんなすぐに用意できる方法はそうはありません——それこそ、ある一つの規格外の方法を除いては」

「それは？　売り場にはお弁当はもうないのでしょう？　仮にお弁当本体は飛び散ったソースを拭き取ればまだごまかしがきくけれど、問題は爆発した特製和風ソースの方よ。とてもじゃないけど店内に替えの利くソースはない」

俺は手で店の外を示した。

「あるじゃないですか。海鮮唐揚げ弁当が売ってあるお店なんて、他にもたくさん」

「……え？　あ……まさか……！」

「そう、他のアクアマートです。ここにはなくても他のアクアマートになら、同じ弁当がある可能性が高い。だからこそ台場さんはユニフォームを脱いで店を出て、数分で向かえる他のコンビニにそれを調達しにいった。ドミナント戦略様々ですよ」

司水さんは「台場さんが……」と呟き、驚愕《きょうがく》に満ちた表情を浮かべる。

「し、しかしよ？　仮にそれをしたとして、お客様が黙って待っているかしら。この通りどこにもいないじゃない」

「きっとそこが、台場先輩がわざわざ他のアクマに向かうのを後押しした理由になったと思うんです。そもそもの話、会計が終わっているにもかかわらず、商品がそのままレジカウンターの上に置かれたままのシチュエーションって、そうあるものではないですよね？」

「そ、そうかしら。えっと、まずはお弁当を温めるのと……あとは……」

しばらく黙考したあと、大きく目を見開いた。その瞳が揺れ動いている。

「お手洗い。お弁当を加温中に商品をここに置いてお手洗いに行くお客様は珍しくないわ」

首肯して、すぐに首を横に振った。

「だけど、ここのトイレは〝なぜか〟封鎖されています。そうなると、他のトイレを目指しても不思議じゃない。数分でいけるところにあるなら、温めているあいだに行けますし」

「でもその点については、十全に納得できないわね。温め終えたあとでもいいじゃない」

「我慢できなかった可能性もありますが、まず大前提としてそのお客はしたたかに酔っていました。正常かつ適切に判断できる状況じゃなかったでしょう。そして、ここのコンビニにはない銘柄のタバコが欲しかったら、ついでにいくには充分過ぎる理由ができる。お弁当だって持ち運べばかさばるだろうし」

司水さんが呆《あき》れたように肩をすくめた。

「突拍子もないわ。そのお客様がトイレに行きたがっていて、なおかつ酔っている証拠でもあるのかしら？」

「この目で見ました。実は、ここへ来る前にトイレを利用しようとアクアマート凪渚店に寄ったんです。個室に入り、ほどなくしてノックされました。トイレを出ると、レジにそれらしき酔っ払い客がいたんですよ」

司水さんはそれだけでは不満だと言わんばかりの溜め息をつく。

「その酔われたお客様と、今回台場さんが対応したお客様が同一人物である証拠は？」

「その証拠は、こちらです。こちらを見てください」

レジのディスプレイに表示された会計履歴にあるポイントカードの欄を指し示す。

会員番号XXXX7-X3XXX。ポイント残高六〇三。

「これはカレーパンと海鮮唐揚げ弁当を買って行ったお客さんが提示したポイントカードの番号と、残高です。これを少し覚えておいてください」

そのまま売り場に出て、司水さんを店の出入り口側にある操作端末の前へ連れていく。覚えた会員番号を打ち込んで、会員メニューへ。カードの残高がすぐに表示された。

XXXX7-X3XXX。ポイント残高四七四ポイント。最終更新日・本日――。

「お客がここで提示し、六〇三ポイントまで貯《た》めたはずのカードの残高が、この短時間で一二九ポイント分減っているんです。ここで重要なのは、一二九ポイントという中途半端な減り方。ポイントと引き換えに会員特典を受け取れるサービスに、引き換えポイントが十の倍数じゃないものはどのコンビニにも存在しません。それが示すことはつまり――」

「このカードの持ち主は徒歩数分圏内の別のアクマで、お買い物をした、ポイントで。この場合だと、百三十円分の商品を買ったから、百円分で一ポイント加算され……だから一二九ポイントという中途半端な減り方になっていたってこと……かしら？」

俺に代わるように、そう表情を変えずに彼女は言った。

「……はい。そして奇《く》しくも同時刻、ここから徒歩数分の位置にある凪渚店で、百三十円のライターをポイントで買って行ったお客がいるんです。その人は、タバコの銘柄がそこにもなかったことに不満をこぼしていました。こんな偶然ありますか？」

「まさかその人が……春紅くんのいるトイレの扉をノックして、酔われていたっていう？」

深々と首を縦に振った。一気に纏《まと》め上《あ》げる。

「まず台場さんとその酔っ払い客はここで会計をした。台場さんがレジでお弁当を温めているあいだ、酔っ払い客はトイレとタバコを求めて歩いてすぐのアクマ凪渚店に向かった。そのあとでお弁当に添付されたソースが電子レンジ内で爆発し、台場さんは対応を練った。売り場に代わりがないことを確かめて、司水さんにレジを任せて店を出た。目的地はもちろん凪渚店。そこで買ってきた海鮮唐揚げ弁当を、ここの商品として手渡すために。万が一酔っ払い客とばったり道で出くわしても、ユニフォームを脱げばやり過ごせると踏んだんでしょう」

脱ぎ捨てられたユニフォームを見ながら告げ終えると、店内がぴたりと静まりかえった。

「あの一瞬で、そこまで……。君は本当に……何者なの」

やがて、慄然というにはあまりに挑戦的で反抗的な反応が彼女からもたらされた。

手放しで褒めるでもなく、かといって怖がる素振りも見せない。そういう俺を、何か、どこかで冷淡に見出《みいだ》そうとする、戦略的目つき。

「俺は、ただのここの店員です。皆さんの仲間で――」

なんとか歩み寄ろうとする言葉を掻《か》き消す来店音が、そのとき鳴り響いた。

台場先輩だ。肩で息をしながらやっと戻ってきた。手には何も持っていない。

「どこ行ってたんですか、台場先輩」

「え？　あ、いや……ごめーん、サボってたぁ」

俺の問いにはごまかすような態度だった。司水さんが一歩前へ出る。

「私に隠し事しないでください台場さん。どこへ行っていたのです？」

台場先輩は目線を右往左往させて、結局は笑ってごまかそうとした。

司水さんが悔しそうに下唇を噛んで、じーっと俺を見てくる。俺はニヤリと笑って、台場先輩にも打ち明けた。

「実は台場先輩がどうして店を出て行ったのか、もうわかってるんです、俺たち」

「えっ⁉　嘘⁉」

「その様子だと、弁当は入手できなかったみたいですね」

事の顚末を彼女に説明した。俺の推理がすべて当たっていたことは間もなく確認がとれた。

「あのお客さんは、前から厄介なクレーマーだったから。絶対何か言ってくると思って、怖くて……どうしても……怒られたくなくて……す、ずみばぜんでひだ！」

そう彼女は動機を語った。本当に泣いているのか、そういう演技なのかはわからないが、台場先輩は何度も顔を覆って許しを請う姿勢を見せた。意外と、打たれ弱い性格らしい。

「だってね、だってあのお客さん、何かあればすぐ携帯取り出して撮影してこようとするから……もし、ＳＮＳにアップされたらって思ったら……怖くて……炎上……怖くて！」

だが、〝司水美優〟を動機の一つとして挙げないのが意外だった。あえて挙げなかったのか、それとも本当に司水美優は関係ないのか、とにかくあくまで自身のせいにしようとするところは、なんとなく台場先輩の根っこの性格が見えた気がした。

ところがそれを受ける司水さんの双眸《そうぼう》は、辛辣《しんらつ》に見えた。

「台場さんのやったことは、はっきり言って承服しかねます」

「……ご……ごめん……」

「クレームならば、謝れば済むかもしれません。しかし、クルー同士の信頼関係は、謝って済むほど希薄にございません。台場さんは、肝心なことを伝えずに持ち場を離れるという、一歩間違えれば取り返しのつかないことをしようとしていたんです」

司水の者としてか、誰に対しても手厳しく、真摯な姿勢を貫こうとする彼女。

案じて二人のあいだに俺が割って入ろうとしたとき、ふいに司水さんは背中を向けた。

「……今度は、頼ってほしいです」

そのか細い言葉に俺は固まる。台場先輩も同じだった。茫然としている。

「酔われていたというお客様がお越しになられたら、私も一緒に謝ります。ですから、もう金輪際、私になんの相談もなく一人で対処しようなどと思わないでください。私にもその責任、ちゃんと負わせてください。ここでの私は司水美優である前に、台場さんと一緒に働いているただの一人の店員なんですから……もっと……信頼……してほしいです」

台場先輩の瞳がじわじわと潤んでいき、嗚咽《おえつ》をこぼす。

「みゅうぅぅ……！　好きッッ……！　大好き……！　超買いたい……！」

そのまま後ろから抱きついた。司水さんが顔を真っ赤にさせて懸命にどかそうとする。

「ちょ……や、やめてくだ……もう！　本当に……！　やっぱり前言撤回です……！」

「ええ！　なんで⁉　私たちの仲じゃない！」

「私、そういう馴《な》れ合《あ》いは嫌いです。ましてや勤務中！」

「……ご、ごめんね……みゅう……」

なんだ……この二人。ほのぼのとした彼女たちのやりとりを横目に、ふいに思う。

そういえば、あの酔っ払い客だいぶ遅いな……。

まさかトイレで寝ている？　あるいは、弁当のことなど忘れてしまったのだろうか？

4

バイトが終わったあとの夜十時――待ち合わせ時間ちょうどに、彼女はやってきた。

「あらたまって、こんなところでわざわざ申し訳ありません」

「別に構わないわ。場所も時間も、私が指定したのだから」

囲鯉《いこい》の水《みず》公園――住宅街の一角にぽつんとあるその小さな公園は、ベンチが一つに自動販売機が一台しかない、実に簡素で人気の少ない場所だった。

まるで誰にも聞かれたくない話をするのに打ってつけと言わんばかりの狭小な空間。

俺は座っていたベンチから離れ、すぐ傍の自動販売機の前へ。

「司水さん、コーヒーとか飲めます？」

「気遣う必要はないわ。喉も渇いておりません。君が飲みたいのならどうぞお構いなく」

「じゃあ百円、お渡ししときます。一応そういうのはきっちりやっておきたいので」

「……百円？　なぜ？　話が見えないわ」

台場先輩がレジからいなくなった謎を買った分の代金です――依頼人だと自覚していな

い彼女に、そう言っても仕方がない。テキトーになんか買うか。

散々迷った挙《あ》げ句《く》、俺はホットレモネードを二個買って、うち一個を半ば無理やり手渡した。

「だから、要らないと申し上げたじゃない」

「そのわりには、この公園に入ったとき、唇の乾きを舌でさっと舐《な》めることでごまかしていましたが。肌寒く、乾燥する季節です。どうぞカイロ代わりにでも使ってください」

「君、デリカシーがないとよく言われない？」

「気前がよく、気遣い上手だともっぱらの噂ですが」

司水さんは諦観《ていかん》したように受け取って、こちらの方は見ずにボソッと呟《つぶや》いた。

「……感謝します」

俺はホットレモンを一口飲む。酸味が口の中に広がるのを感じながら、切り出した。

「いいえ。それより、約束通り教えてください。どうして泉河店と警察が関わったんですか？　なぜそれを、新人の俺には話そうとしてくれなかったんです？」

「……君、知っていて尋ねているでしょう」

とぼける俺を見つめ続けたかと思うと、深々と溜め息をついて——告げる。

「まあ、いいわ。簡単に言えば、およそ二ヵ月前に、一人の店員が勤務中にお手洗いで亡くなったの。警察は自殺の線で捜査を進めて、実際そうだったみたいよ」

「それだけなら、俺に隠さなくてもいいじゃないですか」

苦虫を噛み潰したような口ぶりで答える。

「司水の人間がそのお店で当時リアルタイムで働いていたなんてこと、そう公《おおやけ》にはしたくない――それが、父の意向だったわ。事件当時はただでさえ過労やパワハラだって疑われていて、変な噂をこれ以上広められたくなかったそうよ」

リアルタイムで……そうなると……。

「店員が亡くなったとき、司水さんは出勤していたんですか？」

「ええ、そう。第一発見者は、私じゃないけれど。……彼女の遺体は、見たわ」

彼女が容疑者リストに入った。俺はどこか胸の辺りに言い知れぬ不安を覚える。

「父の働きかけが方々にあって、それは店員にも徹底されたわ。この一件は他言無用だと」

台場先輩やこの司水さんの態度の理由の一端はそれだったってことだ。

「でも、自殺するような人だったんですか、その店員」

彼女は一瞬固まる。幾ばくか感傷に浸るような間のあと、言った。

「いいえ、まったく。模範的で優秀な店員だったわ。ちょっと度が過ぎているくらいに生真面目で。どんなときでもお客様への愛想が良いし、店員思いなところもあった。お店のことを誰よりも考えて働いていた。パワハラも過労も、断言していい。絶対になかったわ」

少なくとも嘘をついているようには聞こえなかった。

「どうしてそんな人が、自殺したんでしょうか？」

「それは……さあね……それがわからないのよ」

　ホットレモネードをまた一口飲む。言葉を少し詰まらせたのが気になるが、構わず続ける。

「当時、何かその店員に、自殺の兆候みたいなのはあったんですか？」

「……え？　兆候？」

「はい。勤務中に亡くなったんですよね。その店員。なんか、タイミングとしては唐突過ぎるというか、場所だってありきたりとは言えないですよね、コンビニのトイレの中って」

　眉間の辺りに指先を押しあてながら、考えこむポーズをとる。

「そう……ね。その行動は私もずっと違和感を覚えていたわ。でも、彼女の気持ちは結局彼女にしかわからないから。夕方に、ベテランだった台場さんがうっかりソースを一緒に温めてしまったのも結局はそう——」

　彼女はそこで顔を上げて、思い出したように目を大きくする。

「……電子レンジ。そういえばあの日も確か、電子レンジで問題が起きたわ。あれ、結局あの一件ってなんだったのかしら……」

「どういう……ことですか？」

「事件の直前、誰かが、台場さんのように添付用のソースを電子レンジで爆発させたのよ。それが誰だったのかは未《いま》だにわからないけれど、しばらくそっちに注目が集まって……そう、だからそのときお手洗いから出てこない緑賀さんを誰も気にかけられなかったんだわ」

偶然……か？　いやそれなら、誰がやったのか名乗り出てもいいはずだ。つまり誰かがこっそり電子レンジを使って、故意に洗面ルームから意識を逸らそうとした？

「そのときレジにいたのは？　誰がもっとも電子レンジの近くにいましたか？」

「……誰だったかしら。あのときレジで接客していたのは」

ホットレモネードの蓋をトントンと人差し指で小突きながら、当時を振り返るように言う。

「……夕勤から夜勤への、シフト交替際だったわ。だからいつもより店員の数が多くて……そう確か、私がバックルームで発注作業をしていて、台場さんが売り場で品出しをしていて……緑賀さんが……清掃をするからと、洗面ルームの中に入って……」

手繰った先の記憶に行き着いたのだろう、俺の方をたちまち向いた。

「思い出したわ。あのときレジにいたのは、稲熊さん。普段は夜勤に入っている、あの」

頭に呼び起こされたのは、長身痩軀の青年。先日、挨拶もした頼りない雰囲気の店員。

まさか……あの男が？　緑賀一葉の姉の死に関わっている？

そこで、司水さんの携帯端末の着信音が鳴り響いた。

緊迫する中、水を差された格好だ。それでも俺は、電話に出るよう彼女に促した。

「悪いわね。……はい、司水です。……あら、台場さん、お疲れ様」

台場先輩からの連絡らしい。それにしてもこんな時間になんだろう。

「……え？」

司水さんの顔がみるみる青ざめていく。やがて電話を切った彼女は、震え声で言った。

「酔われていたというお客様、いたじゃない。先ほどの、台場さんの謎の一件の」

「ああ、そうですね。まさか今頃来店してきたんですか？　どれだけ待たせれば——」

「その男性、近くの駐車場で……遺体で発見されたって」

啞然《あぜん》とする。全身に厭《いや》な悪寒が走った。

それでも彼女は努めて冷静沈着に、付け加えた。

「……その遺体の口元には、何重にも刻まれた×印の切り傷が——あったそうよ」

【3】現場不在証明《レシート》を渡す義務

1

身がすくむような冷たい風の吹く夜――規制線の張られた現場の前まで足を運ぶ。

アクアマート凪渚店の裏手にあるこぢんまりとした駐車場。隣接したビルがあらゆる角度を遮って、遠目からその一帯は非常に見えにくい位置にある。

――何々？　何があったの？　――なんか、酔っ払いが刺されてたんだって――え、やば――しかも、遠くから見た人が言うには、口元には例の……これ――罪と×？　マジで？

携帯端末を掲げた野次馬たちもすでに例の連続殺人事件と絡めて、非日常に踊っている。

ただその中で、隣の司水さんだけは事態を重く静かに見極めていた。

「……もしかしたら、私たちのコンビニにも警察が来るかもしれないわね。まあ、防犯カメラの映像記録は不具合で消去されているから、情報提供は私たちの記憶のみだけど」

辺りを見回す。防犯カメラはどこにも設置されていない。おそらく、殺害現場を用意周到に選んでいる。土地鑑のある人物の犯行か。おそらく今までの×印の事件も……。

思い切って、揺さぶりをかけてみる。

「その防犯カメラの映像記録の不具合って、本当に偶然でしょうか」

仏頂面《ぶっちょうづら》のまま、俺の言葉に耳を傾けてくる。

「店員がトイレで亡くなったときも、防犯カメラの映像記録は警察に渡せなかったんですよね。今回だってそう……なんか、タイミングがことごとく悪すぎるっていうか」

「まさか、疑っているの？　私たちの中に、わざとカメラの映像をいじる人がいると？」

「……可能性の話ですが」

「なんのために？　そんなことをするメリットなんて、それこそ犯人に繋がる……」

司水さんは刺々《とげとげ》しく訊く。

「もしかして、連続殺人の犯人が私たちの中にいると？」

押し黙った。彼女はそんなことはありえないとばかりに否定する。

「言いがかりも甚《はなは》だしいわ。大体、緑賀さんが自殺というのは確かなはずで……」

そこで彼女は言葉を途切れさせた。無意識のうちに手首を指先で撫《な》でるような仕草をする。まるで現場で見たという緑賀一葉の姉の手首につけられた×印の傷を思い出すように。

彼女も連想したんだ。緑賀一葉の姉の死が連続強盗殺人事件に関連している可能性を。

「……ところで、トイレで亡くなった緑賀さんの第一発見者って、誰だったんですか？」

俺のその何気ない問いに、淡々と司水さんは答えた。

「稲熊怜――先ほども話題に上がった人。当時レジ打ちしていた、フリーターよ」

2

稲熊怜について、知っていることは少ない。

司水さんからもたらされた情報によれば、東北出身で地元の人間ではないらしい。大学卒業後に就職できずダラダラとアルバイトを続けるうちに、気づけば六年。店のアルバイトの中で一番の古株でありながら、あの控えめな性格から自分のことをあまり話したがらない。誰かと積極的に仲良くなろうともしない。ただ最低限の業務はやれているし勤務態度自体は悪くないため、店側にとってはなんの問題もないアルバイトで通っている。

さっとチェックした限りSNSもやっていないみたいだし、メッセージアプリもアカウントこそ作成されているが、最後のアクセス日が一年前。ほとんど使われていないことがわかる。

人間関係の構築が苦手そうというのが最初の印象で、個人的な共感も覚えるが、彼は調べておく必要のある店員の第一候補だ。

まず、当時出勤していたこと。そして、遺体の第一発見者であること。緑賀一葉の姉の死のタイミングで、電子レンジの中をもっとも爆発させやすかった位置にいたこと。

この三点をもって、それでも彼が事件とは関係ないと判断できるかどうか——。彼のあのどこか頼りなさそうな印象と腰の低い態度を、見極めなくてはいけない。

次の日の夕勤の終わり頃——さっそく俺は交替で夜勤に入った稲熊さんに話しかけた。

「おはようございます、稲熊さん。ちょっと訊きたいことがあるんですけど、いいですか?」

「ん? え、あ、うん。な、なんだい?」

話しかけられた時点ですでに、目線が泳いでいた。落ち着きがあまりなく、終始オドオドしている。彫りの深い顔立ちで身長は百八十センチくらいありそうなのに、その見た目からは想像できないほど、自信のなさが骨の髄から滲み出ていた。

「ここのトイレって、どうして使用禁止にされたんですか?」

ストレートに緑賀一葉の姉の死を訊くのも変なので、少し迂回する。

「ああ、それは、少し前に事件があって……」

「事件? それは?」

「ん? えっと……あ、いや……」

稲熊さんは下を向いて口をつぐんだ。

「ご、ごめんね……このことは、他言しないように言われているんだ」

「誰に他言しないように言われてるんですか?」

「そ、それは、店長や、あと、あの――」

彼がバックルームを目線で促した瞬間、そちらから声が上がった。

「私、かしら」

稲熊さんの背中がびくりと震えて、気圧《けお》されたように後ろに下がる。

司水美優――堂々と腕を組む彼女が、いつの間にか傍の棚に寄りかかっていた。

「あ、し、司水さん……その……べ、べ、別に……」

「構わないわ。緑賀さんの一件について、春紅くんに話しても。すべてあなたの自由です」

その意外な返答に、俺も、そして当の稲熊さんも戸惑っている。

「えっ、い、いいんですか？　て、店長は――」

「私が、許可したの。店長の許可は果たして必要？」

……このお店では店長より司水さんの方が実は強い影響力を持つのだろうか。それとも、気弱な稲熊さんに対してそういう強気な振る舞いをしているだけ……とか？

狼狽《ろうばい》する稲熊さんを、遠くから金髪の男性店員が忙しそうに呼ぶ。

「稲熊さーん！　こちらのお客様がコピー機の印刷の手伝いしてほしいということで、対応任せちゃってても大丈夫でしょうかー？」

いつも夜勤に入っている金和座景臣さん。見た目は不良のそれなのに、勤務態度は全国のどのコンビニを見渡しても抜群に良い〝ギャップ〟を絵に描いたような青年。

「わ、わかりました……金和座くん……ごめんね……話してて、気づくのに遅れて……」

金和座さんは俺と稲熊さんの方を交互に見て、屈託のない笑みを向ける。

「いやいや！　稲熊さんが新人さんと打ち解けようとしているのは僕も嬉《うれ》しいですから！　持ちつ持たれつ、ですよ！　あ、いらっしゃいませー！」

「いらっしゃいませ！　う、うん……ありがとう……じゃあレジの方、任せちゃいます」

夜勤の二人の間柄は良好に思える。大抵《たいてい》稲熊さんのように気弱で自己主張もままならない店員は他の店員からわりとぞんざいに扱われることも多いが、ここでは違うみたいだ。

稲熊さんはそのままレジカウンターを出て、コピー機の方に向かってしまう。

うーむ。今はじっくりと話を聞けそうにないな。

ひとまずバックルームに戻って、司水さんに軽く敬礼する。

「ありがとうございます。仲立ちしてくれて……その」

俺の微妙な表情を見て、彼女はしたり顔で笑みを浮かべてくる。

「意外だった？　先日までは君が首を突っ込むのに難色を示した私が、それをするのは」

素直に頷いておく。彼女がこうも協力的だと何か裏があるのかと勘繰ってしまう。

だがそんな俺の疑念すらも、司水さんはすぐに見抜いてきた。

「変な勘繰りはしなくていいわ。私もあの一件、すべてに納得しきれていたわけじゃないの。疑問点も思い返せば出てきた。だから君が私と情報共有してくれるなら、他のクルーとの潤滑油になってもいい——そう思ったのよ」

「情報共有……？」

「ええ、そう。今後君が知って、そこから導き出した推理は、すべて私にも報告しなさい」

「……それは、ちょっと……」

調査内容を依頼人以外に話すのは、好ましくない。

渋面《じゅうめん》の俺に、なおも余裕綽々《よゆうしゃくしゃく》に振る舞ってくる。

「言い方を変えるわ。私と情報共有しない以上、ここで君はあの一件について詳しく知ることはできない。私の一存で、あの一件の店員たちからもたらされる情報の蛇口はきつく締めることもできるし、緩めることだってできる」

見ての通りと言わんばかりに、コピーの手伝いに向かった稲熊さんの方を顎先《あごさき》で促す。

「なぜなら私は、司水美優だから」

吐き捨てるようにその名前を口にした。このコンビニでは、彼女の権威がやはり少なからず浸透している。それが彼女が本来望んでいるものではなかったとしても。

彼女と対立して、ここのコンビニのことを調査するのは困難だろうな。

よって俺はすぐに手のひらを返した。

「かしこまりました！　口利きありがとうございます！　司水さん！」

「い、いきなり何、ほんと。……はぁ……どうせ君は、私が止めたって先日みたいに上手《うま》く引き出してくるだけだし。それなら目に見える範囲に置くのが正着と思っただけよ……」

ぼそぼそと、たじろぎながら言う。その思惑の方がなんとなく本音に聞こえた。

「ただし、例の一件はデリケートな問題よ。ずかずかと無神経に踏み込むことだけはやめて。今はもう落ち着いたけれど、みんなあの一件の直後はだいぶ動揺していたのだから。あの稲熊さんなんて、翌朝動揺し過ぎてかフライヤーで小火《ぼや》を起こしたほどなのだから」

「はい！　承知しました！」

「あと、先ほどのように勤務中の店員の邪魔だけはしないで。お客様からの心象も悪いわ」

「はっ！　了解いたしました！」

「あと、その丁寧ぶった言葉遣いもやめて。私たち、同い年でしょう？」

「はい！　え？　あ、え……まあ」

「では勤務時間外は普通に喋《しゃべ》って。私たちは、今は対等。ただの司水美優。わかった？」

少し間を空けて、作り笑いで応じる。

「うん、わかったよ。司水」

育ちが良いのは初対面から知っていた。実際大手コンビニの社長の令嬢として英才教育を受けてきた才女だ、ただそういう人物にありがちなナチュラルに傲慢《ごうまん》な部分が彼女からは見受けられない。むしろ謙虚で、自虐的ですらあり、司水の名を合理的局面にしか用いない反面、司水ではない自分をどこか頻繁に示威しようとしていた。

……まあ、生まれた環境だけは買うことも売ることもできないからな。

ただ、今は彼女のことよりも、緑賀一葉の姉の死の解明だ。

しかし店内は忙しそうだった。結局彼に話しかける機会が巡ってきたのはそれから一時間後の――午後十時十分。彼がバックルームで十五分の休憩に入ったタイミングだった。

「稲熊さん、今大丈夫ですかね……?」

ちらりと横目に司水を見た。奥のスツールに腰掛けながら、ロングスカート姿で足を組んで、頬杖《ほおづえ》をついている。紙面にペンを走らせているようで、こちらの話にも留意している、そんな印象だ。声を潜めたところでどのみち直接聞かれる距離だろう。

「さっそくですが、以前ここで働いていた緑賀さんの件……いいですか?」

「っていっても……ぼ、僕はそんなに知らないんだけど……ね」

「でも、その日その時間帯はレジにいて、しかも第一発見者だったと小耳に挟みましたが」

稲熊さんの表情に若干の焦燥感が滲んだのを見た。

「しかし不思議なんです。どうしてレジにいた人が、そこから距離のある洗面ルームに向かい、そこで奇しくも第一発見者になりえたのか。レジからどうして離れていたのか」

ばつが悪そうに、彼は言った。

「……ああ、そ、それはね、どうだったかな。もうよく覚えてないんだ……けど」

思い出そうとするような仕草をして、次にごまかすような乾いた笑みをこぼす。

「……やっぱり、覚えてないや。ごめんね、他の人に、訊いて……くれるかな」

嘘だと思った。目線を合わせようともしなければ、真剣に思い出そうとしたようにも見受けられない。稲熊さんは司水から当時のことを話す許可を貰ってなお、俺にそれを話そうとしない。まるで彼自身の意思がそもそもそれを口外したくないとばかりに。

「知っていることならなんでもいいので、話してほしいです」

「で、でもなぁ……あ、僕、そういえばそのとき、うっかり携帯を家に忘れてきてて……」

「なるほど！　それで？」

「あ……えっと……ごめんね……お客さん来たから席外す……い、いらっしゃいませー」

モニター越しにお客が列を作っているのを見て、バックルームからそそくさと出て行く。

「逃げられたわね」

少し離れた位置でやりとりを聞いていた司水が、シニカルかつシビアに評してくる。

「無理もないわ。君と私たちとでは、出会ってからの日が浅いもの。いくら私が緘口令《かんこうれい》を解いたからといって、君に話すか話さないかは個々人の自由。大事なことを安易に話せるほど、全幅の信頼を寄せるほど、仲は深まっていない。君だってそう思ってはいない」

ぐ、ぐうの音も、出ない！　潜入調査は、これだから得意じゃないんだ！

「まずはみんなと打ち解けることね。……あぁ、あるいは私にやったように〝借り〟でも作らせる？　あのときのように偶然謎が舞い降りるなんてこと、そうはないけれど」

苦笑いで応じる。……仕方ない、稲熊さんは後回しだ。他にも調べたいことはある。

俺は不満顔のまま、バックルームの奥へと伸びる細い通路を行く。

現場だった洗面ルームへと繋がる道だ。高く積まれた段ボールのスペースを通り過ぎると、上部に大きな鏡が埋め込まれた一風変わった扉が見えた。

鏡に目をやりながらその扉を開け、傍にあったボタンをタッチすると照明がついた。

洗面ルーム——清掃用具室やトイレの個室を含めれば、十平方メートルから十二平方メートルくらいはありそうな空間だった。

トイレの個室がバックルーム側の扉の対面にあり、両脇には清掃用具室と洗面台がある。売り場側からの出入口にはスイングドアが設けられ、そこは現在台車に積まれた段ボールで遮られている。これが先日売り場から入れなかった原因だろう。

メモ帳に図面を追加して、いよいよトイレの個室へ。ドアノブを捻《ひね》って中を覗きこむと、室内にも照明がついた。身構えていたが、意外と普通だった。洋式便器に、陶器製タンク。奥の方には埃《ほこり》のかぶった棚があり、トイレットペーパーや洗剤が放置されてある。

もはやほとんど使われていないらしいので当然だが、臭気もしない。

——ここで、緑賀一葉の姉が亡くなった。首を吊って、手首を×印に切り刻まれて。

じわじわと、寒気のようなものが押し寄せてくる。気づけば、驚くほどの静寂だ。コンビニの中にあるのに、売り場からの物音が一切聞こえない。まるである日を境に遠ざけられ、その空間に置き去りにされたような隔たりが――薄気味悪さが、ここにはある。

「よくもまあ、人が亡くなった場所に堂々と入れるわね」

そんな不気味な静謐《せいひつ》を破ったのは、背後から声をかけてきた司水だった。またしても、気配なく俺の後ろに気づけば佇《たたず》んでいる。

「あの事件以来、誰もほとんど利用していないわ。もちろん、納品された商品をバックルームへ搬入するために、この通路自体は今も利用されているけど、それ以外はてんで……」

俺はトイレの扉に手をかけたまま、室内を見渡して言う。

「まあ、俺は幽霊とか、信じてないんでね」

即座に腕を摑まれた。びくっとして、たまらず至近距離で司水と顔を合わせる。きめ細かな白い肌。見透かしたような蠱惑的《こわくてき》な瞳と、上がった口角。

「ふうん、そのわりには腕に鳥肌が立っているけれど？」

つい目が腕に行く。長袖と手のあいだのわずかな腕の露出部分の立毛筋《りつもうきん》が収縮していた。

「汗もかいているし、君、無理していない？」

摑まれた手をやんわり振り払って、額に当てる。厭な汗がそこに滲んでいた。

「違う。怖くはない。ただ、その……現場に足を踏み入れて、高揚していただけだよ」

「へえ……怖いんだ」

「繰り返す、怖くはない」

軽快に首をかしげられる。完全に見透かされているような冷たい微笑。

「怖い思いを押し殺してまであの一件に関わろうとするなんて、殊勝《しゅしょう》なことね。同じアクアマート泉河店の店員仲間として、こんなに誇らしいこと他にないわ」

誇らしく思っているようにはとても見えない。

「言っておくが、本当に怖くないんだ。凪のように心は穏やかで、むしろ——!? ひぃッ！」

突然照明が消えた！ と思ったらすぐに再点灯した……!?

胸に手を当てる。心臓が異様なほど高鳴っている。

「〝穏やか〟が、なんだったかしら?」

照明ボタンに手をあてたまま俺を愉快そうに見てくる司水がそこにいた。

つぐ……駄目だ、このままでは彼女のペースに飲まれる。論点をずらさねば。

「お、俺は事件と直《じか》に向き合えてむしろ高揚している。だから当時の状況のこと、もっと教えてほしいんだが。第一発見者が稲熊さんなんだよね。そのあと、どの順番で誰がここに現れたとか、話してほしい……この高揚感がそう言っているんだ、あー高揚がすごい」

「何よ、そのとってつけたような安売り高揚感は」

司水は半目で俺を見ながらも、一応答えてはくれる。

「あやふやな部分もあるけれど、確か稲熊さん、台場さん、私の順ね。台場さんの叫び声を聞いて洗面ルームに向かったら、うつむく稲熊さんと尻餅《しりもち》をついた台場さんがそこにいて……トイレの扉を開けたら、緑賀さんが……いたわ。カッターナイフも床に落ちていた」

「何でどんなふうに首を吊っていたとかは？」

「緑色のスカーフね。全国のアクアマートで売られているアクマ印のもの。それを壁の簡易的な荷物用のフックにかけて、首にくくった状態で……その、亡くなっていたそうよ」

室内の壁面に手をあてた。少し上の辺りにフックがあったと思しき箇所が見える。

「ただ、私が来たときにはもう緑賀さんは横たえられていたわ。台場さんいわく、第一発見者の稲熊さんがフックを壊して応急処置をしようとしたらしいわね。でももうすでに手遅れってことで……救急車と警察を店の電話で呼んだわ。稲熊さんに促されてね」

「あの稲熊さんが？　しかも応急処置まで……意外だな」

彼の気弱な態度を見ている分、いつも以上に動揺していただけだと正直思っていた。

司水もまた、それが思いがけない出来事だったと言わんばかりに述懐する。

「そう、本当に意外だったわ。私たちが気が動転する中、冷静に対処しようとする様は見事だった。年の功ってことかしらね。台場さんも頼もしかったと言っていたわ」

俺はバックルーム側の鏡の埋め込まれた扉に向けて声をかけた。

「――だそうですけど？　稲熊さん」

扉の奥の方で物音がして、間もなく扉が開いた。そこには、ユニフォーム姿の背の高い青年が――稲熊さんが後ろめたそうに突っ立っていた。

「よ、よくわかったね……僕が、ここで聞き耳を立てていたなんて……」

司水もまた驚愕の表情で俺を見ていた。俺はさっと説明する。

「その扉に埋めこまれた鏡、マジックミラーじゃないですか。だから、司水が照明を消したとき、反射していた光は消え、鏡の奥が司水の背中越しに見えたんです。バックルームの内側で、こちらを凝視してくる稲熊さんの姿が」

二人もすぐ頷いてそれに納得したみたいだった。司水はすぐに別の指摘をしてくる。

「まさか、君があのとき怖がっていたのって……」

「そう。稲熊さんの顔に驚いただけ。だから言ったろ。俺は全然怖がってないんだって」

「照明を消す前から額に汗を浮かべて鳥肌まで立てていたけど怖がってなかったのね！」

「…………」

何も言えなくなった俺に得意げな顔をして、司水は稲熊さんと向き合う。

「そんなわけで、稲熊さんはもっと自信を持ってください。あなたは私たちと同じアクマクルーなのですから。あのときの判断力があるのです、ここで燻《くすぶ》る理由などありません」

胸に手を当てて、優雅に振る舞う。

「それは――この司水の名に懸けて、保証します。稲熊さんは、やればできる人です」

稲熊さんは目を潤ませた。それを見られたくないのか顔を伏せる。

「わ、わかったよ。ありがとう。何度も何度も就活失敗して、ずっと諦《あきら》めてたけど……うん、頑張ってみる。来月くらいから、ハロワ行ってみるから……！」

……これ、絶対ハロワ先延ばしするパターンだ。

「それより、稲熊さんはどうしてこっちに？　先ほどまではレジ対応していたのに」

俺が話を切り替えさせた。俺としてはむしろあのときマジックミラー越しに見た彼の異様な顔つきの方が、気になって仕方がなかった。

「ん？　ああ、そうだ。えっと、新商品のカボチャップスっていうのがないかってお客さんに訊かれまして……お菓子類の発注担当の司水さんに伺おうと……」

司水は不快そうに柳眉をひそめた。

「それはハロウィンの方の新商品よ。アクマでは販売していないとお伝えください」

ハローウィンド……愛称ハロウィン。コンビニ業界におけるアクアマートの競合他社。

稲熊さんがレジに戻ってから、しばらく洗面ルームを調べるも、やはりこれといって目ぼしい手がかりは残っていなかった。まあ、最初から期待はしていなかったけど――。

「どう？　気は済んだかしら？　何かわかったこと、ある？」

司水が試すように訊いてきたので、背筋を伸ばして答える。

「いいや、話せることは何も。まあ、位置関係は覚えたし、もしかしたらあとになって役に立つこともあるかもしれない。一応、無理して調べた甲斐《かい》はあったかな」

「あら、やっぱり無理していたんじゃない」

「…………」

そのタイミングで、売り場側のレジの方から怒声が響き渡った。

司水と顔を見合わせてすぐに怒声のしたレジの方へ向かう。

そこでは稲熊さんが、頭をこれでもかというほどに下げていた。

下げている相手は、偉そうな中年男性。分厚い唇に太い眉毛が特徴の、スーツ姿のお客。

「だからぁ、お前がやったんだろーが……！　ポイントの不正付与をよォ……！」

3

今にも稲熊さんの胸ぐらに摑みかからんとする勢いで、その男性客は罵詈雑言《ばりぞうごん》を浴びせていた。それを見た金和座さんが会計中のレジを中断してまで止めに入る。遅れて俺と司水がそれに加わり、ようやく男性客は落ち着きを取り戻した。

それでもかなり興奮している。怒りを通り越して、笑みすらこぼれていた。

パニック状態に陥る稲熊さんをバックルームに下げて、男性客に事情を伺った。

「さっきアイツに接客受けてたんだけど、まあ会計自体はいつも通り普通に終わったんだよ。ただ問題はそのあとだ。レシート貰ってそれをよく見てみたらほら、ポイント！　なぜかポイントが付与されたって記載があったんだよ！　俺、ポイントカードなんて出してないのに！　どうしてポイントが付与されてんだって話！　なあ⁉　おかしいだろ？」

司水が彼からレシートを受け取った。俺も顔を近づけて覗きこむ。午後十時二十五分——本当についさっきだ。炭酸水とパン、消しゴム数個やシャーペン数本を五千円札で支払っている。その下の方には、彼の言う通り確かにポイントカードを提示したときにのみ表記される付与ポイント数と総ポイント数が明記されている。

「……これは——ん？　ちょっと？」

司水が至近距離にいた俺の存在に気づく。ややうろたえて、ぷいっと顔を背けた。そのまま気を取り直して男性客に応対する。

「確かに、ポイントは付与されています。ただこの場合ですと、彼が他のお客様から『今何ポイントあるか確かめてほしい』と頼まれてポイント数をチェックしようとバーコードをスキャンして、そのままそのデータを取り消さずに誤って次の——つまり、お客様の会計に移行してしまった可能性があります。申し訳ありません、少し事実確認を——」

男性客はその厚い唇から唾を飛ばし、大声でまくし立てた。

「甘っちょろいねえ！　お嬢ちゃん！　俺が言いてーのはそうじゃねーんだよ！　俺は、あの野郎が野郎自身の持ってるポイントカードに、俺との会計で本来付与されるポイントをこっそり盗んだんじゃないかって言いてーんだよ！　窃盗《せっとう》だよ窃盗！　立派な事件だ！」

……聞いたことのある話だ。店員が会計時に本来付与されるポイントを着服する。お客がポイントカードを提示していない場合は、そのままこっそり自分のポイントカードを、お客がポイントカードを提示してきた場合は、こっそりとカードをすり替える。いずれにしろ店員の不正行為に当たり、解雇はおろか場合によっては逮捕されたケースもある。

「……店員の稲熊を、疑っていると？」

司水が慎重な態度で言い返す。威圧的なお客にも物怖《ものお》じしない様は、さすがだ。

「そうだよ！　文句あんのか？　あぁ？　大体元々こいつの接客、クソだったんだよ！」

だがお客も一歩たりとも引かない。司水はかろうじて平静を装った。

「かしこまりました。防犯カメラの確認をいたしますので、少々お待ちください」

そのままバックルームへ向かう。俺はあとを追う前に、中年の男性客が手に持っていたレジ袋の中身をそっと覗く。炭酸水にパンに消しゴム、シャーペン……レシートに記載された商品が丁重に詰められている。

……ん？

その中には、未開封のフィルムに包まれたご祝儀袋もなぜだか入っていた。これは、レシートに記載されていない商品だ。いや、そもそも商品か？　両手が塞がるのを嫌って彼の私物をただ一緒に袋に入れているだけ……そう考えた方が自然だが……。

「身内かばって、データ消したりすんなよ！　なあ？　出るところ出てやるからな！」

煽《あお》る男性客は無視して、バックルームへ。そこではすでに、司水が映像記録のチェックをしていた。奥では、体育座りをした稲熊さんがぶつぶつ呪文のように何か唱えている。

「僕は……ダメだ……やっぱり……ダメなんだ……いつも、こうだ……お客さんに怒られてばかりで……みんなに……迷惑かけて……うっ……ぐ……あ、ぁぁぁ……」

気弱な性格そのままに、だいぶ落胆しているみたいだ。

司水がチェックしている映像を見る。映像はちょうど、あの男性客と稲熊さんがレジカウンターを挟んで向かい合った場面——午後十時二十二分から始まった。今回映像は消えていないらしい。

カメラの位置は、稲熊さんの右半身側をやや上方の真横から映したものだ。この角度からではレジの画面は側面部しかほぼ見えず、また、お客さん側にもある縦長のディスプレイが邪魔して男性客の手元も見えない。

……あまり、良い角度に設置されてあるとは言えないな。おそらくレジ釣銭機が手動から自動化され、ディスプレイが十五、六インチとより大きなものに替わったことで、カメラから死角になってしまったんだろう。他のコンビニにも時折見られる光景だ。

さて、稲熊さんの行動を注視しよう。まずユニフォームについた名札のバーコードをスキャンし、レジのロックを解除するような素振りを見せる。そのまま、商品を手に取った。

「稲熊さん、いい加減、顔を上げて背筋を伸ばしてください。また、猫背になっています」

確認中の司水が不満をこぼすのも無理はない。稲熊さんの接客はなんというか、本人の性格そのままに、軟弱な感じがした。猫背のまま、店員側のレジのディスプレイを一切見ずに下を向く。スキャナーにかざすバーコードに意識が向かいっぱなしなのだ。

俺もじれったくなって、たまらず指摘した。

「しかも、同一商品なのにわざわざバーコードを一つずつスキャンさせてますね。同一商品なら、個数を指定入力するだけで早く会計が済みますよ」

「ご、ごめん……レジ打ち……ちょっと……苦手で……人と対面するのが……億劫《おっくう》で」

よくそれで六年もここでバイトし続けられているな……この方。

「ん……あれ?」

ご祝儀袋のバーコードを彼がスキャンするタイミングで、俺は思わず疑問の声を上げた。次に映像ではあの男性客が稲熊さんに何か申し立てている。

「あ、これは……えっと……カボチャップスがないかって、尋ねてこられて……」

「私と春紅くんが洗面ルームにいたときね」

稲熊さんはバックルームへ向かうべく、防犯カメラの映像記録から右側にビクビクと体を震わせながらフェードアウトしていく。そんな彼に不安を覚えたのだろうか。男性客は店員側のディスプレイに摑まりながら、カウンターに少し身を乗り出して稲熊さんが消えていったバックルームの方を気にしているみたいだった。ただし、カウンターの上に置かれたスキャナーにはまるで関心を示す様子がない。

それから数分で戻ってきた稲熊さんは、カボチャップスがないことを伝え、そのまま一度、指先をレジ本体の方のディスプレイにタッチした。お釣りとレシートが出てきて、それを手渡す。男性客はレシートと袋詰めされた商品を受け取って店を出て行く。稲熊さんは店内からお客さんがいなくなったのと同時、金和座さんに一言何か声をかけて店の外へと出ていく。ユニフォームを脱ぎながら、さらにタバコとライターを手に持っていることから、おそらくはタバコ休憩にでも向かったのだろうか。

男性客が顔を真っ赤にして戻ってくるのは、きっとこの数分後のことになるが……。

「おかしいわね。稲熊さんが自身のカードをこっそりスキャンさせた様子はもちろん、あの男性客もこれといってスキャナーに干渉した様子が見えない」

司水の疑問はもっともで、ポイントカードが防犯カメラに映っていないのだ。ディスプレイが角度的に見えにくいこともあって、どのタイミングでバーコードがスキャンされたのか、これではわからない。

「それに、確かアクマってポイントカードも名札も商品も、バーコードをスキャンしたときの音が全部同じなんだよな。だから音でいつスキャンされたのかの判断もできない」

その俺の発言に司水は頷いて、稲熊さんを一瞥する。

「稲熊さん、このお客様の前に、ポイントカードをスキャンしていた覚えは？」

「い、いや？　そんな覚えはないよ……」

俺は口を挟んだ。

「当然だろうな。最初にレジのロックを解除したんだから。一度ロックされたら、それ以前の会計データはもちろんカードのスキャン情報も全部消去される」

「つまり、この会計のどこかで誰かがポイントカードをスキャンしたと？　どうやって？」

司水がそう嘆いたタイミングで、レジカウンターの方から俺たちを呼ぶ声が上がった。

三人で、ひとまずレジカウンターの方に戻る。

そこには太い眉毛がくっつくくらいに寄っている男性客が、ふてぶてしい態度でいた。

「どうだよ？　そいつがポイントを盗んだ瞬間、映っていただろ？」

「いえ、特には」

「はあ？　じゃあなんで俺の会計にポイントが付いてんの？　今日は提示しなかったのに」

……当然の疑問だろう。男性客は、ある可能性を挙げてきた。

「なあ？　一つ、見えたんだよ。こいつが名札のバーコードをスキャンしたとき、胸ポケットにカードらしきものが。もしかしたらそのときに、名札のバーコードをスキャンするフリをして、自分のポイントカードのバーコードをスキャンさせてたんじゃねえか？」

「そ、そんな……！　ありえません！　でも申し訳ございません！」

稲熊さんは顔面蒼白《そうはく》になって否定する。否定するのに、謝ってはいる……。

「稲熊さん、ちょっといいですか」

俺は彼の着ていたユニフォームの胸ポケットからはみ出ていたそれを抜き取る。

確かにポイントカードだった。しかもかなり古い。バーコードが印字されている裏面のフィルムが剝がれかけてさえいた。

ひとまずその会員番号を即座に記憶して、レジのスキャナーでスキャンしてみた。

すると、〝このカードは会員未登録です〟という表示がディスプレイの中央に出てくる。ポイントを貯めることはできるが、使用はできない旨、会員登録を促す旨が表示され、これは左下の〝×〟印をタッチしないと消えず、会計も進めることができない。

「えっ……あれ、未登録……だったっけ……」

一人戸惑う稲熊さんを横目に、俺はレジのディスプレイを操作した。電子ジャーナル照会という機能で、稲熊さんの持っていたポイントカードの会員番号を参照する。

「……番号、合致していますね。稲熊さんの持っていたポイントカードが、こちらの男性客との会計のときに提示されています」

司水は稲熊さんを信じられないとばかりに見る。当の稲熊さんは悄然《しょうぜん》として頭を抱える。

ただ一人、男性客だけが鼻息を荒くしたまま、恍惚《こうこつ》とした笑みを浮かべていた。

「だから言ったろうが！　コイツがやっぱり、ポイントを不正に盗んでいやがったんだ！名札のバーコードをスキャンするフリしてたんだろ⁉　なあ⁉」

ねちっこくなじる声に、完全に憔悴《しょうすい》する稲熊さん。とても気分の良い光景ではなかった。

「稲熊さんはそんなことしてませんッッ！」

すると反対側のレジで接客を終えた金和座さんが、銀色に光るボールペンを胸ポケットから取り出し、突き出した。まるでそれを武器代わりにして稲熊さんをかばうみたいに。

「何かの間違いでしょう！　彼がそんなこと、するわけがないのです！」

「あぁ⁉　その証拠は、どこにあんだよ⁉　身内だから感情的にかばってるだけだろ?」

「そ、それは……」

金和座さんは意気消沈する。煌《きら》びやかな金髪も、萎《しお》れて見えた。

「おい、まずはお前ら全員この場で土下座しろ。あんま客舐めんじゃねーぞ、こら」

男性客は明らかに俺たち店員を心底見下していた。こういうふうに一方的に罵《ののし》ることで、何か快感を得ているような危うさもあった。

クレーマーの中には時々いる部類だ。クレーム内容への改善ではなく、クレームをつけること自体に目的を持っているタイプ。カスタマーハラスメント。別に珍しくない。

だからか——そういう手合いにすでに慣れているからか、俺以外の三人の店員が目配せし合って、手と膝《ひざ》を床につけ始めた。言われるままに、頭を下げようとしている。

みんなが納得しているようには見えない。まるで店員という立場だけは理解した土下座。

俺だけが直立不動なのを咎《とが》めるように、司水が睨みつけてくる。

俺がかぶりを振ると、司水はハッとして我に返ったように表情を変える。

「少々、お待ちください。再度防犯カメラの確認をいたします。……春紅くん、ちょっと」

彼女は切羽詰まったように、俺の着ている服の袖の部分を引っ張ってバックルームへ。

「どういうこと？　なぜ稲熊さんのポイントカードが提示されていることになってるの？」

「……あの男性客は、名札のバーコードをスキャンするフリをしていたという主張だが」

「そんな度胸がありそうにはとても思えないわ……きっと何かトリックが……」

「じゃあなんで土下座を？　しっかり確かめもせずに、簡単に頭を下げて……」

「……それは……とりあえずそうしておけば、お客様のご機嫌を取れるでしょう？」

「真実の究明よりそれは、第一に優先するほど大事なことなのか？」

「……ええ、とても大事よ。明らかにお客様側に非があるならまだしも、今回は――」

遅れてとぼとぼとやってきた稲熊さんに向けた司水の視線は、すぐに足元へと流れた。

一店員として、同じ店員を疑いたくない……しかし、状況証拠は彼が犯人だと示している……その葛藤からくる躊躇《ちゅうちょ》と揺らぎを帯びた眼差しだった。

新参者の俺が、ここは切りこむしかない。

「稲熊さん、本当にやっていないんですか？　正直に言ってください。全員に迷惑なんで」

「や、やってないよ！　本当だ！　ぼ、僕は……！」

懸命に歯を食いしばって、彼は応じる。

「僕は……就活、失敗して……それでも、六年前にここに拾ってもらった恩があるんだ……。厳しいところだけど、こんなダメな僕なんかに、優しく接してくれた人たちがいる。激励してくれた人たちもいる！　そんな人たちを裏切るような真似《まね》……僕はしない……！」

なんの淀みもなく、つっかえることなく断言する。そこにだけは確かな真実味があった。

帽子のつばを握って、深くかぶり直す。

「わかりました。あとは任せてください」

気づけば、ためらう必要もないほどに即決していた。

「このミステリーは、私が買いましょう」

4

その宣言に困惑する稲熊さんと、何かを推し測ろうとまっすぐな瞳で見つめてくる司水。

俺はかぶっていた帽子のつばを触りながら、さっそく本題に乗りだした。

「稲熊さん——映像だと、この問題のあった会計のあとすぐ、店の外に出ていますよね。それから一、二分戻ってきていませんが、何かあったんですか？」

「え、えっと、その……休憩の途中だったから、そのまま外でタバコ吸おうと思って。ただいつ混んでもおかしくないから、ユニフォームを外に持ってって、なるべくレジの様子を見ながら休憩していたんだ……そうしたら、また案の定混み始めたからすぐにレジに戻って……そうしたらあのお客さんがまた来て……い、今に至るって感じで……」

予想通りだ。店外の映像記録では確かに、店の軒下《のきした》でタバコを吸う彼の姿が映っていた。脱いだユニフォームは少し離れた位置にあるリードフック付きのポールにかけられている。

「で、それがどうしたのよ？　問題が起きたのは、この時間の前のレジ会計でしょう」

司水が時間を巻き戻そうとマウスに伸ばした手を、俺は上から手で覆いかぶせた。

「なぁッ……!?」

彼女は動揺して手を退《ど》かした。無礼極まりないとばかりの表情で俺を見てくる。

俺は謝りながらも、その映像を注視し続けた。すると、間もなく店の外のポールに誰かが近づいてくるのが見えた。忍び足で、反対方向を向いて喫煙する稲熊さんに気づかれないような位置取りで、その者はポールの方に手を伸ばし何か四角い形状のものを――。

「司水、クレームを入れてきたあのお客さんは、元々ここの常連だったのか？」

「ええ、最近よく来るわね。最初からあんな感じで突っかかってくるお客だったわ」

なるほどな。そういうことか。よくやるな、ほんと。

「稲熊さん、この謎解けました」

「えっ……？　も、もう……⁉」

困惑する彼をよそに、泰然として構えていた司水に言う。

「この映像のこの部分、すぐにプリントアウトしてほしい。男性客への説明は俺がする」

バックルームを出てレジの前へ。男性客に、俺は向かい合った。

彼は自信満々に、強い言葉で俺を説き伏せようとしてくる。

「どうだ？　だから言ったろ？　最初から俺の推理通りなんだよ。ったく、あのクソ野郎」

「結論から言うと、稲熊さん――うちの店員は犯人じゃありません」

「……は？　……おいコラ、何言ってんだよ、てめえ」

「まず、あなたと彼の会計でいつの間にか提示されていたポイントカードは会員未登録で、ポイントこそ貯められるものの、使用はできないという新品同然の状態でありました」

「なんの話だ。おい、マジで舐めんじゃねーぞ」

「すると、ディスプレイの画面中央には案内が表示されます。その案内は左下の×印をタッチしない限り絶対に消えず、仕様上これを消さなければ他のタッチ操作ができません」

詰め寄られ胸ぐらを摑まれる。しかし俺はあえてなんら抵抗することなく続けた。

「さて――つまり、あのポイントカードのバーコードをもし稲熊さんが故意にスキャンさせたのであれば、表示を消すために一回、会計時のボタンを押すのに一回の計二回――ディスプレイに指先を近づけなければなりません。しかし彼がディスプレイに指を近づけたのは会計時の一回のみで、その姿は防犯カメラが克明に記録しています」

強調して言う。

「すなわち稲熊さんに、ポイントカードのバーコードをスキャンさせた際の表示は消せない。なぜなら彼は指先を会計時にしかディスプレイに向けていないから」

指先を傍にあったディスプレイへ向ける。

「でもそうなると稲熊さん以外の誰かが、その表示を消したということになる。会計が彼のワンプッシュで成立している以上、そのときレジ付近にいた第三者が、その役を担った」

「……だ、誰がそんな……こと」

「あなたですね。他に誰もいないことは、ずっとレジにいたあなたが証人じゃないですか。実際あなたは、稲熊さんがいなくなったとき身を乗り出してディスプレイに摑まっていましたし。防犯カメラの角度的に売り場側から画面を押したかまではっきりとわかりませんでしたが、表示を唯一消せた人物であることに変わりありません」

「そりゃ、あの店員の様子が頼りなくて不安だったんだよ！　つい、向かって行った方を覗きこむべく身を乗り出して……」

「だから逆なんですよ。向かって行った方を覗きこむためにディスプレイに接触して身を乗り出したんじゃない。ディスプレイに接触しても不思議じゃないように、店員の様子を気にするフリをして身を乗り出していたんだ。後になってそうやって言い逃れするためにだ」

「お、俺がそんなことッ！　するわけッ！」

男性客の表情がみるみる紅潮していく。唾を飛ばしながら、俺に暴言を吐く。

「てめえ、ぶっ殺すぞ！　コラ！　死ね！　死ねックソ！」

彼は手に持っていたレジ袋を力任せに投げつけてくる。レジ袋の中身が露《あら》わになった。

「やっぱり、そうだ。どうやってポイントカードを防犯カメラに映さずにレジに通したのかと思えば、まさかコンビニの商品に装わせるとは」

投げ捨てられたレジ袋の中から、商品が飛び散っている。炭酸水にパン、消しゴムにシャーペン。そして――ご祝儀袋。

「おかしいですね、どうしてレジ袋の中に、ご祝儀袋が入っているんですか？」

彼の顔が突如として曇った。

「確かに防犯カメラではご祝儀袋を稲熊さんがスキャンする様子が映っていました。けど、レシートにはご祝儀袋が会計されたという表記がないんですよ。こんなことってありますか？　スキャナーでスキャンされているのに、実際は買われていないなんてこと」

ご祝儀袋の裏面を見て、確信する。

そこには、バーコードの上に不自然な白いテープが覆い隠すように貼り付けられてあった。その表面を指先で触れてみると、わずかな粘り気も確認できた。

「つまりあなたは、ポイントカードのバーコードの部分だけフィルムごとご祝儀袋に貼り付けて、コンビニの商品として店員にスキャナーで読み込ませたんですね」

　だから防犯カメラからでは、ポイントカードがどこにも映らなかった。男性客が大胆かつ妙な動きを見せる必要もなかった。商品のバーコードに見せかけただけなのだから。

「アクマのポイントカードは防護フィルムというほどではありませんが、裏面に薄いフィルムがコーティングされ、そこにバーコードが印字されています。よくお客さんからも、経年劣化でカードとバーコードが剥離したなんて相談が相次ぎます。あなたはそのあるあるを利用して、コンビニの商品のバーコードとポイントカードのバーコードを店員に誤認させたまま、商品としてスキャンさせたのでしょう」

「い、意味わかんねーこと言ってんじゃねーよ！　なんの意味があってそんな！」

「そうしたあとで、稲熊さんのポイントカードと、別のポイントカードを一瞬の隙を見て入れ替えた。入れ替えた別のポイントカードには、当然わざとスキャンさせたバーコード入りフィルムを事前に貼り直したうえで、です。そうすることで、あたかも稲熊さん自身が不正にポイントを付与したと見せかけたかったんでしょう」

　そう考えると、稲熊さんが自身の胸ポケットに入っていたポイントカードが会員未登録だったことに疑問を抱いていたのにも納得がいく。彼はきっと会員登録していたからこそ、未登録という表示が出たことを不可解に感じたんだ。

「その証拠に、あのポイントカードは会員未登録なのにもかかわらず使用感があり、フィルムが剝がれかけていました。あれは、あなたが急いでカードにフィルムを貼り付け直したから、ああなっていたんでしょう」

男性客は焦燥の色濃い形相《ぎょうそう》でポケットに手を突っ込む。

「でたらめだ！　大体、俺がいつ入れ替えなんてできるってんだ！　証拠出せよ証拠！」

「出しましょうか」

そこでようやく、司水がバックルームからやって来た。後ろには稲熊さんもいて、彼の手には防犯カメラの映像記録をプリントアウトした紙が握られてある。

「稲熊さんが外でタバコ休憩していたときのことです。該当時間、リードフック付きのポールにかけておいたユニフォームの胸ポケットから、こっそりとあなたがカードを抜き出し、似た形状のカードを移す様子が、はっきりと記録されてありました」

男性客は絶句する。司水は俺を一瞥しながら、挑発的笑みで言う。

「事件は店の中で起きた。だから、まさか店の外の映像までは注意深く見られないと思って油断したのでしょうが、彼《店員》を〝舐めすぎ〟です」

俺は頬を搔きながら補足する。

「アクマではスキャンの音は一律同じで、耳だけではポイントカードのバーコードなのか商品のバーコードなのかは判別がつかない。加えて稲熊さんは会計中、下を向いてばかりで、レジのディスプレイをあまり見ない。そういうコンビニのシステムや彼特有の癖に付け込んで、彼を陥れるためにこんなことをした。違いますか？」

「っぐ……うぅ……！」

「犯行方法は簡単です。まずここでも売られているようなご祝儀袋を自前で用意して、バーコードの部分に上からご祝儀袋の色と同化する白いテープと、ポイントカードから剝がしたバーコード付きのフィルムを切り取って貼り付け、店に来店する。テキトーに他の商品を手に取ってレジに向かい、それらと一緒に稲熊さんに細工済みご祝儀袋をスキャンさせる。ふとした拍子にディスプレイをすぐに見られないよう、そのタイミングで『カボチャップスがこのお店にないか』と尋ねることで、その商品を探しに行かせ、店員をレジから不在にさせる」

店員の行方を気にする普通のお客を装って、ディスプレイに近づいた。

「その隙に表示を消し、彼にできるだけポイントカードが提示されていたと思わせないまま会計を終え、店を出る。本来ならそれだけでも充分に〝ふっかける〟ことはできたが、あなたは欲を出した。休憩に入る稲熊さんがユニフォームをリードフック付きのポールにかけたのを見て、彼が胸ポケットにしまっているポイントカードを思い出した。入れ替えようと、そのとき目論《もくろ》んだ」

司水が優雅な佇まいで、そのプリントアウトされた証拠をひらひらと見せびらかす。

俺もまた、稲熊さんからそのポイントカードを受け取り、コインのように宙に弾く。

「見たところ、粘着性のあるテープか糊《のり》を軽く塗った程度でしょう。だから剝がれかけた状態で、稲熊さんの胸ポケットにしまわれてあったんだ」

すかさず男性客のポケットを無理やり調べた。話の途中で、無意識のうちに触って確かめていた場所——そこからは、やはりもう一枚のポイントカードが出てきた。

「立派な窃盗ですね、お客さん」

「て、てめぇ……！」

「動機はなんですか。日頃の憂さ晴らし……のためだけなら、やけに手が込んでいる。まさか、店員をいびってあわよくば穏便に済ませる代わりに何か貰うつもりだったんですか？　タバコのカートンだったり、会計分の代金をタダにしてもらったり……」

そこで司水が、何か思い出したように張り詰めた声を上げた。

「そういえば、最近他のアクマでポイントの不正付与で辞めさせられた店員がいたような」

「それは本当か？」

「ええ。確か被害者の会計を無料にして手打ちになったと聞いたけど、まさか常習犯……？」

男性客は狼狽している。心当たりがあるみたいに、それがはっきり顔に浮かんでいる。

「お客さん……コンビニ、もっと普通に利用しましょうよ」

俺はそう非難めいた口調で言った。コンビニを都合良く利用している俺が——。

一方の男性客は苛立《いらだ》ち、それでも反駁《はんばく》できずに口ごもる。

ふと、反対側のレジから誠実な声が響き渡った。

「……稲熊さんに、謝ってください」

金和座さんだ。口調は丁寧だが、明らかに憤った足取りでこちらに向かってくる。

「自分の私利私欲で、相手を傷つけて！　お客様、どうか謝ってください！」

「……て、店員風情が、調子に乗りやがって！」

男性客は金和座さんの胸ぐらを掴んで引き寄せた。そのまま拳を高らかに上げる。

「こんのォッ！」

その拳を見て、金和座さんが目をつむった。振り上げた拳が彼の頬に鋭く向かう。

「……ッ⁉」

拳は、寸前で動きを止めていた。気づけば一つの大きなシルエットが間に入っていた。

稲熊怜——彼が、金和座さんをかばうように男性客の拳を押さえこんでいた。

前髪に隠れて、その表情は見えない。しかしまとう雰囲気は明らかに一変していた。

「て、てめぇ！　こんのォ！」

男性客は強引に稲熊さんの手を振り払って、今度は彼めがけて蹴り上げようとする。

そんな鋭い蹴りを彼が素早く体を反転させて躱《かわ》した。男性客が今度は彼の右手首を掴むと、稲熊さんはその手の五指を開いた。次に両手で握手させ、そのまま肘を男性客の肘にぶつけ、手を振りほどく。すかさず、外側に彼の手首を捻り上げた。

「ぐわぁっ！」

痛みから逃れようとして男性客はうつ伏せになる。その瞬間、稲熊さんが馬乗りになり、両腕を後ろに回させた。男性客は唸《うな》り声を上げ、身動きを完全に封じられた。さながらそれは、護身術を駆使された犯人とその警察官のようで。

店内は驚くほど静まりかえる。皆一様に、彼の豹変《ひょうへん》ぶりに目を丸くする中――。

「……警察、呼びましょうか」

寒気を覚えるほど淡々と、なんでもないことだとばかりに稲熊さんは言った。

普段は気弱で、自分の意見をあまり持たない頼りないあの青年が――一変していた。

5

朝六時を回ったアクアマート泉河店周辺は、まさに水を打ったような静けさだった。

肌寒く、まだ朝陽《あさひ》も昇りきっていないこの時間帯、店の軒下に立って時間を潰す。

帽子をかぶり直すフリをして、こっそりと店内のイートインコーナーを見る。そこには鼠色《ねずみいろ》のチェスターコートを着る三十代から四十代くらいのおじさんが座っていた。しわくちゃになったレジ袋と紙コップをそれぞれテーブルの上に置きながら、新聞を広げている。紙コップには時折口をつけてもいた。もうとっくに空のはずなのに。

俺は駐車場にとめられた中型バイクをぼーっと眺めながら待つ。金和座さんが一足早く退勤するのを見送ってしばらくして、該当の人物が携帯端末を片手にやって来た。

「あ、ご、ごめん……待ってたんだ……？　あ、え……な、なんで……？」

稲熊怜──彼はすっかり元の姿に戻っていた。

「いえ……なんとなく、一緒に帰りたくなって。あとこれ、貰っといてください」

手袋をつけた彼の手の中に、百五円を半ば無理やり押しつけた。

「えっ、な、何これ……？」

困り果てた様子の稲熊さんの前を先行して歩く。依然として暗い住宅街を二人で進む。

とうに家に帰った司水の言葉を思い出した。事件のことを知りたいなら、まずは打ち解けることから。そのために、こうして一緒に帰ることで親交を深めようと目論んだのだが。

結果は思った以上に、早くついてきた──しかも、彼から切り出す形で。

「……ごめん。嘘をついた。緑賀さんの件、実は覚えてる。ただ話しづらくて……」

くたびれた顔つきで稲熊さんは告げた。

「でも、話すよ……僕が知っている限りを。待っていたのは……そのため……？」

「……まあ。でも……いいんですか？」

「うん。助けてもらったし。君が僕の無実を証明してくれたおかげで、僕は……」

男性客と揉めた一件は、確かに俺が推理したことで事態は収束した。あれから警察に連行された男性客と事情聴取を受けた稲熊さんたち。立場が逆だった可能性すらある。

「でも、あの一件は全部稲熊さんのおかげです。金和座さんが怪我《けが》なく済んだのも、犯人を逃がさずに制圧したのも……全部。稲熊さんは何か、習っていたんですか？」

きょとんとした顔で彼は答えた。

「……え？　なんの話？　僕、なんか……したっけ？」

……もしかして、頭に血がのぼっていたから当時の記憶が飛んでいるのか？

まあいいか、とりあえず今は詳しく話を聞けるチャンスを逃す手はない。

「ところで、さっそくですがお聞きしたいことがいくつかあります。稲熊さんは緑賀さんの第一発見者だと伺いました。どういう経緯で発見したんですか？」

一呼吸の間をおいて、彼は切り出した。

「ゆ、夕勤から夜勤に代わる辺りだったかな。あのとき一番上の電子レンジの中で……その、なぜかいきなりソースが爆発したんだ。それで、その対応に追われたあとに……」

「ソースは、稲熊さんが拭いたりしたんですか？」

「う、うん。大変だったよ。なんか四方八方にこびりついていてさ……」

「その電子レンジは三つあるうちの上段の奴ですよね。不審な点はありましたか？」

唐突な質問攻めに彼も参っている様子だったが、ちゃんと答えてはくれた。

「う、うーん……特には。ただ、上段の電子レンジの上部に、珍しくボールペンが置かれてあったような……でも、その数日後くらいにはなくなってたから、気のせいかも……」

ペン……か。不審と言い切れるほどではないが、こんな高身長の稲熊さんでさえもギリギリ目視できそうな場所に、なぜペンが置かれてあったのかは気になるな。

「すみません、じゃあ、そのあと——緑賀さんを、どうして最初に発見したんですか？」

「うん。えっと、緑賀さんが洗面ルームから一向に戻ってこないから様子を見に行ったんだよ。あれは……えっと、午後九時二十五分くらいだったかな」

夕勤はここでは九時に夜勤と交替する。そのときすでに二十五分経過していたのなら、心配して様子を見に行く行動それ自体に不審な点はない。

「でも、やけに時間を正確に覚えているんですね。二ヵ月くらい前の話なのに。まるで、そういう証言をする機会があるのを見越して、事前に準備してきたように聞こえますが」

あえて俺はそう軽い調子で煽り立てた。彼は慌てて理由を添える。

「そ、そんな！　違うって！　え、えっと、その直前で揚げ物の廃棄時間をチェックしたから、それで覚えてたんだ。け、警察にも軽く話はしたしね」

……まあ、違和感はない。コンビニ店員は普段から時間に即して、時間ごとのマニュアルに従って勤務に臨む。正確な時間を覚えていても、ことコンビニなら不思議じゃない。

「わかりました。では、どうして緑賀さんが洗面ルームへ向かったのをご存知なんですか？」

「ゆ、夕勤の人は、いつも退勤間際にトイレ掃除をするから。彼女が洗面ルームに清掃しに行ったのを見てもいたし……。でも、トイレには鍵がかかっていた。トイレ掃除どう？終わりそう？　って声をかけてみても反応がなくて……変だなって思って、し、下の隙間から覗きこんだら、血のついたカッターナイフが落ちてて、血も流れていたから……」

稲熊さんは吐き気を催したのか、口元に手を当てた。

当時の光景を無理に思い出させてしまった。頭を掻きながら、俺は話を変える。

「すみません……では、最後に生きた彼女を見たのは何時頃か、覚えていますか？」

「えっと、午後八時……四十九分だったと思うよ」

「こっちもやけに正確ですね」

「そ、それには理由があるんだ。これ……ちょっと……」

稲熊さんは恐る恐るといった調子で一枚のレシートをポケットから取り出した。

「このレシートは、その時間帯に接客したときのものなんだけど……つい僕がうっかりしていて、ポイントカードの有無を尋ねる前に、会計を終えて発行してしまったものなんだ」

レシートを受け取る。全体的に傷《いた》んでいたが、文字はしっかりと読める。八時五十分ちょうどに、郵便葉書と十円の駄菓子が一つずつ現金で買われていることがわかる。

「こ、この直前に、夕勤に入っていた緑賀さんとレジを代わったんだ。緑賀さんが、じゃあトイレ清掃してきますって言って……うん、今でも覚えてる」

レシートは、重要な証明方法だ。つまり緑賀一葉の姉が間違いなく生きていたのは午後八時四十九分で、彼女が首吊り状態で発見されたのが、稲熊さんいわく午後九時二十五分。

この証言と証拠をどこまで信用するかだが、他のクルーにあとで裏を取れたらいい。

しかし遺体が見つかるまで三十六分弱――か。

警察は、自殺と断定しているんだよな。姉と仲が良かった妹の緑賀一葉も、同じクルー仲間の司水美優も、彼女が自殺するような人間ではないと思っていたにもかかわらず。

焦点は、三十六分以内で〝緑賀姉は自殺した〟という結果にどう収束していったのか、だな。どれほど目まぐるしい三十六分が、あのコンビニでその日流れたんだろう。

「そのとき他に誰かいたと思いますけど、具体的に誰がいたか覚えていますか？」

「ぼ、僕と司水さんと……あと、台場さん。それにお客さんが数人。そのうち一人は、僕がポイントカードの提示の有無を訊かなかった子で……うん、常連客だったんだ。いつもはポイントカードを出していただけるから……当時は念のため僕が保管してたんだけど、ついさっきまでそのこと忘れてて……まさかこんなことで役に立つなんて思わなかった」

理屈は通っている。ポイントカードを毎度提示しているお客さんがポイントを付け直して貰いたくて店に戻ってくる懸念は、わからなくもない。そのまま月日が流れ、レシートを保管していたことさえ忘れてうっかり持ち歩いていたという理由もまあ納得がいく。

「でも、稲熊さん……一つ、訊いてもいいですか？」

俺があらたまった言い方をした、まさにそのときだった。

真正面——暗がりの中にぽつんと立つ、一つの影を視界に捉えた。

背丈は暗がりではっきりとはしない。黒色のマントのようなものを身にまとい、白色の仮面をつけているため顔はもちろん性別すらよくわからない。

なんだろう？　まるで、俺と稲熊さんの前に立ち塞がるように——。

目を凝らして見る。暗くて判然としないが、そのつけられている仮面の目元は、両目共にクロスするように赤く縫われていて、口元は不気味なほどに吊り上がっている。

なんだ、こいつ……。

その者の手に目が行く。そこにはカッターナイフのようなものが握られていた。

「春紅くんッ！　逃げよう！」

稲熊さんが叫んだのと同時に、その仮面の人物はこちらに向かって駆けだした。

「……ッ⁉」

素早い！　勢いよく、一直線に俺へその刃先を向けてきた！

俺はギリギリでそれを躱し、距離を取る。

遅れて臨戦態勢に入ろうとするその刹那に、視界を何かが遮った！

稲熊さんだ。あの男性客と対峙《たいじ》したときの頼もしい背中が、俺を守るかの如く現れた！

脇を締め、両手でファイティングポーズをとる。俺もまた後ろで、携帯端末を手に取る。

その瞬間、仮面の人物は稲熊さんを躱して再度俺の元へ！

刃先が俺めがけて空を切ったとき、稲熊さんが仮面の人物の腕を摑もうとした。

「ぐぅあッ！」

カッターが稲熊さんの手のひらをクロスするように切りつけ、稲熊さんは怯《ひる》んだ。

血が飛び散る。俺の顔にも、少し飛沫《ひまつ》がついた。そのまま尻餅をつく。

あの稲熊さんが、劣勢⁉

仮面の人物が、俺の前に立つ。睨むようにこちらを見下ろしたまま、静止する。

喉をごくりと鳴らす。身動きが取れない。心臓がバクバクと鼓動し、嫌な感覚を悟る。

「……警察を呼ぶ。春紅くんから、離れろ」

仮面の人物の背後に回っていた稲熊さんが、手に握った携帯端末を強調させた。

「僕の仲間を……傷つけるな」

怒気の込もった言葉だった。それをどうこの人物が受け取ったのかは定かじゃない。

ただその人物は無言のまま、結局それ以上攻撃してこなかった。彼の言葉が牽制《けんせい》として機能したのか、カッターの刃を意外にもあっさりと収め、俺の横を通り過ぎて足早に走り去っていく。そのとき、何かがその人物のマントからひらりと舞い落ちた。

安堵《あんど》したのも束《つか》の間《ま》、俺は立ち上がる。

「稲熊さん、怪我は大丈夫ですか⁉」

「ん……あぁ、だ、大丈夫。か、かすり傷くらいだから……手袋もしてたし」

切りつけられた手のひらを見る。手袋越しでもわかる。そこには、くっきりと〝×〟印が赤色で刻まれている。

「……まさか、あれが例の……連続……通り魔……」

震え上がるような声で、彼は言った。

「罪と×の殺人の犯人……？」

そう連想するのも無理はない。それほどあの人物は異様な出《い》で立《た》ちと振る舞いだった。

しかしそうなると……。

「稲熊さん、疑ってすみませんでした」

「え?」

「いいえ、いいんです。こっちの話です」

ふと、道端に落ちた一枚の古びた紙きれを拾い上げる。これは、先ほどあの仮面の人物が去り際に落としていったものだ。

「えっ……これって……」

アクアマート泉河店で切られた、レシートだ。日付は九月三十日。午後九時五分――。

あれ……この日付と時間って、緑賀一葉の姉が亡くなった日付と時間帯じゃないか?

レジ②担当者は台場という苗字が記載されている。まあ誰が担当者でも、レジ打ち自体は誰でもできるから台場先輩が本当に売ったとは限らないが。それはいい、それより問題は……買われているのは……。

「……稲熊さん。緑賀さんは、何で首を吊っていたんですか?」

「え? 何って、えっと……スカーフだったよ。緑色の。う、うちでも売っていた奴」

あらためて、レシートを見る。

シルクチョウレディーススカーフグリーン　¥1328
事件の真《ま》っ只中《ただなか》に買われていた商品は、緑賀一葉の姉を殺めた凶器だった。

【4】知恵袋はご利用されますか

1

いつまでそうしていただろう。

通報後しばらく茫然とその場に留まって、お互い無言のまま地べたに座り込んでいた。警察を待つあいだ、稲熊さんは止血処置した手のひらを眺めながらつぶやいた。

「……どうして、あの仮面の人が、いきなり襲ってきたんだろう」

「それはもちろん、傷つけるため……殺すためじゃないですか」

「で、でも、じゃあどうして中途半端なタイミングで逃げたんだろう？　僕、ちょっと頭真っ白になって覚えてないんだけど、春紅くんが返り討ちにしてくれたっけ？」

「……いや、俺はほぼ無力でした」

やはり、あの状態のときの記憶だけがポンと飛ぶらしい。いったいどんな症状なんだ。

ただまぁ、稲熊さんのその無自覚（?）な威圧に、恐れ慄いた可能性はある。あるが――。

それ以上に俺には、思い当たる節が別にあった。

警告……。事件のことを深追いするなっていう、主に俺への過激な牽制。

稲熊さんではなく俺の方ばかり狙ってきた理由はそれで説明がつけられるし、カッターナイフという殺傷能力の低い凶器を手に持っていたことにも一定の理解はできる。

ただ……。

俺は仮面の人物が落としていったレシートをポケットの中に隠した。これは……なんだ？　一見してあの人物ひいては巷を騒がせる連続殺人鬼がアクアマート泉河店に関与していることを示唆する重大な証拠——に見える。魅力的だ。こんなに都合良く手がかりが入手できて、探偵冥利《みょうり》に尽きる。

しかしだ。そう……だからこそ腑《ふ》に落ちない。なぜあの人物がこんな数ヵ月も前のレシートをこのタイミングで偶然落としたのだろうか。まるで犯人が、俺にこの証拠を使って謎解きしてみろと挑発しているような……誘導しているような……。

考え過ぎだろうか。本当に偶然の可能性ももしかしたら……いや、ただいずれにせよ、もしこのレシートが自殺と断定した警察の手に渡れば、どう処理されるかだけは想像に難くない。

何よりも俺だ。一度〝買う〟と言った手前、このミステリーを買うのは、俺だ。

俺は誰にも渡すまいとばかりに、ポケットの奥にそのレシートを丁重にしまいこんだ。

「緑賀さんが自殺した時間帯で、他に洗面ルームに入った人とか覚えていませんか？」

いきなり話を仮面の人物の急襲前に戻したことで、稲熊さんもだいぶ戸惑っていた。あのあとで、よくそんな平然としていられるな、と言わんばかりの眉のひそめ方。

それでも彼は、しどろもどろになりながらも答えてくれた。

「レ、レジからは死角になっていて、よくわからなかった。売り場で品出ししていた台場さんなら、もしかしたら見ていたかもしれないけど……」

台場先輩。溌剌とした姉御肌な女性店員。緑賀一葉の姉の死の一件に話が飛んだとき、たちまち様子を一変させていた彼女のあの蒼白な顔が、すぐに思い浮かんだ。

2

待ち合わせ場所のハローウィンド瓜南《うりみなみ》店に到着したのは、その日の夕方のことだった。

午後四時過ぎ——すでにイートインコーナーの最奥に依頼人は着席している。

「ご無沙汰しております、緑賀一葉さん。すみません、お待たせしてしまって」

モスグリーンのニットワンピース姿からは、上品で落ち着いた印象を受けた。

「いえ、いいの。お忙しいのにごめんなさい。警察から事情聴取されていたんですよね？」

「……ええ、はい。まぁ、大したことは話せませんでしたが」

朝はずっと警察署にいたため、家に帰ったのは昼間。ここには少しの仮眠をとってきた。

「学校とかは通われてるんですか？　授業間に合いましたか？」

彼女がじろじろと見てくるので、帽子を深くかぶって視線を遮断する。

「それよりも、あなたの言う通りあのコンビニで起きた自殺は、ただの自殺じゃない——例の連続強盗殺人事件の犯人が当日深く関与していたかもしれない証拠を、拾いました」

隣の席に座る。ポケットから、チャック付きのポリ袋を取り出した。そこには、あの例の仮面の人物が落としたレシートが保管されてある。

「私と店員の一人を襲ってきた人物Xは、このレシートを持っていました。なぜ二ヵ月近く前のものを持っていたのかはわかりませんが、お姉さんが亡くなった原因であるスカーフが、偶然その時間帯に購入されていたなんて、あまりにも出来過ぎです。普段から売れているならともかく、スカーフなんてどこのコンビニでもほとんど売れていないですし」

緑賀一葉はそれを手に取り、まじまじと見ている。

「まさか、この会計で買われたスカーフで、お姉ちゃんは……」

「ええ、その可能性を追っています。問題は、誰が買ったのか。そして、誰が売ったのか。このスカーフが買われた午後九時五分は、緑賀さんのお姉さんが最後に店内で目撃されてから十六分も経過した時間です。つまり、少なくともこのスカーフは自殺したと言われているお姉さんが買ったわけでも、売ったわけでもないということ。持ち運べるわけもないでしょう。にもかかわらず午後九時二十五分に、それはトイレの個室で見つかった。お姉さんの首に巻かれているという異常事態の中で」

俺はある仮説を立てた。

「お姉さんを死に至らしめた商品を事件の最中に購入し、さらにトイレの中に移動させ、最終的にお姉さんの首にくくった人物がいる。そしてその人物が私と一人の店員を早朝に襲って、警鐘を鳴らした。〝これ以上、自分を探すな〟と」

緑賀一葉は息を飲んだ。

まあ、現場の緑色のスカーフとレシートの緑色のスカーフが同一のものであるという前提に立脚している推理だから、あとでいくらでもひっくり返る可能性はある。何よりこのレシートは、俺にとって実に都合の良い証拠だという疑問だって晴れていない。

しかし俺には、やはりこれがただの純然たる偶然だとはとても思えなかった。

「その犯人が、最近の連続強盗殺人の犯人と同一人物かまでは確信できませんが、少なくとも模倣犯以上の存在なのは固いと思っています。人体をわざわざ切りつける〝×〟印の手口は、一朝一夕で真似できるほど心理的に易しいものではないですし」

俺のその言葉を受けると、神妙な口調で緑賀一葉は切り出した。

「どうやって、これからそれを調べていくんですか?」

「とりあえずは、このレシートを指紋鑑定所や……あとは、そう――血痕鑑定所で調べさせるつもりです」

「血痕……ですか。見た感じ、ついていないようですが」

俺はそのレシートを横向きにした。側面が少し、染みているのが微《かす》かに見える。

「念のためです。見ての通り状態があまり良くないので成果は期待しないでほしいですが」

「そう……ですか。わかりました。引き続き、よろしくお願いします」

「あと、できればお姉さんの顔写真とか頂けると助かるのですが。進捗状況によっては周辺に聞き込みとかもしたいので」

「え？　ああ……はい、では今度お持ちいたしますね」

なんだろう、彼女は途端にどこかよそよそしくなった感じがした。

その目に後ろめたさみたいな暗澹《あんたん》たるものを帯びているのは、気のせいだろうか。

気にはなったが、あえて追及するほどのことでもないと思った俺は席を立った。

今日は午後五時から、さっそく台場先輩との出勤日なのだ。それに……。

店の外――暗くなり始めた歩道から、明かりに引き寄せられてか通行人がこちらを時々見てくるのが目につく。その中には、見たことのある顔とレジ袋も含まれていた。

帽子を深くかぶり直す。緑賀一葉からそっと離れて、店を出た。


出勤して早々、事件は起きた。

「だからぁ、アンタが無理に袋詰めしたから、こうなっちゃったんでしょう」

「す、すみませーん！　今、新しいのに交換いたしますんで！」

「なんか、釈然としないなあ。お嬢ちゃんさぁ、替えればいいと思ってるでしょ？」

レジ打ちしていた台場先輩に詰め寄っているのは五十代くらいのおばさん。キツイ香水の匂いを漂わせながら、紫色に染めている髪がやけに目立つ。

そんな彼女の目の前のレジカウンターの上に置かれていたのは、商品の入ったレジ袋。そして、散らばったレシートの山。

事の発端は十数分前。台場先輩がこの女性客のレジ対応にあたったとき。買っていったのは八個入りの卵のパックに五百ミリリットルの紙パックの牛乳、炭酸水、そして瓶の白ワイン。

それら商品をすべて一つのレジ袋にまとめた台場先輩の手際は見事なものだった。だが問題は、商品の形状と詰めるのに最適な位置がどうしてもアンバランスになってしまったことだろう。縦長で横に置きにくい商品と、横長で縦に置きにくい商品は同じ袋に詰めづらい。ましてや少しの衝撃や負荷で割れてしまう卵は、より神経を使って袋詰めしないといけない商品筆頭だ。今回は、女性客が店を出てしばらくして、袋の中の卵が割れていることに気づいたとのことらしい。おそらくは、台場先輩が丸みの帯びた炭酸水やワインを卵の上に置いたから割れた、という主張だろう。

「ワインやペットボトルはその……横に置いて土台にした場合、安定しないので、卵を下にしたんです。すみません、本当に」

台場先輩は重い空気にしまいとできるだけ明るく説明したが、逆効果だったらしい。あてつけるような大きな嘆息を女性客はこぼした。

「はぁ……言い訳のつもり？　あのねぇ、私は別に謝ってほしくてこんなこと言ってるわけじゃないんだけど。ほんと、最近の子は袋詰めもまともにできないのかね。ね？」

すぐ近くでそれを見ていた俺に、なぜか同意を求めてくる。

「まぁ、見るからに馬鹿っぽいしねぇ……期待していた私がどうかしていたわ。そういえばお嬢さん、一昨日だったかも、私の荷物の配達伝票にいちゃもんつけてきたわよねぇ」

「あ、あれは、お客様が荷物の大きさを誤って記入していたからで……」

「何？　私のせいだって言いたいの？　店員がそういう態度とっていいんだ？　ふーん」

台場先輩は引きつらせた笑顔のまま、ただただそれでも謝り続ける。たとえ求められていなかったとしても、そういうポーズを徹底するよう店側に指導されているから。

それが日本のコンビニというものだ。お客さんの前では、どんなに不服でも不当であろうとも下手に出るしかない。明らかに名誉を毀損されていても、平身低頭に努めなければならない。特にこのコンビニでは、病的なまでにそれが徹底されている節が見受けられる。

あまり良い気分はしない。しかし……思う。これはチャンスだ。

ミステリーを買って、恩を売るチャンス。司水のときも、稲熊さんのときも、コンビニ絡みのトラブルを解決したことで話を聞くことができた。今回だって、おそらくは――。

俺はレジカウンターの上に置かれたレジ袋の底の部分を確認する。そこには土が付着したような汚れがうっすらと残っていた。

「ところでお客様、この汚れに心当たりはございませんか？」

「……い、いや」

その明らかにひるんだ様子を見て、手応えを感じる。

「あれれ、えっと、おかしいですね。この汚れは地面と接触でもしないとつかないようなもの。少なくとも土が存在しないコンビニ店内では付着しません。ということは、店を出たあとで底の部分にだけ汚れが付着するような何かがあったということになります」

「お兄さん……いきなり何？　何が言いたいの？」

「卵は普通、長軸方向からの力に対する強度は高いものなんです。具体的に言えば、一個辺り七キロくらいまでの重さなら平気で耐えてしまいます。たかだか瓶や牛乳やらが上に乗った程度では、本来割れません」

「え？　そ、そうなの？」

台場先輩がすぐに顔を上げて反応を寄越してきた。一方女性客の反応は、途端に鈍くなる。

「ただし、落下による衝撃にはめっぽう弱い。たとえば、レジ袋を手から間違えて離して地面に落としてしまったときとか」

女性客は顔を真っ赤にして激昂《げきこう》した。

「お客を疑っているって言うの？　ひどい……！　ひどいお店だわぁ！」

「そんな、めっそうもございません。当然、店側に全面的に非がある可能性もございましよう。そのため、どうでしょうか？　一つ徹底的に真実を検証するというのは」

その堂々としたセリフは見事効いた。女性客はレジ袋を掻っ攫うように左手に持って訊く。

「レシートは？」

「え？」

「レシート！　私まだ貰ってないんだけど？」

台場先輩は微かな記憶を辿《たど》るように、慎重に言葉を繋いだ。

「お客様が、不要だとおっしゃったので捨ててしまいました」

「いや要るから」

台場先輩はレジカウンターの上に置かれたレシートの山から、表面がこちらを向いたレシートを一枚手に取った。そういう会計があったと事実確認させるため、女性客が台場先輩に指示してレシート入れから探させていたのだ。

結局女性客は、舌打ちして店を出て行った。左手で持ったレジ袋を乱暴に揺らして。

その背中を眺めながら、俺は動機を推測した。

「ありゃ、自分で落として割った卵を買い直すのが嫌で、店員の不手際ってことにして交換してもらおうとしたんでしょうね。基本的に店はお客がはっきりと店内でダメにした商品でも、無償で交換の対応を取ることが多い。そのお客様ファーストの優しさ……いや、〝クソシステム〟につけこんだんでしょう」

「そんな言い方しなくても。私が袋を二つに分けることをご提案せずに独断で詰めたのも悪いんだから」

台場先輩は、髪を耳にかけた。上目遣いで俺を見てくる。

「でも、ありがとう。かばってくれて。意外と頼もしいんだ。言葉遣いヘンだったケド」

「いえいえ、……その、えーっと、あの、僕もこの店の、一員ですから」

棒読み気味だったのにもかかわらず照れたように微笑んでくれる。

よし、いけそう！　この流れで尋ねてみよう。

「ところで、ここで以前働いていた緑賀さんの件について、伺いたいことがいくつか――」

「うーん、よく知らない。私は」

彼女のまとう雰囲気が一変した。背筋がぞわっとするほど、まるで別人みたいになった。

「す、すみません。なんでもないです」

話を変えると、張り詰めた表情がぱぁっと明るくなった。

「ん？　そう？　じゃあ、勤務あと三時間半、頑張ろうか！　あ、いらっしゃいませー！」

「いらっしゃいませー！　ところで、二ヵ月くらい前のトイレで起きた死亡事件……」

「だから覚えてないってば。話せることは何もない」

固唾《かたず》を飲んだ。人が変わったように、一瞬で心にバリアを張られてしまう。手ごわいな。見返りの期待できるような恩はそんな簡単に売れない。

台場先輩はレジに向かってくるお客さんに気づいて、すぐに散らばっていたレシートをゴミ箱に捨てた。そのまま接客対応に入ったのを見て、俺はひとまずその場から離れた。

バックルームに向かうと、控えめで、どこか小気味良い鼻歌が聞こえてくる。

「……♪　……♪　これ、売れているわね、ふふ。やっぱり私の読み通り……いぇいいいぇい、巡り巡り……来週の新商品は……えぇ……と……」

司水美優——台場先輩とも親交が深そうな彼女が、イヤホンをつけながらタブレット端末を手に発注作業をしている。ユニフォームは着ていない。学校の制服姿のままここにいる。

しばらくじーっとそんな姿を眺めていると、間もなく彼女は俺の存在に気がついた。

「……っ!?　な、何！」

顔をみるみる赤らめる。ワイヤレスのイヤホンを外し、手を止めた。

「へえ、意外と音楽聴くんだな。しかもポップス」

彼女はテーブルに無造作に置いていた携帯端末の画面を咄嗟《とっさ》に隠す。その画面には芝生のベンチに座る七人のジャケット絵が先ほどまで見えていた。

司水グループのご令嬢は平静を装って、その長い黒髪をふわりと流す。

「さ、さあ？　ポップスなのこれ？　ふうん……私はよく知らないけれど」

「知らないのに鼻歌まで？　あんなに明るくて楽しげな曲を？　司水が？」

「ぐ、偶然よ。以前ここの店内放送でかけられていた曲だったってだけよ」

「はあ。それでハマったと」

「ち、違うから！　アクアマートでは！　お客様からリクエストされた曲を定期的に店内で流しているの！　私はただそんないつもご利用されるお客様のニーズを正確に掴んでおきたかったから、聴いていたまでで……楽しんでいたつもりは微塵《みじん》もない！」

よほど恥ずかしいのか、何度も目を瞬《まばた》いては赤く染まった頬を両手で隠している。

「それより、そんな勉強熱心な司水に聞きたいことがあるんだ」

咳払《せきばら》いして、彼女はどうぞと華麗に手で説明を促した。

「彼女──台場歌音のことについて、当時の動向を追いたい。知っている限り話してくれ」

呆れ果てたように、手で追い払うような仕草をされる。

「勤務内容のことかと思ったじゃない。言っておくけど、今は勤務中。動かすのは口だけ？」

そうだ。彼女は勤務を怠らないことを前提条件にしていたんだ。

すぐに細い通路を通って、バックルームの奥へ。商品が詰め込まれたケースの中や重量棚の上から、品出しする商品をカゴの中に入れていく。

「なあ……只今《ただいま》絶賛手も動かし中なんで、教えてほしい」

重量棚を挟んで、その向こう側にいる司水の声が遅れて聞こえてきた。

「台場さんは、緑賀さんと一番仲の良かった店員よ。年が近いこともあって、よく二人で退勤後は会話に花を咲かせていたわ……ここのテーブル椅子と、スツールで」

沈んだ声。顔を見なくてもわかる。司水は、物悲しそうにしていた。

「台場さんは、あまり思い出したくないのよ、あの件を。なかったことにさえしている」

人が変わったみたいに態度が急変する彼女を見た直後だと、その説明にも納得できてしまう。できてしまうが、過剰だという最初の印象まで拭《ぬぐ》い去ることはできない。

「台場先輩は、当時どこにいた？　売り場って言っても、このコンビニは相当広い」

「さあ。ただ、品出しは基本的に洗面ルームを経由してバックルームと売り場を行き来するから、該当時間、限りなく近い場所にいても不思議じゃないわ」

「彼女は稲熊さんの次に……二番目に、トイレにいた緑賀さんを発見したんだよな」

「ええ、そう。私が三番目。それ以降のことは覚えていないわ」

「その前後の時間、司水はどこに？」

「バックルームって言った覚えがあるのだけど。四十分頃にはもう稲熊さんがレジに入ってくれたから、心置きなくここで残っていた仕事をしていたわ」

「そのとき、洗面ルームから物音とかは聞こえなかったんだよな」

「……ええ、まったく。このお店の扉や壁はそれほど薄くないから、たとえば複数の人たちが洗面ルームで会話していても、バックルームからは聞こえないはず。扉に耳をあててか。

聞くならわからないけれど……トイレの個室の中ともなれば、難しいでしょうね」

となると、売り場からも同様に洗面ルーム内の物音は聞こえにくかったと考えていい

「台場先輩や緑賀さんが該当時間、バックルームに姿を見せたとかは？」

彼女はわずかに言いよどんだ。

「……さあ、記憶にないわ。特別気になったことは何も」

……なんだ？　まあ売り場は他の人の目もあっただろうから、もし台場先輩が目立つ動きをしていれば誰かに見られていてもおかしくない。おかしくはないが、彼女が勤務中にとった行動が、すなわち洗面ルームへ足を運ぶことを正当化させるものであった場合――言い換えるなら、普通に勤務していると他者に見せかけられた場合、他の人の目には目立たなく映るかもしれない。

ただ、今それよりも気になるのは仮面の人物が落としたレシート。緑色のスカーフに、担当者：台場の件。できればこれを買ったお客のこと、聞けたらいいんだが。

「そういえば、亡くなった緑賀さんの履歴書とか顔写真もできれば欲しいんだけど」

一応顔写真の方は緑賀一葉に頼んではいるが、職場とプライベートで雰囲気がかなり変わる者もいる。バリエーションがあるに越したことはない。

しかし彼女の反応はここにきて鈍くなった。故人の個人情報を手渡すことに抵抗があるのだろうか。それでもやがて、奥の方から渋々といった様子の溜め息が聞こえてくる。

「……わかったわ。ちょっと待っていて、確か――」

司水は細い通路を通って、こちらに姿を現す。

そのタイミングで、彼女の持っていた携帯端末が鳴った。ポップな着信音だ。画面を見ると、発信元は公衆電話らしい。俺に目で合図してから、背中を向けて電話に出た。

「……ええ、そう。……ええ。わかったわ。ご苦労様でした」

声を聞く限りでは、比較的冷めた対応だった。誰と電話しているんだろう。

電話を切った司水は、言いかけていたことを飲みこんで、思い出したように言い直した。

「……悪いけど、彼女の個人情報――そういえば全部処分されてあったわ。誰がやったのかはわからないけれど、彼女の痕跡はもうここにはほとんど残っていない」

……なんだ？　ますます、誰かの強い意思を――奇妙な介入を感じる。まるでこの事件をできるだけ早く風化させたいような。

黙りこんだ俺に向けて、司水は熱のこもった視線をふいに飛ばしてくる。

「春紅くん、このバイトのあと、二人きりで少しお話ししたいのだけど」

「……？　いいけど、なんで？」

「ここでは、控えましょう。勤務が終わったら、ここに電話を」

さっとメモ帳に電話番号を書いて、その紙だけ切り取って俺に手渡してくる。

俺の返答をろくに待たずに、バックルームを出て行く。そのまま退店していった。

そういえば司水、今日はシフト入りしていないんだよな。それなのに、ここに足を運んでいた理由はなんなんだろう。発注業務……にしては、途中で放棄して帰っていったし。

まさか……俺か？

え？　でも、どういう目的で？　監視のわりにはイヤホンをして音楽聴いていたし、台場先輩と女性客の揉め事にも気づいていなかったみたいだし。

じゃあ……まさか？　二人きりで会いたくて、電話番号まで渡してきたってことは……。

一つ、大きく深呼吸する。困惑したまま頭を掻いて、品出し作業に戻った。

3

高く積まれた段ボールをどかして、一時的に洗面ルームの封鎖を解く。品出しする商品を積んだ台車を押して、その洗面ルームを経由して売り場に戻る。レジカウンターでは、台場先輩がレジの後ろ側——壁際のゴミ箱を漁っていた。俺の姿に気づくとすぐにゴミ箱から離れ、顔ごと背けてくる。レジ横のレシート入れに検収印——レジカウンターのありとあらゆるところに視線を向け、ユニフォームのポケットを手でまさぐって確かめていたが、表情は一向に晴れていない。

「どうかされましたか？」

レジカウンターに戻って尋ねてみると、上の空の回答が返ってくる。

「ん？　うーん……失《な》くしものをして……」

その手には、タブレット端末。レジカウンターとバックルームのあいだの通路の棚に置かれたそれの下を、藁《わら》にも縋《すが》る思いとばかりに覗きこんでいた。

「何を失くしたんですか？」

台場先輩はハッと我に返ったように顔を上げて、ごまかすようなえくぼを作った。

「愛」

「らしくないですね」

台場先輩は今度こそにっこりと笑った。

「んー？　それどういう意味ぃ？」

「失くしたもの、教えてください」

「えー、やだ。ハルクンには関係ないよ」

「いきなり変な呼び方して、ごまかさないでください」

「春紅くんよりも呼びやすいからいいじゃん、ハルクン。あ、いらっしゃいませー！」

「い、いらっしゃいませー」

頑《かたく》なに話をはぐらかそうとしてくる。おそらくは俺に知られたくないんだ、それを。

でも……もしそれの場所を突き止めれば、今度こそ恩を売れないか。たとえ売れなくても、俺に隠したいものなんだ。充分に交渉材料になる。

「そのミステリー、私が買いましょう」

彼女は何度も目をパチパチさせて、首をかしげる。俺はすぐに事態の究明に乗り出した。

「台場先輩は失くしものをしました。それも、タイミング的には勤務中に……ここで不思議なのは、どうして勤務中に失くしたと把握できたのか――」

辺りを見渡して、ふいに台場先輩のシルエットが目に入る。

髪型は、茶色がかったショートボブだ。クシャッとしたエアウェーブが全体にかかっていて、ラフかつ明るい雰囲気を醸している。切れ長の目にすっと通った鼻筋は、姉御肌の風格すら感じさせる。

着ているユニフォームは大きく、少しダボダボなために萌《も》え袖《そで》みたいになっていた。はいているデニムパンツは濃紺でこちらは脚のラインがはっきりとわかる。細く、しなやかだ。

だが俺が意識して見ていたのは、別のところにあった。

「ちょっとユニフォーム、見せてもらいますね」

彼女の周りをぐるぐると動きながら、至近距離で着用しているユニフォームを凝視する。

「は、ハルクン!? きゃっ！ ちょ……！」

ポケットの辺りをつまんで、全角度からまじまじと観察する。

うーん、ないな。となると――。

今度ははいているデニムパンツの尻ポケットに近づき、様々な角度から観察する。

「なっ！　なぁっ……!?」

手で軽く頭を叩かれた。そのまま顔を鷲摑《わしづか》みされる。

「い、痛い……です、ちょっと」

「そのまま遺体にするぞ」

「いやいやいや！　なんか誤解してますって！　別に台場先輩の体目当てじゃないんで！」

なぜかさらに怒気を滲ませてきた。

「へえー、体目当てじゃなかったらして良いことだとでもー？」

「あ、いえ、ちょっと……その、ユニフォームとか、ズボンのポケットに穴が空いてないかなって……ほら、穴から落ちた可能性もあるじゃないですか！　失くしもの！」

「別に頼んでないから。本当いいから、もう！　失くしものは私が自分で探すから！」

「同じバイトの仲間じゃないですか、このコンビニの知恵袋こと春紅を、少しは頼ってください！」

「失くしものを探すことを口実に、お尻を間近で見てくるような人は仲間じゃないよッ」

「言い方！　ですから今、先輩の体には無関心なんですって！　全然理性保てるんで！」

「何……？　それはそれでなんか心外なんだけど！」

俺は頭を掴まれた状態でも、調べる手を止めなかった。その隙に、彼女のユニフォームのポケットの中にしまわれていたメモ帳とペンを取り出す。

「あ、ちょっと勝手に！」

「これじゃないか。となると……」

俺は先ほどまで彼女が視線を散らしていたレジカウンターを眺めた。

勤務中に失くすもの。勤務中に失くしたとわかったもの。そして、レジカウンター辺りをくまなく探せば見つかる可能性があったもの。ペンやメモ帳などの業務用の道具ではない。デニムパンツのポケットの膨らみ具合から、携帯端末や財布などの私物とも違う。もちろんさっき手で持っていた高価なタブレット端末でもない。

ボディチェックはひと通り済んだ……が、普段から持っていそうなものではきっとない。

となると……。

レジの横にあるレシート入れを見た。そこにはたくさんのレシートが詰めこまれていた。

一つ一つ確かめてみる。本来レシート入れは一番底から順に古い時間に発行されたレシートが積まれていく。しかし手に取ったレシートはどれも発行時間が大きく前後していて、そもそもあの卵のクレームをつけてきた女性客の来店以前からのレシートも含まれていた。

「確か台場先輩は、あのクレームのあとでレシートをすべてゴミ箱の方に捨てましたよね。それなのに、その捨てていたはずのレシートが今こうしてレシート入れの中に戻っている」

台場先輩の瞳が激しく揺れ動いた。

「ということは、ゴミ箱からレシートを取り出して、何かを確かめる必要があった。売り場の様子を見ながら……なおかつ、ゴミ箱に捨てた他のレシートと混同しないためには、自然と確認済みのレシートはすぐ横のレシート入れに戻す。だからレシート入れの地層はこんなにも時間軸がデタラメになっていた」

彼女の視線が、背後のゴミ箱へ。

「先ほどゴミ箱を漁っていたのがその証拠。他に捨てたレシートを見逃していないか、チェックしていたんですね」

「君は……いったい……」

「失くしたのは、レシート――違いますか？」

台場先輩は下唇を噛んで、必死に動揺を気取られまいとしている。

レシート、か。

今朝の件が頭をよぎる。仮面の人物が去り際に落としていったレシート。

まさか、彼女が？

かぶりを振る。深呼吸して、高鳴る胸の鼓動を落ち着ける。

すぐに背後にあったゴミ箱二つを、順番にひっくり返した。

「ちょっと！　何やってるの⁉　せっかく紙とプラで丁寧に分別してたのに！　もう！」

「大丈夫です、あとで責任持って元に戻すんで」

「ほんと？　言っておくけど、分別は店長がすっごくうるさいからね。知らないから私」

手を拭いた紙や、陳列済みのタバコのカートンの箱などを掻き分けて、取りこぼしたレシートがないか探す。探すも、すぐにないとわかった。

次にレシート入れに積まれたレシートを再度入念に確認していく。だが日付はどれも今日のもので、九月三十日付けのものなんてやはりどこにもない。

となると、可能性は一つに絞られる。あのレシート。あれなら、ここにないことも頷ける。そして、それこそが彼女の目的だった？

待てよ、しかし、じゃあなんでそんなものを？　動機が依然として不明瞭《ふめいりょう》だ。

「台場先輩は、今日の勤務はずっとこのレジカウンターから出ていませんか？」

「うん？　まあ、そうだったかな。わりと、出勤してから数分は暇だったしね……」

レジカウンターをざっと見渡しながら、当時を思い起こす。そうだ、彼女はレジから動かずに接客対応だけをしていた。にもかかわらず、失くしたということだ。やはり――。

俺は店の出入口に近い方のレジカウンターへ突き進む。伝票を保管しておく箱の引き出しを開け、一昨日の分に目を通した。ひとりでにニヤリと笑う。

「何やってるの？　ハルクン」

覗きこんできた台場先輩に、告げた。

「基本的に荷物配達の伝票は、カーボンへかかる筆圧が、裏面からはっきりと反転した状態で浮かび上がります。ですから、店控えの裏面を見れば、たとえお客様控えやら荷物に貼られた伝票の現物がなくともその送り主の住所がわかるようになっているんです」

保管していた伝票の束から、一枚の店控えを彼女に手渡す。

「これは……さっきのクレームつけてきた……女性客の……？」

「ええ。台場先輩、あの女性客に一昨日も対応したんですよね、荷物配達で」

散らかしたゴミを、宣言通り迅速に元に戻していく。

ゴミを片付け終えて、今度はレジのディスプレイを操作した。電子ジャーナル照会で数十分前の会計画面へ飛び、表示されたレシート番号を記憶し、ノータイムで領収書として再発行する。

「台場先輩、ここで少々お待ちください。失くしもの、取り戻しに向かいますので」

その領収書をポケットにしまって、売り場を出る。そのまま店の外に出て、頭に叩き込んだ住所へと向かった。

五分ほど走って辿り着いた先は平屋建ての一軒家だった。玄関前の庭の土を見て、おそらくはここでうっかりレジ袋を落としてしまったのだろうと俺は見積もった。

インターホンを押すと、間もなく先ほどの女性客が出てきた。

「あ、あんたは……」

「突然すみません。お渡ししたレシートに手違いがございまして、交換したく伺いました」

「レシート?」

女性客は、財布からレシートを取り出した。俺はそれをできるだけ丁重に奪い取って、代わりに再発行した領収書を突き出すように手渡す。

「ありがとうございました!　失礼いたします!」

勢いでごまかして、足早に店に引き返した。

そう……このレシートこそが、台場先輩が探していたもの。おそらく彼女はあの女性客との会計後、何かわけがあって一番上に捨てられたレシートを手に取っていた。そうしているうち、再度あの女性客がやって来てクレームを入れてきた。慌ててそのレシートをレジカウンターの上に置き、レシート入れに捨てられた他のレシートから〝女性客との会計でのレシート〟を探そうとしてカウンターに広げ、結果混ぜてしまった。

奇しくもその女性客との会計のレシートが、台場先輩が手に取っていたレシートだった。彼女はそうだと知らずに女性客に手渡してしまい、あとになってそのレシートがなくなったことに気づいた。だから、ゴミ箱やらレジカウンター周りを探していた。

ここで重要だったのは、台場先輩が女性客に手渡したレシートの向きは当然、表面だったということ。表面だけでは判断できなかったからこそ、台場先輩は自らの手でレシートを失くしたことに気づけなかった。

つまり、裏面にこそ台場先輩は何かの秘密を――俺に知られたくない痕跡を残しているはず。もしかしたら、連続強盗殺人や緑賀一葉の姉の死に繋がる何か重大なことを！

でも今は勤務中。裏面をじっくりあらためるより、まずは一秒でも早く持ち場に戻ろう。彼女に幾ばくかの猶予も与えたくないし。

全速力で店に戻って、狼狽した彼女の前でポケットからくだんのレシートを堂々取り出す。

「台場先輩が失くしたものって、これですよね？」

「あっ⁉　こ、こら！　ハルクンッ！　本当にやめて！」

レジカウンターから飛び出してきた。やはりだいぶ慌てている。よほどレシートの裏面にある〝事実〟が俺に知られるのが怖いのだろう。

まさか彼女こそが〝犯人〟……？

かつてない期待感と共に、女性客から交換させたレシートの裏面を見てみた。

そこにはボールペンで何か綴られている。乾いた声で、無感動に読み上げていった。

仮想だって　貸そうなんて　私の気持ちは　デジタル信号
量子化して　容姿貸して　愛へ　恋へ　貴方《あなた》へ　わけて　確固たる信仰
時代はキャッシュレス　ディーヴァソングロス
…………。

「え？　っ……ん？」

なんだ……これ。てっきり事件にまつわる重大な事実が記されているのかと思いきや。

「……ポエム？」

そうつぶやいた瞬間、俺に覆いかぶさってくる影が一つあった。

「うぅぅぅあああああああぁぁ！」

台場先輩が叫びながら俺を押し倒してくる！　そのままレシートをもぎ取ってきた！

「うっ！　ううううう！　ぁぁあああ！」

これ以上ないほどに顔を真っ赤にして、台場先輩は悶《もだ》えるように何かに苦しんでいた。

「やめて！　ヤメテ！　やメてェ！」

目をぐるぐると回して、彼女は悲痛に叫ぶ。

「これ……っ……私の……歌詞……！」

4

「ディーヴァー・チャル子。インターネットを中心に活動する女性バーチャルシンガーソングライター。動画投稿者。３ＤＣＧによるキャラクターアニメーションと共に、オリジナル楽曲を作詞作曲。歌声に合わせてキャラクターアニメーションを動かすバーチャルシンガーソングライターとして人気を博し、チャンネル登録者数五万人を突破……」

携帯端末で、ｗｉｋｉ《ウィキ》に書かれてあることをそのまま読み上げた。

顔を上げる。顔を手で隠しながら、きちんとした姿勢でちょこんとスツールに腰掛ける台場先輩を、俺は信じられないとばかりに見据えた。

「……これが、台場先輩？」

こくりこくり、と彼女は頷く。

「ディーヴァー・チャル子が？」

しきりに首を縦に動かす。よほど恥ずかしいのか、そのまま体ごと顔を伏せた。

「……え、何やってるんですか、先輩」

「そうだよね！　普通そうなるよね！　だから言いたくなかったんだぁっ！」

「えっ？　じゃあ……え？　レシートに書いていたあのポエムは……」

「勤務中に、パッと新曲の歌詞が浮かんできて！　すぐにメモろうと思って近くのレシートを手に取ったの！　悪い⁉　私、忘れっぽい性格だから、一刻も早くって！　悪い⁉」

まあ、ベテランなのにお弁当のソースを一緒に加温しちゃうくらいだからな……。

「でも本当にこれを隠すためだけに、俺が失くしものを探すのをあんな拒んだんですか？」

「当たり前だよ！　身バレしたら大変じゃん！　ストーカーとか！　住所特定とか！」

なんだかもうずっとこんな調子だ。勤務中も、勤務が終わったあとも、ずっと羞恥心《しゅうちしん》に打ちひしがれている。よほどネットでの一面を俺に知られることが嫌だったらしい。

「別に、最近じゃ珍しくないですよ、ネット活動なんて。でもまさか、バーチャルだとは思いませんでしたが……。それも五万人……凄いですね、先輩」

「全然だよぉっ……うぅ……うぅ」

台場先輩は自虐的に応えた。

「そのｗｉｋｉも私が自分で編集したものだし……再生数だって複数端末駆使して自分で千回は盛ってるし……それなのに、一万回再生されることなんて滅多《めった》にないし……広告も、アンチに剝がされてばっかで……全然、収入増えないし……」

なんか涙ながらに愚痴《ぐち》り出している。

「……はぁ。いや、なんていうか……すみません……なんか」

肩透かしをくらっていた。先ほどから引きつった頬が収まらない。

「お願い！　誰にも言わないで、ハルクン！」

勝手に萎えていた俺に——俺の服に彼女は懸命にしがみついてくる。

「このことがもし他の人にバレて、広まったら私……このコンビニはもちろん、ネットでも活動できなくなるかもしれない！　他の人なんか、ちょっとした情報漏洩《ろうえい》で家まで特定されて侵入されたとかって話聞くし！　ガワの印象が崩れるのも嫌だし！　ね⁉」

おそらく着ぐるみのシステムと一緒だ。そのキャラクターを演じているからこそ、中で実際に演じている人の情報は不必要であるという考え方。身バレするというのは端的に言えばキャラ崩壊——〝夢を壊す〟行為に直結する。そして同時にそれは中の人のリアルでの生活および個人情報に注目が集まることを意味している。

そうか。彼女がお弁当のソースを電子レンジで爆発させた件のとき、ネット炎上をやたら気にしていたのは、ここにもその一端があったのか。

「だから、お願いハルクン。誰にも言わないでほしい。ね？　ね？　黙ってて……くれる？」

困ったように溜め息をついてみせる。

「いいですよ。ただし、教えてほしいことがあるんですけど」

「え？　それは？　なんでも言って！　お姉さんなんでもしちゃう！」

「ここで昔働いていたという緑賀さんが自殺した一件」

彼女の雰囲気が、一変する。ただいつもと違うのは、そこに逡巡が見えたことだった。

「ッ……う……」

「このお店でその日何があったのか、教えてください」

「どうして……そこまで知りたいの？」

ポケットから財布を取り出して、そこから五十円玉を一枚掲げ、手渡す。

「お客がコンビニで商品を買うのと同じですよ。生活に必要だから——ただそれだけです」

目を伏せ、しどろもどろになる彼女。その様子を見て、慌てて明るく振る舞った。

「あ、いや、なんにせよ台場先輩の秘密を吹聴するなんて絶対しませんから安心してください！　僕は、その、ここの店員なんですから。商品こそ売りますが、仲間は売りません」

言い慣れない言葉なので、棒読み気味になってしまう。まあ、もうそれはしょうがない。

そのままその場をあとにしようとすると、台場先輩が呼び止めてきた。

「待って……わかった……教える」

望外の返事だった。辺りを見回して誰も周囲にいないことを確認し、台場先輩に近づく。

彼女は疲弊したように、それでもどこか懐かしむようにつぶやく。

「ヨウちゃん……だったら……いや」

ヨウちゃんって、誰だ？　まあ今はいい。真偽はともかく彼女の話をまずは聞きたい。

「当日、台場先輩は売り場で品出し作業していたと聞きました。それは本当ですか？」

気を落ち着けようとしているのか、茶色がかったサイドの髪を指にくるくると巻く。

「う、うん……」

「具体的には、どこに？　午後八時四十九分から午後九時二十五分のあいだ、どこに？」

「い、色々だよ。雑貨コーナーとか、お菓子売り場とか……玩具《おもちゃ》売り場とか」

「そのとき洗面ルームから、なんか物音とか話し声みたいなのは聞こえませんでしたか？」

「特には……」

「じゃあ、そこを出入りした人に心当たりは？」

「ヨウちゃん……あ、亡くなった子のことね。ヨウちゃんが洗面ルームの中に入っていくのは、見たよ。五十分とかそれくらいだったかな。それからずっと、少なくとも売り場側からは出てこなかったと思う……」

嘘の可能性もあるが、稲熊さんの証言とほぼ一致している……か。それに司水の言う通り、台場先輩と緑賀一葉の姉はあだ名で呼ぶくらいには親密そうなのが窺い知れる。

「それ以外に、洗面ルームを出入りした人はいますか？」

「……どうだったかな。えっと……いなかったような……」

訊きながら、なんだろうかこの違和感。彼女が当時のことを思い返すことそれ自体は俺自身も望んでいたことなのだが、どうにもあっさり話が進み過ぎているような。

人格が変わったのかと疑うほどに――当時のことから目を背けていた彼女から語られる事実にしては、どうにもありきたり過ぎる気がしてならない。

そう思っていた矢先のことだった。

「そういえば……お客さんの中に、一人いた。その時間、洗面ルームを出入りする人が」

唾を飲みこんで、俺は前のめりになる。

「どういう風貌《ふうぼう》をしていましたか？」

「うーん……あんまり、印象には残ってない。黒っぽくて、中肉中背くらいで……でも不思議だったのは、なんか、いつの間にか現れていたようなイメージがあったんだよね」

「……え？　ん？　というと？」

「だから、その……私たちコンビニ店員って普段から来店音――センサーチャイムは意識して聞くじゃん？　今どれくらいお客さんがいて、レジは混むのか混まないのかって、常に店内の様子を留意して挨拶して……なのになんか、突然一人増えたなって思ったの」

一人……増えた？

「当時そのコンビニには、緑賀さんを含めて七人しかいなかったと聞いていますが？」

「そうなの？　えーと、ヨウちゃんに私にみゅうに稲熊さん……それと、高校生くらいの若い女の人に、イートインでコーヒー飲んでた中年おじさん。この二人はよく見かけるから常連客でしょ。あとは……そう、その黒服の人。その七人目がいきなり店内に現れて……何か買って行った気が……したんだよね。それで、洗面ルームにまた戻っていった」

「つまり商品を買ったあと、洗面ルームに入ったってことですか？　その七人目は」

彼女は自信なさげに、それでも最後は深く頷いた。

俺はポケットから、ポリ袋に保管した例のレシートを見せる。緑色のスカーフをキャッシュレス決済で買って行ったことを記録した、仮面の人物の落とし物。

「この会計に、見覚えはありませんか？」

びくっと体を動かして、それに目を近づける。

「……ううん、わからない」

「おかしいですね。レジ担当者は台場さん——あなたの名前が記されているんですが？」

「し、知らないってば！　誰かが私の名札のバーコード番号を勝手に使ったんじゃない？」

目を逸らして、露骨に俺からの追及を嫌う。

……本当に知らないのか。あるいは、知っていて嘘をついているか。どっちだ？

もう一つ、気になっていたことをまずは訊いた。

「〝ヨウちゃんだったら〟……先輩は先ほどそうおっしゃっていましたが、それってどういうことですか？」

「う、うん、えっと、ヨウちゃんにも実は、チャル子の活動がバレていたんだ」

「どうやって、バレたんですか？」

「……ん……まあ、その、色々あって……」

……なんだ？　なんではぐらかした？

「でも何も言わず黙ってくれてたんだ。何か対価を求めるようなこともせず……応援までしてくれて。どこかの生意気な新人店員くんはどうかなぁ？　応援してくれる？」

あてつけるようにどこか軽い口調で言うが、俺はうやむやにされたくなくて言い返した。

「黙ってくれてたって、それはどっちの意味ですか？　文字通り彼女の意思で黙ったのか、それとも先輩が否応なく黙らせたのか」

神妙な声のトーンで言ったため、すぐに台場先輩もその意図を——特に後者のニュアンスを察したように、表情を張り詰めさせた。

「…………」

結果彼女まで、黙りこんでしまった。

確信する。この違和感の正体は、これだ。まるでいつもの台場歌音を演じているようで、実はまだ何か隠そうとしている彼女の不気味な空々《そらぞら》しさにあったんだ。

どうにもこのコンビニの関係者は、本質が見えにくい者がやたらと多い。

そのタイミングで、店に電話がかかってきた。バックルームに設置されたコードレス受話器を真っ先に手に取る。俺が声を出した途端、鋭利な声が耳に飛んできた。

「私よ。もうとっくに勤務終わっているわよね？　何をしているの？　春紅くん」

そういえば——司水と二人きりで会えないかと約束していたことを、今思い出した。

5

午後十時を回って、ようやく俺は囲鯉の水公園に辿り着いた。

前回、司水と二人で話した場所だ。すでにそこのベンチには足を組んで座る司水の姿があった。内股気味のまま、両手を拝むように擦《こす》らせているのを確認して、自販機の前へ。

「悪いな、遅れて。何か飲むか？」

「気遣う必要なし。喉も渇いておりません。君が飲みたいのならどうぞお構いなく」

散々迷った挙げ句、俺はホットの緑茶を二個買って、うち一個を半ば無理やり手渡した。

「だから、要らないと言ったじゃない」

「そのわりには、手のひらの摩擦熱で暖を取っていただろ。内股気味で、太ももの部分も少しぷるぷる震えていたし……まぁ、今回は対策してきたのか、唇は湿っているけど」

「君、やはりデリカシーがないとよく言われない？」

首を振って否定しておく。彼女の横にお茶を置いてからさらにその隣に座って、自分用のお茶を飲む。ほのかな苦みが口いっぱいに広がったとき、頭に浮かんだ光景があった。

二人きりで会いたい。男女で、人気の少ない公園で。単語だけ抜き出せば立派なアレだ。

どうする。こういうとき俺はどういうスタンスで向かい合えば――。

振る舞いに苦慮していると、司水の方から切り出してきた。

「これ。まずは見てほしいのだけど？」

手渡されたのは、複数枚の盗撮写真だった。どこかのコンビニのイートインコーナーを外から撮影した写真だ。そこには二人の男女が――。

「………」

「それ、君よね。服装から何までまったく雰囲気を変えているけれど、そこのテーブルに付着していた指紋と、うちでとれた君の指紋を照合させたからもう間違いない」

続いて、指紋鑑定結果の用紙を見せてくる。努めて俺は無表情を保ち、同時にこの一日に見かけた奇妙な人物のことを思い出していた。

深夜から早朝にかけて、勤務から上がる稲熊さんを店の外の軒下で待っているときに見た、イートインコーナーにいた男性。そして、まさにこの写真が撮られた場所——ハローウィンドで緑賀一葉に調査の定期報告に赴いたときに、外の歩道を通りがかった男性。

いずれも何かが詰め込まれたボロボロのレジ袋を持ち歩いていた、あの不審者。

「あの人、探偵だったのか？」

「さすがね、誰がこの写真を撮ったのか、もうわかったの」

「空の紙コップに何度も口をつけて飲むフリをしていたし、イートインにいる俺たちを見てくる視線も素人同然の不審さだったからな。まさか探偵だとは思わなかったが」

「市内でもまだ実績が少ない探偵をチョイスしたわ。君の身辺調査を依頼するんだもの。警戒されないために、顔は割れていない方がいい。そうでしょう？　ナイトアウル」

もはやそれを前提としたような物言いに、俺は素直にはぐらかすのを諦めた。

「いつから気づいていた？」

「……出会ったときから」

「え？」

「君は気づいてなかったと思うけど、私、君と同じ高校だから。春紅っていう名前を見聞きして、すぐにピンときた。そういえば、ずっと不登校のクラスメートがいたって」

履歴書には違う高校を記入し、さらにその高校用の制服まで用意して着ていったのに。

俺の方を見て、冷たい表情のまままさらに写真を差し出してくる。

「これ、依頼人と待ち合わせするときの君ね。そこまでやる人は今までいなかったみたいだけれど、おいたが過ぎたわね、この辺り一帯のアクアマートは、この私の領域よ」

俺が依頼のために入店したときの様子を写した防犯カメラの映像記録の写真も見せられる。初対面のときから只者《ただもの》じゃないことは理解していたが、まさかここまでしてくるとは。

彼女も似たような心境らしい。感心するように告げてきた。

「でもまさか君があのナイトアウルだったなんて……意外。本当に驚いているわ。ただ、そうよね。納得はいった。あの推理力と行動力……そうじゃないと説明がつかないものね」

一転して厳しい眼差しを向けられる。

「どのコンビニチェーンからの刺客？　ハロウィン？　ファイマ？　それとも、アーストア？　競合他社から、アクマの不祥事を探してほしいって、依頼されたのでしょう？」

俺は黙りこくった。依頼人のことは、できれば話したくない。

「確かにアクマのトイレで店員が自殺したなんて、つつけば何か出そうというのはわかるわ。過労にしてもパワハラにしても、やり方次第で炎上のための恰好《かっこう》の燃料になる。でもね、本当にそんな事実はないの。過労もパワハラも、泉河店では一切確認されていないわ」

どうやら俺を本当に他のコンビニチェーンからの刺客だと思っているらしい。別にその誤解だけならいいのだが、このままでは――。

「もしもどこの誰からの依頼か言わなければ、君を辞めさせるよう店長に掛け合うわ。それは君にとっても、不都合じゃないかしら？」

やはりだ。彼女なら、そういう交渉の仕方で迫ってくるだろうとは思った。

どうする。俺にとって――いや、依頼人にとっての最善は――なんだ？　ここで俺がフェードアウトしたら、それこそ依頼人の緑賀一葉の無念は一生晴らせないかもしれない。

それに幸い、司水の人となりはある程度わかってきて、店員の中ならまだ信用できる方だ。むしろここで突っぱねることで彼女に不信感を抱かれることの方が、まずい。

「妹だ」

俺は、断腸の思いで打ち明けた。

「緑賀の妹。姉の死を調べてほしいって、頼まれた。他のコンビニチェーンは関係ない」

司水は目を瞬かせた。考えこむように顎に手を添える。

「……妹？　何を言っているの？　彼女は一人っ子だと聞いたわ。親戚には確かに妹くらいの年齢の子がいると話していたこともあるけど……」

まさか、あの子は妹じゃなくて親戚だったのか？　じゃあなんでわざわざ騙《かた》った？

「でもその親戚の子は確か、宮城県在住だとも聞かされたわ。わざわざ横浜に来るかしら」

「……俺が緑賀一葉から頼まれたのは事実だ。親戚でもなんでも、こっちに来たんだろう」

そのときの彼女の顔が、やけに茫然としていたことに俺は遅れて気がついた。

奇妙で、薄気味悪い間だった。司水の俺を見る目は、みるみる細くなっていく。

「……君、何言っているの？」

「え？」

「ふざけるのも大概にしなさい。本当に、辞めさせられたいの？」

……？　何がそんな癪《しゃく》に障ったんだ。

「いや、緑賀一葉だよ、俺の依頼人は。名札でも確認したし、彼女なのは間違いない」

暗がりではっきりとはわからない。しかし彼女の顔から血の気が引いたように見えた。

「……じゃあ君は、つまりこう言いたいのかしら？」

眉をひそめた俺に、声を震わせて尋ねてくる。

「死者からの依頼を受けたと？　自分の死を調査してほしいって」

……。…………………………は？

「緑賀一葉はすでに亡くなっているわ。他の誰でもない彼女こそが、アクアマート泉河店で自殺したコンビニ店員——その人よ」

【5】証拠を陳列していけば

1

寒気がした。今言われた言葉が、背筋を冷たく撫でまわすような感覚に襲われる。

俺は手渡された写真——今日、緑賀一葉の幽霊と共にいたときの写真を指差した。

「俺の知っている緑賀一葉は、この子だ。中肉中背でロングストレートの黒髪で、童顔」

「私の知っている緑賀一葉は違うわ。小柄でショートヘアで、毛先は少し緑がかっていた」

小柄で毛先が緑……だと？　待て、なんだ、このちぐはぐな既視感……のような……。

「それを証明する写真は？」

「ここにはないわ。緑賀さんの個人情報を記すものは履歴書から何まで、すべて事件後に司水の者が店から私の家の方に隠したらしいから」

しかし司水は、何かその写真に引っかかりを覚えていたみたいだった。

「でも……妙なのよね。君の依頼主のこの顔、どこかで見かけたような……」

そのとき、頭に降ってきた言葉があった。彼女から依頼を受けた日。

――しかし当時店内には、六……あ、いえ、七人くらいしかいなかったそうです。

「まさか……この子が実は、アクアマート泉河店の常連客だった……とか？」

司水の表情が腑に落ちたように晴れた。

「……そうだわ。そうよ、この子、二ヵ月くらい前まではよく見かけたわ！　決まって夕勤の、そう……緑賀さんが出勤していたときにだけお越しになるから覚えていたのよ」

やはり……。ん？　でも待て、どういうことだ。わかったけど、全然わからないぞ。

頭がこんがらがる。まずは事実だけ押さえろ。とりあえず、もっとも怖――危惧《きぐ》してい た幽霊の線は当然の如《ごと》く消えた。もし緑賀一葉がそのまま化けて出ていたのなら、顔立ちやら髪型が丸きり違うはずがないから。

つまり俺の依頼人は死者の名前を騙り、そのうえで被害者の妹だと言い張っていた。名前も身分も、偽装していたんだ。

でも、なんで？　そんなことをする理由がいまいちわからない。

顎に手を当てて思案にふける俺を、司水は冷静に見てきた。

「……その様子では、本当に何も知らないのね。少なくともスパイという自覚はない」

「当たり前だよ。俺は純粋に謎が解きたいだけ。一部のコンビニを意図的に蹴落とすための謎解きなんて、どんなに謎を積まれてもお断りだ」

呆れたようで、しかしどこか安堵したように彼女は微笑む。

「君がわかりにくくて、ある意味でわかりやすい変人なのはよくわかったわ。でも――」

司水はベンチから立ち上がった。真剣味を帯びた眼差しだった。

「なぜ、そんなにもコンビニでの謎解きにこだわるの？」

返答に窮する。一瞬、兄貴の顔が浮かんだが、振り払っておどけてみせた。

「誰も解かないからさ」

「……誰も？　ごめんなさい。意味がちょっとよくわからないのだけど。つまり？」

「つまり、コンビニの謎なんて誰もそんな興味がないんだよ。店員もお客もそんなものより明日の日常生活のためにコンビニを利用してくるクチ。要は穴場なんだよコンビニは。こんなに謎が並ぶ場所、他にないってのに、全員見ない、あるいは見ないふりをしている」

彼女は何か途方に暮れた顔をし、どこか察したように手を振り払う仕草をした。

「あぁそう。もう、いいわ」

公園の出口へと体を傾け、話題を戻してくる。

「引き続き情報共有していきましょう。緑賀一葉を騙る何者か。そして、君たちを襲った仮面の人物。不穏な匂いが、あまりにも立ち込め過ぎている」

「……もう情報行ってるのか。俺たちが襲われたって」

眉間に指をあてて、頭痛を堪《こら》えるような仕草をしてくる。

「朝、警察が店に聞きこみに来たらしいわよ。怨恨《えんこん》の線も一応は追っているのかしらね」

俺を冷やかすような、怜悧《れいり》な瞳がジッと見てくる。

「ま、私の見立てでは事件を掘り返そうとする誰かさんへの警告――そう思ったけれど?」

武者震いからくる笑みが、ふいにこぼれた。司水もそれを受けて、口角を上げる。

「懲りてないようね」

「ああ、むしろ隠そうとしてくると、つまびらかにしたくなるんだ」

彼女は嘆息して背中を向ける。去り際、微かにこんな声が聞こえた気がした。

「気をつけて。犯人は、君の思う以上に近くにいるかもしれないから」

2

緑賀一葉と名乗った俺の依頼人は、その日以降連絡が取れなくなっていた。

ひとまず、彼女と初めて接触した場所――ハローウィンド颯山店に、足を運んでみた。

状況的に、彼女がここで働いているのは間違いないと踏んでいたためだったが――。

「緑賀? そんな子はうちで働いてないけどなぁ……」

口の軽そうな男性店員に目星をつけて尋ねてみると、すぐにそんな回答が返ってきた。

依頼人の着ていたユニフォームの名札は、おそらく偽装。あのとき俺に緑賀一葉だと誤認させるためだけに、きっと用意していたんだ。理由は知る由《よし》もないが。

「じゃあ、この子に心当たりは?」

次に携帯端末を操作して、一枚の写真を直撮りした画像を見せる。司水が探偵に撮らせた俺と依頼人の隠し撮り写真を、本人確認のためにさらに上から撮らせてもらったもの。

「ああ、この子はアレだよ。芽ヶ久里《めがくり》ちゃん。芽ヶ久里安子《やすこ》。数日前までここで働いてた」

芽ヶ久里安子――！　依頼人の本当の名前……！

「でも、急に辞めちゃったからなぁ。本当、人が足りなくて困ってるのに」

「どこに行ったとか、わかりますか？　彼女の普段通ってる場所とか、学校とか」

「いや、どうだろう。あまり彼女、他の店員と親しいわけでもなかったし……ってか、なんでそんなことを？　クレームつけにきたんですよね？　接客態度が悪い店員がいるって」

「あ、いえ……辞めてしまわれたのなら、もう結構です。ありがとうございました」

店を出る。聞きこみ調査は引き際が肝心だ。名前を知れただけでも良しとする。

しかし、ここに来て連絡が一切つかないのは気になる。先日の俺と司水の会話を聞かれていたわけでもあるまいし、そもそもバイト先だって辞めたのは数日前。

つまり、俺に正体が露見するかどうかは現在の音信不通の原因ではないということ。

なぜか妙な胸騒ぎを覚える。知らないところで、何かが動き出した気がしてならない。

当時店で不審な動きを見せた七人目の存在。他にいた二人のお客。台場先輩の隠し事。

そして芽ヶ久里の行方――調べることは依然として尽きそうになかった。

夕方の五時前——今日も出勤予定だったので、アクアマート泉河店へと足を運ぶ。

レジカウンターには、なぜか接客する夜勤の稲熊さんの姿があった。

「あ、ポ、ポイントつかないんですよ……これ……九十五円なので」

「あぁ、そうだった。……ちっ……じゃあそのまま会計してくれ」

お客は舌打ちしてポケットにポイントカードをしまい、こちらにフラフラ向かってくる。

すれ違い際、少し体がぶつかる。そのお客は、鼠色のチェスターコートを着た三、四十代くらいのおじさん。無精髭《ぶしょうひげ》で、胡乱《うろん》な目つきだ。体格は良い方だが、身なりが綺麗じゃない。タバコの臭いもキツいし、ボサボサな髪からはまるで清潔感を感じない。手には使い古されたレジ袋を持っており、その中にはなぜか生米や穀物が入っている。

見知った顔と風貌だった。ここ数日、司水に依頼されて俺につきまとっていた探偵。まだ俺を監視している——ようにはとても見えない。目に生気がない。

そんな彼はレジカウンター中央で立ち止まり、カウンターの内側にあったコーヒーマシンを眺める。間もなくそこから抽出されたコーヒー（Sサイズ）を、稲熊さんが手渡した。

おじさん探偵がイートインコーナーに入ったのを確認してから、俺は彼に声をかけた。

「稲熊さん、あのお客さん、いつもここを利用してるんですか？」

「ん？　あ、ああ、うん。毎回小さいサイズのコーヒー頼んで、ポイントカードを時々あ
あやって提示してくるんだ。そのたびに、これは百円以下だからポイントは付与されない
って言っているんだけど……ほとんど覚えてくれないみたいで……」
ポイントは百八円につき一ポイント加算される。それ以下だと、提示してもポイントは
付与されず、ただポイントカードの残高数のみがレシートに記載される。
「……いつぐらいから、彼はここに来るように？」
「もう半年くらいかな。コーヒー一杯で数時間、ずっとイートインコーナーで粘ってる
うだつが上がらない探偵──そんなイメージだったが、実際そうらしい。
「ところで、稲熊さん珍しいですね、こんな時間に出勤だなんて」
「うん？　あ、ああ……店長に、急遽入ってくれないかって言われて……はぁ本当……」
「なんか、文句おあり？　稲熊ぁ」
「ひいっ……!?」
甘ったるい声と共にバックルームから姿を現したのは、小柄な女性だった。身長は百五
十センチあるかないかで、文字通り身の丈に合っていないダボダボなユニフォームを着て
いる。のほほんとした垂れ目と、小さな丸い鼻、ダークブラウン色のショートヘアがどこ
か幼いタヌキを彷彿《ほうふつ》とさせる風貌だった。
御流木《みるき》みぃち──何を隠そう、彼女こそがこのコンビニを表向きに仕切る店長その人
だ。

「文句があるなら、サボりの台場に言いなぁ？　あたしのせいみたいに言わないで」

「は、はあ……」

「なんだぁ？　やっぱりあたしのこと、下に見てるでしょう、稲熊」

「い、いえ、そんな！　ただ、あまりにも急な話だったのでちょっと体調が……」

「なら断ってよーバカ。くれぐれも、小火をおこすんじゃぁないよー？」

小火……？　そういえば、司水もなんかそんなこと言っていたな。

そこで俺の方を御流木店長は向く。なんの感慨も込めずに訊いてきた。

「おはよー春紅。ヘンなひとに、襲われたんだって？　だいじょーぶか？」

「え、ええ。まあ」

「そ。じゃ、さっさと出勤しなさい。バイトでも、ボサッとしてる暇ないよ……ん？　あ、おいコラ稲熊！　またプラスティックゴミを、可燃ゴミに入れたね⁉」

「ひぃっ……す、すみません！」

「朝も昼も、分別の心を大切に。身長高くてもいいけど、心まで高慢になるんじゃないよ」

いつだったか台場さんが言っていた通りだ。店長は店員にやたら厳しく接してくる。見た目や声にコンプレックスでもあるのか、必要以上に自分を大きく見せようと躍起になっている印象だ。司水の名を吐き捨てるように言う司水とは、まさに真逆の立ち振る舞い。

「……台場先輩は、サボりなんですか？」

バックルームに入ってユニフォームに着替える最中、俺は気になることを尋ねてみた。

御流木店長は缶コーヒーのブラックを苦そうな顔つきですすりながら、答えてくれる。

「無断欠勤ね。反省文十万字、絶対提出させてやるんだから！　もう！」

呪詛《じゅそ》を放つかのような言い方だ。声が高いため、迫力にはやや欠けるけど。

しかし無断欠勤か……。

「台場先輩ってそういうことする人なんですか？」

「珍しい。電話に出ないどころか、携帯の電源も切れてるっぽい」

少し視線を落として、しゅんとする御流木店長。一応は心配しているらしい。

俺自身も心配だった。台場先輩には今日も色々聞くつもりだったし。

「まぁ、あの人ってうっかり屋ですし、もしかしたら本当にただの寝坊かもしれませんが」

「そうだといいけど……あ、いや、別に心配ってわけじゃないけど……シフトがね」

かなり心配しているらしい。

そのタイミングで、電話が一本鳴った。即座に御流木店長は受話器を手に取る。

「台場⁉　あ、いえ、なんでもないです……はい、どうもお世話になっております。え？　あ、いや、お留守番じゃないです。あたしこそが店長です。え……はい。はい。ええ。いえ。やっぱり、そこの電気だけ通さないでもらえますか。〝A〟以外で……はい」

彼女はメモ帳に、〝明日　午後　電気点検業者来る〟とやたら達筆で書き記した。

もしかしたら台場先輩かと思って聞き耳を立てたが、どうやら電気関係の業者らしい。

十六時五十五分──気を取り直して、少し早いが出勤した。御流木店長に勘付かれないようこっそりと携帯端末を取り出して、一枚の拡大した画像を稲熊さんに見せてみる。

「稲熊さん、この子に見覚えありませんか？」

「ん？　……ああ、この子は、常連客……じゃなかったかな」

依頼人だった芽ヶ久里がこの店の常連客──司水の見解と一致した。となれば──。

「この子、緑賀一葉さんが亡くなったときも、ここを出入りしていませんでしたか？」

稲熊さんは言葉を詰まらせながらも、二つ返事でそれを肯定する。

「う、うん。そのときは、ぼ、僕が接客したから……覚えてる。ほ、ほら、以前話したよね。いつもポイントカード提示してくれる常連客がその日はポイントカード出してこなかったから、あとでポイント付けられるようレシートを念のため持っていたって。郵便葉書やお菓子を会計した……そ、その子がまさにそうで……」

やはりだ。彼女はただの依頼人じゃない。事件現場に当時いた、関係者だった！

「あ、いらっしゃいませー！」

稲熊さんがいきなり店の出入り口に向かって快活な挨拶を飛ばす。お客が来店したのだ。

「い、いらっしゃいませー！」

郷に入っては郷に従え。挨拶は徹底するこの場所のルールに、俺はなるべく従った。

「で、でも……よくわかったね。この子が、そのときここにいたって」

稲熊さんのその疑問に、俺はなんでもないことのように説明する。

「彼女と話す機会が偶然あって、事件のことも話題に挙がったんです。そのとき彼女は〝当時現場にいたのは六……いや七人〟という言い方をしました。まずなんでそんな正確に知っているんだろうという疑問もそうですが、何より最初は六人だと思いこんでいたのに、なぜ途中で七人だと気づいたのか」

当時彼女がいたと思しき、レジカウンターの前の何もない空間を見た。

「自分を数に含めてなかったんですよ。致命的なまでに客観性に欠けていた。それに気づいて、慌てて自分を含めた人数を言い直したんじゃないかと、あとになって思ったんです」

「……へえ。なんか、よくわからないけど……す、すごいね……やっぱり」

「それより、この常連客と緑賀さんの関係、わかりませんか。会話しているのを見たとか」

稲熊さんはしばらく顔を上げて天井を仰ぐ。何かを必死に思い出そうとする仕草。

「……うーん。ど、どうだっただろう……。記憶にないなぁ。仲良しって印象は全然ない……けど。……でもその常連客の子、誰かを待っているような感じはあった気がする」

「待っている？」

「う、うん。店内で、ちらちらと店の時計とレジの方を気にしてくるような素振りがあって。か、会計が終わったあとも、ずっと店内の雑誌コーナーで立ち読みしていたり……」

待ち合わせでもしていたのか？　しかし誰と？

「でも、緑賀さんは……その、僕が言うのもなんだけど、勤務中は静かで生真面目な性格……というか。凄く愚直で、とてつもなく正義感があって、私語をする子じゃなかった……から。会話していなかったってだけじゃ、二人の仲は……その……測れないよ」

とてつもない正義感……か。司水は緑賀一葉のことを店員想いでお客さんへの愛想も良い模範的なクルーと評していた。あの手厳しい御流木店長や司水のもとで働いているんだ。仮に大の親友が来店してきても、私語は慎むような人だったんだろう、緑賀一葉は。

「では、プライベートの緑賀さんのことは、どこまで？」

稲熊さんは恐れ多いとばかりに全力全開で首を横に振った。

「ぜ、全然わからないよ。ぼ、僕なんて口下手だし、あんな綺麗な子とそんな……」

……うーん、やはりそこら辺は緑賀一葉と気の置けない仲であるという台場先輩に、聞かなければわからないか。ほんと、なんで今日に限って無断欠勤なんてしたんだ。

「あっ、そういえば、台場先輩いわく〝黒服の人〟が当時現場に突然姿を現したそうですが、そんな怪しい感じの人、見かけたりしていませんか？」

「……どうかな。見てないと思うけど。で、電子レンジにかかりっきりだったしね……」

「では、当時現場にもう一人いたっていうお客に心当たりは？」

彼の視線は恐る恐る店の出入り口側にあるイートインコーナーへ。

まさか……あの、おじさん探偵？

3

「こらぁ！　何をお喋りしてるー？」

バックルームからしかめっ面の御流木店長が出てきたのを見て、俺はちょうどいいタイミングとばかりに布巾《ふきん》を持ってレジカウンターを出た。

「あ、もう！　逃げるなー！　ちゃんと働けよー！　春紅ぅー！」

敬礼して、イートインコーナーを指差す。

「ちょっとテーブルとか床の汚れをチェックしてきます！」

イートインコーナーの一番隅に座る人物に近づく。しわの目立つ鼠色のチェスターコートに、ボサボサの髪と無精髭。そしてテーブルに置かれた古びたレジ袋。

コーヒーの芳醇な香りに似つかわしくないほど、彼はくすんで見えた。

「鳥栖炉煙雄《とすろえんお》さん、ちょっといいですか？」

俺がポケットに手を入れながら話しかけると、彼は眼光鋭く俺を睨んだ。

「……なんで俺の名前を知ってる、ガキ」

ポケットからしわくちゃになった八月分の携帯料金の支払い用紙と共にポイントカードを取り出す。それぞれ〝鳥栖炉煙雄〟という名前が表記されていた。

「い、いつの間に……！」

「さっきすれ違ったときです。足元がおぼつかなかったのに加え、あなたの意識がコーヒーマシンに向かっていたため、落としたことに気づかれていませんでしたよ？」

「……落とすようなことをした覚えまではねえ。お前、まさかポケットから盗んだのか？」

「いやいや、まさかまさか！　そんなことより、ちょっとご教示ください。当時、ここの店員がトイレで亡くなったとき、鳥栖炉さんは現場にいたと伺ったのですが？」

彼は無言のまま、携帯料金の支払い用紙とポイントカードをポケットにしまう。

「不審な人は見ませんでしたか？　お客でも店員でも……いたら教えてほしいんですけど」

「いきなりなんなんだ。失礼極まりねえなお前」

「女性とお忍びで過ごすところを盗撮されたんです。失礼さで言えばおあいこでしょう」

彼の目が少し泳いだ。司水から依頼を受けたことを看破《かんぱ》されて、動揺している。

「ほぼほぼ同業者なんです。お互い、腹割って話しましょう？　あ、いらっしゃいませー」

店長の目がある。隣のスツールに腰掛けるのではなく、あくまでもテーブルの汚れを布巾で拭く体を装って、挨拶を欠かさない店員として――俺は歩み寄った。

「どうしてずっとここを利用しているんです？　何時間も粘ってるらしいじゃないです

か」

「お前には関係ないだろ」

「それが職務とはいえど、他人のプライベートを盗撮にストーカーまでしておいて、関係ないはないでしょう。ちょっとくらい、あなたの知恵袋利用させて頂けませんか」

彼は店の外の方に視線を逃がす。聞こえるくらいはっきりと舌打ちしてくる。

「……俺は何も見ていないし、知らない。ずっとここでコーヒーをすっていただけだ」

「それを証明できるものは？」

「……どうだったかな、一応、レシートは普段からとってあるから、あるいは」

「へえ、二ヵ月ほど前のものもですか？　見せてください」

「……ちっ……っ……ったく……見せたら消えてくれるか？」

渋々と彼は財布からレシートの束を取り出す。本当に捨てずに溜め込むタイプらしい。

その中から九月三十日の午後八時十四分に発行されたレシートを一枚俺に見せてくる。

……両端の下半分に、ピンク色の縦線が入っているレシートだった。

「一杯目のコーヒーを買ったときのだ。水色メッシュのお嬢ちゃんが会計してくれたな」

司水か。午後八時十四分時点では、まだ表に出てレジ打ちしていたのだろう。

「それでこれが、二杯目。こっちのときは、確か茶色い髪のお嬢さんが会計してくれたな」

次に取り出したレシートは、同日の九時四分。二つとも、店の出入り口側のレジ――レジ②で発行されている。レジ担当者は、一枚目が司水で二枚目が台場——とある。

そしてこちらのレシートにも両端にピンクの縦線が入っている。ただし、上半分だけ。

問題は時間だな。緑色のスカーフが買われる一分前に、この人がコーヒーを同じレジで買ったことが、このレシートで証明されたということは——。

「二杯目を買うとき、後ろにお客さんとか並んでませんでしたか？」

「……？　いや、そんな覚えはねぇよ。当時は珍しく閑古鳥《かんこどり》が鳴いていて……他のお客も店内にはいなかった。あとになって来店した客も、いなかったんじゃねえか」

いない……？　じゃあ、誰が午後九時五分に緑色のスカーフを買ったんだ？　台場先輩が言っていた〝七人目の黒服の人物〟という情報とも、いまいち符合しない証言だな。

「午後八時五十分くらいに、こんな子がレジにいたのは覚えていますか？」

俺は稲熊さんに見せた写真の拡大した画像を、彼にも見せた。

「……あぁ、お前がハロウィンに一緒にいた子な。覚えてるぜ。あの時間帯、店内に客は彼女だけだったし、ちんけなもんばっか買っているのが、レジ袋越しから見えたな」

……芽ヶ久里のことは、わりと正確に覚えてそうな口ぶりだった。全部デタラメに言っているわけではない……と見てもいいのだろうか。

「ではなんで今も、わざわざこんなところで何をするでもなく、留まっているんですか？」

彼の視線が、ずっと店外の軒下の犬走りと呼ばれる通路に向かっていたことに気づく。

「店外のタイルに――犬走りに、何かあるんですか？　あ、いらっしゃいませー」

諦念を帯びた気怠《けだる》そうな眼差しで俺の顔を見る。やがて、面倒くさそうに口を開いた。

「最近、×印の傷を口につけられた遺体がわんさか出てくるのはお前も知ってるだろ」

「ええ。死人に口なし事件、罪と×の殺人、×の悲劇……色々呼称されてる事件ですね」

「その被害者のうちの一人が、ここの常連客だったんだ」

「……え？」

思わず、彼の顔色を作為抜きに突発的に窺ってしまう。

「ばあさんだった。六十代くらいの。別に詳しい人となりなんて知らねーけど、いつも犬走りで、野生のスズメに餌《えさ》やってるのは見ててな。あのばあさんが来ると、いっつもスズメ、寄っていって鳴くんだよ。他の客が来るたびに、開いた自動扉から聴こえてきやがる」

鳥栖炉さんは感傷に浸るような顔つきを犬走りへ向けている。

「うるせーったらねェ。ここでいつも暇つぶしに寝てる俺からすりゃ、迷惑以外の何物でもなかった。聴覚過敏だって、悪化してよ、ったくあのばあさん……ほんっと……」

口は悪かったが、そこには言葉とは異なる何か別の感情が込められている気がした。

「だから、二ヵ月前くらいにばあさんが殺されて、ここでの餌やりが途絶えて、ありがてえことに俺ぁ、ここでよく眠れるようになったんだ。聴覚過敏だって、マシになった」

彼がここで眠っているところを、俺は全然見たことがない。つまり――。

「……だが、スズメの行方がわからねーんだ。ばあさんが殺されてからめっきり、姿を現さなくなっちまった。今どこでどう生きてんのかなって思ったら……その……気になってな。ここで待ってればいつか見られるんじゃねーかって、思ったんだ」

ふと我に返ったように、何かを隠すように口元が緩んでいく。

「な？　別件だったろ？　さあ、もう消えてくれ。俺は一人が好きなんだ」

手で追い払うような素振りを見せて、コーヒーをつまらなそうにする。

俺はテーブルの上に置かれた、穀物の入ったボロボロのレジ袋を一瞥した。これをずっと持ち歩いていた理由が、わかった気がした。

「もしかして、代わりに餌やりしようというお考えだったんですか？」

彼はたじろいだ。

「鳥栖炉さんって、意外に情が厚いんですね！　おばあさんの遺志を継いだと？」

まあ、コンビニの前で餌やりは、マナーとしてどうだろうというのはあるが。

「……俺は、スズメが気になるだけだ。勘違いすんなよ」

「へえ、動物好きなんですね！」

「……うっとうしい。消えろ」

「消える前に、そのミステリー、私が買いましょう——すぐにでも」

すぐにでも、と付け加えたのには理由があった。

すでにそのスズメの謎に、確信に近い心当たりがあったからだ。

「鳥栖炉さん、二ヵ月前にまだおばあさんが餌やりをしていたとき、おばあさんはもちろん店員や他のお客が空を仰いでいる姿とか、よく見かけませんでしたか？」

「……そういえば。そう、あの毛先が緑の店員とか外清掃のときによく上を見ていたな」

……そうか。緑賀一葉は、そのときはまだ生きていたのか。でも、なんだろう、毛先が緑……という要素が、やはり変に引っかかる。俺はどこかで以前……いや、でも……。

「しかしガキ、なんで空を仰いでるなんて、わかったんだ？」

「え？　ああ、よくある話だからですよ。もはや謎でもなんでもありません」

俺はそのまま店を出た。携帯端末を取り出し、サイドボタンを押しながら告げる。

「フラッシュライト・オン」

真上に位置する店の看板――その店名ロゴの光がやや弱まっていることを再確認し、そこにライトを照射する。

鳥栖炉さんを外に呼び出してから、ライトの射光でそこを促した。

「先ほど店長が、電気関係の業者と電話していたんです。用件は〝A〟以外点検してほしい。アクアマートの中にAを電気関係で点検する場所なんて看板ロゴ以外ありません」

微かに光る照明看板に綴られた水色の〝AQUA　MART〟というロゴ――その頭文字のAに、俺の携帯端末のライトが向かっていた。

「まあ、完全消灯してるわけではないですが、光は見ての通り微弱です。きっとLEDの状態が悪くなっていて、点検・修理を余儀なくされていたんでしょう。しかし店長は、A

だけは手を付けないでと念を押していた。なぜAだけの点検を店長は拒んだのか。もしAのローマ字だけ点検しなければ、いずれ照明がつかなくなってアクアマートの看板は夜中〝QUA　MART〟になってしまう。そんな不恰好《ぶかっこう》な照明看板にしてまで、何をそこまで守りたかったのか」

鳥栖炉さんは看板の〝A〟の真下にまで近づいて、そこの真ん中――Aの△の下辺に形作られたものに気がついた。

「巣……？　と、鳥の巣が、ありやがる……」

「そう。営巣を、店長は守りたかったんです。もしもすべて点検・修理してしまおうとすれば、そこに作られた巣はおそらく取り壊さなきゃいけないと説明を受けていたんだと思います。カバーを外して配線を確認し、ライトそれ自体を取り換えて……Aの真ん中に作られた巣は、明らかに点検・修理をするうえでは邪魔になりますから」

彼は驚嘆したように、声を上擦《うわず》らせている。

「こんな……ところに……巣があったなんてな……」

「基本的に見えにくい位置にありますからね。それに辺りが暗くなる夜なんかは、きっと本当に近づいて注意深く観察するか、ライトで照らさないと見えないでしょう」

「そうか。毛先が緑色の店員がよく上を見ていたのも……この巣が理由だったのか」

「おそらくは。まあ、清掃中ってことで、他の人よりは気づきやす――ッ!?」

店の出入り口から、ブカブカのユニフォームを着た幼い顔立ちの女性が出てくる。幼いが、その顔に宿っている感情ははっきりと憤りが滲んでいるのがわかった。

「はーるーくぅ？　サボってんじゃないでしょーね⁉」

御流木店長は眉間にしわを寄せて、俺の背中をこつんと叩いてくる。

「あたしのこと、下に見てるでしょう。結局、春紅もそうなんだ？」

「いいえェ⁉　滅相《めっそう》もないッ！」

俺は全力でご機嫌を伺うべく努める。

「むしろ〝尊敬〟してますけど！　だって店長、鳥の巣を守ろうとしていたんでしょう？」

「尊敬……」

頰の辺りに手を添え、目を輝かせる。尊敬という言葉の響きにうっとりしていた。

「え？　でもなんで、春紅はそのことを？」

「さっき電話で業者の方と話していたので、ちょっと確かめたかったんですよ、店長がやっぱり思った通りの、〝リスペクト〟できる御方だったんだって」

「リスペクト……」

顔を逸らして、やはりその発言の余韻に浸っている。もじもじしながら、彼女は言った。

「ま、まあ？　別に？　そんなんじゃないよ？　ただ、いつも来るクレーマー気質のお客様がどうしても残してほしいって言うからさ……ヘンに心証悪くするよりは、いいかなって。他のつがいが再利用してくれたり、二ヵ月前に巣立ったスズメが、また戻ってきてくれるかもしれないしねっ」

二ヵ月前……奇しくも、緑賀一葉が亡くなった前後に、ここからスズメは巣立ったのか。

「でも、フンとか散らかしたりしません？　衛生的にどうなんでしょうか？」

「司水にも、言われたよそれ。でも、ちゃんとみんなで清掃するって言ったら、それなら構わないって了承得てさ。……あ、いや、あたしの方が店長で当然偉いんだけどね？」

司水なら、スズメの営巣が客寄せや店の好感度アップにもなることを見越していそうなものだと思った。今回と似たようなケースで、新聞に取り上げられた店もいくつかあるし。

「まぁいいや、なるべく可及的速やかにレジに戻りなさいねー？」

上機嫌で、御流木店長は店に引き返していった。ここまで温情的だとなんか逆に怖い。

「……俺の見ていたスズメは、巣立ったんだな」

ぼそっと、どこかうら寂しそうに鳥栖炉さんはつぶやいた。

「はい。だから、気に病む必要はありません。きっとどこかで自由に羽ばたいていますよ」

舌打ちされた。俺は笑って、十円玉を三枚、彼のポケットに有無を言わさず突っ込んだ。案の定不審がられたが、すぐに背中を向けて勤務に戻ろうとする。

が、「待て」というやけに神妙な声が俺を呼び止めた。

そのときだった。余計な雑音をかき消すような雨が降り出したのは。

冷たい雨粒がぽつぽつと降り注ぐのを見上げながら、彼の話に耳を傾ける。

「この際だ。一つ教えといてやる」

鳥栖炉さんは、ポケットからアイコスを取り出した。水蒸気をくゆらせて、切り出す。

「調べてるんだろ、ここで亡くなった店員のこと。調査終了時点で、見当はついてんだ」

俺は口角を上げるに留めた。明言は避けておく。

「そう――あの毛先が緑色だったお嬢さん、いつも左手首に腕時計をしていたんだ。外清掃のとき、ユニフォームの両袖をまくっているから、イートインからでも見えるんだ」

かつての芽ヶ久里の言葉が脳裏をよぎった。彼女に贈ったという誕生日プレゼント。そういえば、腕時計のことはまだ他の店員たちに聞けていなかったな。

「緑色だった。凝ったデザインで、タイマーがついているんだよ、その腕時計。しかもあの店員、勤務中に時々タイマーを使っていやがった。きっとその時間の廃棄の業務を忘れないためだろうな、あの独特な教会の鐘のようなタイマー音は――そう、決まって午後九時四十五分くらいに鳴るから、聴覚過敏の俺には、気になって仕方なかったんだ」

自殺したという緑賀一葉は勤務態度が真面目だともっぱらの評判だった。午後九時四十五分に商品を売り場から下げる〝廃棄〟という大事で忘れがちな業務を忘れないために、タイマーで保険をかけておいても不思議じゃない。

「問題は、事件が起きてすぐのことだ。あんときは、いったいなんだと思ったよ。洗面ルームから女の悲鳴が聞こえてきて、しばらくして店からすぐに締め出された。トイレで人が亡くなったからってな。現場検証かなんかのために、閉店する気だったんだろう、すでに出入り口の扉には、〝閉店中〟という張り紙がしてあった」

女の悲鳴は、台場先輩のものだろうな。今まで得た証言がそれを裏付けている。

「警察や救急車を待っているみたいだった。そのときコンビニの軒下前には俺含めて四人がその場でボーッとしていた。店員が三人に、客は俺一人だけだったと思う。水色のメッシュの髪の子は携帯端末を片手に持ったまま、画面も見ずにうつむいていて、まるで現実から目を逸らしているみたいだった。身長がやけに高い男は逆にコンビニ店内を外からじーっと眺めていた。茶髪っぽい子は……泣いていたな。その場にしゃがみこんで」

司水、稲熊さん、台場先輩……そしてこの鳥栖炉さんか。緑賀一葉を除けば二人——芽ヶ久里と、謎の七人目Xは事件発覚当時すでに現場にはいなかったということになる。

「それから一人、真っ青な顔をした金髪の男がやって来た。こいつも店員だな。よく夜勤で見かけるし、あのツラでクッソ丁寧に接客されるから、覚えやすいんだ」

金和座さんのことだろう。彼は事件後に、現場に来たらしい。

「だがそのときだった。妙な音が微かにどこかから鳴っていることに、俺は気づいたんだ」

彼はじっくりとアイコスを吸ってから、実直に語った。

「亡くなった店員のつけていた腕時計のタイマー音。教会の鐘の音みたいなのが、なぜかその場にいる誰かからしばらく鳴っていたんだ――午後九時四十五分にな」

顎に手を当て、俺は犬走りの方を見ながら聞く。

「俺だけが聞き取れるくらいに小さいものだったのか、それとも他の連中は身内の自殺ってことで動揺していてそんな音にかまっている余裕がなかったのか。とにかく部外者の俺にだけ、その音が拾えた。警察や救急車が来る頃には、鳴り止んでいたがな。結局最後まで、誰の衣服やカバンの中から鳴っているのかはわからずじまいだった」

そうだ。芽ヶ久里は彼女がその日もちゃんとつけていた腕時計が、事件後に消えたと言っていた。事件後にそのタイミングでそこで鳴ったということは――。

「店員の誰かが、緑賀一葉の腕時計を持ち去っていた？　しかも、こっそりと」

首肯して、水蒸気をさらにふかす。

「別にそのときは深く考えもせず、スルーしていたがな……今思い返せばって話だ」

「そうでしたか……ん？　あぁ、なるほど。じゃあ鳥栖炉さんがここに頻繁に様子を見に来たのは、スズメだけが理由じゃなかったんですね。まさか事件の調査を独自で？」

不愉快そうにまた舌打ちして、反駁してくる。

「っ……言ったろ、俺はただ、スズメが気になっただけだ」

「事件や謎を解こうという気概は？」

「ねーよ。ガキじゃあるめーし、んなもん興味ねえ。むしろ嫌いだな。あぁ、うんざりする。なくなってほしいもんだよこの世から……謎なんて」

……探偵なのに？　変な方だな。

「じゃあなぜそれを覚えていたんです？　そればかりか私に話してさえくれたのは？」

しばらく黙ったかと思えば、ふいに彼は精悍《せいかん》さを交えて――笑った。

「暇つぶしだよ、謎《それ》と向き合う奴がどう拗《こじ》らせているのか、ただぼんやり見ていたいんだ」

やや、気圧される。気圧されたことを認めたくなくて、一蹴《いっしゅう》した。

「それこそ、どうでもよさそうなことですが」

兄貴の背中を思い出しながら――他の誰でもない自分にこそ言い聞かせるように告げた。

「私は買うだけですから。証拠を陳列していけば買える謎全部を、あくまでも」

一瞬だけ、見定めるような鋭い目つきを彼はしていた。

「……そうかよ」

「……はい。ですから、他に何か知っていることがあれば教えてほしいんですが」

「もう大体話したっつーの」

「なんでもいいんです。ちょっとしたことでも覚えているなら」

心底面倒くさそうに、すでに乱れていた長髪をさらに掻きむしる。

「……そういや、店の外のガラスが、そのときに曇っていたような」

「曇っていた？」

「ああ。雨も降ってねーのに、イートイン側のガラスの少し上の方が一部だけ曇っていたんだよ。まあ例の自殺の一件と関係あるとはとても思えねーけどな」

俺はすぐさまポケットからメモ帳を取り出し、店の簡易図面を広げる。

そこに視線を落としたまま、訊いた。

「ところで、携帯端末は持っていますか？　念のため連絡を取れるようにしたいんですが」

ポケットから、ボロボロになった携帯料金の支払い用紙を複数枚取り出してくる。

「持ってねーよ。四ヵ月前から料金滞納して、それ以降支払えてねえんだ」

4

勤務中——暇な時間を突いて、稲熊さんに緑色の腕時計のことをそっと訊いてみた。

「……時計？　そういえば清掃前に腕まくりしてそのとき見たっきりだなぁ。トイレで緑賀さんを見つけたときは、すでに手首にはなかったと思うけど……あ、いらっしゃいませ！」

「い、いらっしゃいませー！」

……第一発見者の稲熊さんがもし本当に見ていなかったのならば、二番目に現場に足を踏み入れていたという台場先輩や、三番目の司水も当然見ていないとひとまず考えていい。

つまり、稲熊さんが発見する午後九時二十五分までに、何者かが――おそらくはその三人の中の誰かが腕時計をやはりこっそりと持ち去ったということになる。

しかしこうなってくると、ますます台場先輩から話を聞きたくなってきたな。

退勤後、携帯端末でディーヴァー・チャル子のチャンネルやSNSのアカウント閲覧ページへアクセスする。台場先輩の容姿からは想像もできないほど、ピンク色の長髪にスカートの丈がやけに短い制服姿のキャラクターモデルがアイコンやサムネに表示されていた。

そしていずれも、昨日から更新が途絶えていた。最後のSNSでのつぶやきは、

『gfag　@cp　btqf　z#g／a』

なんだこれは？　誤操作で打ち込んで、そのまま投稿してしまった感が凄い。実際これに対するリプライでも、『?』や『は?』など、そこそこ辛辣な言葉が飛び交っている。ただそれらに対する返信はないし、つぶやきの訂正もない。昨日の夜九時五十六分につぶやかれたそれっきり、音沙汰がまったくない。

さすがに丸一日動きがないのは、不自然じゃないか？　そう思ったとき、電話が鳴った。

「春紅くん、お疲れ様。さっそくだけど、今から会えない？」

「司水……なんだ、また探偵を使って誰かの正体でも突き止めたのか？」

「軽口はいいわ。今から店まで迎えに行くから」

「今からって……雨もかなり降ってるし、なるべく早く帰るつもりでいたんだが」

「承知してる。だから場所だけは君が指定していい。なるべく汲《く》みましょう」

考えを巡らせる。思い切って指定した。

「……じゃあ、今から司水の家で」

「……一つ事実確認をしていい？　私と君、そんな仲良かった？」

「んー……いや。でも外だと雨で濡れるし、ファミレスやコンビニのイートインとかじゃ人目につく。俺の家はさすがに警戒するだろうし、そうなると司水の家しかない」

逡巡するような間のあと、一つ溜め息が聞こえてきた。

「……わかったわ。確かに私も人目は気になるから」

「……？　どういうことだ？」

「少し見てもらいたい証拠があるの」

「証拠？」

「ええ、緑賀さんの履歴書や出勤記録。その他諸々《たもろもろ》の資料。父の目を盗んで、本家に移して保管してあったものを、こっそり盗んできたの。今、私の部屋に陳列させてある」

焚きつけるように言われる。

「コンビニ探偵ナイトアウル、なんでしょう？　君になら、何かわかるかもしれない」

司水美優の自宅は、アクアマート泉河店から徒歩十分くらいのところに建てられた、こぢんまりとしたアパートの二階の角部屋にあった。

周囲の住宅街を見渡しても、これほどボロい建物もない。貧乏大学生が一時的に借りて一人で住むような、そんな侘《わび》しさや寂寞感《じゃくまくかん》が漂ってくるアパートだった。

「ここ、本当に司水の家か？」

意外にも程があった。彼女はあの一大財閥の司水グループで、将来を嘱望《しょくぼう》される令嬢なのだ。そんな彼女が、ここに一人暮らししているという違和感。あまりに拭い難かった。

「もちろん、父からは大反対されたわ。されたけれど、すべて突っぱねたの」

「なぜだ？」

「君と同じよ。反対されると、むしろ強行したくなるの」

扉の横の表札に目をやる。そこには、司水の名前はどこにもない。何も書かれていない。

「家賃は自分が働いて得たお金で払う以上、住む場所がこういうところになるのは仕方ないわ。いいえ、むしろ嬉しいのよ。今まで自分で全部決めることなんてなかったから」

本当に嬉しそうに、それが正しいものだと信じて疑わないとばかりに、彼女は言った。

「自分のやったことに、司水ではなく私として責任が持てる。洗濯も、家事も、勉強も、学校も……交友関係も。そんな当たり前が、今の私にとってのささやかな生き甲斐なの」

司水が自分の立場にコンプレックスを抱いているのはわかっていたつもりだった。しかし、ここまでとは。

「あのコンビニで働き続けるのも、その一環ってことか?」

「……そうね。あの緑賀さんの一件以降、他のアクマへ転籍するよう何度も父に言われてる。でも私、アクアマートは……あのお店自体が好きだから。他のみんなが今もまだあの場所で頑張っているのに、私だけ父のせいにして逃げるわけにはいかない。それに……」

何かに憑《と》りつかれているみたいだった。肩肘を張った彼女は、まるで俺の方を見ない。

気づけば司水は鍵を取り出して扉を開けている。ふと俺に困り顔で微笑みかけてきた。

「さぁ、早く中に入って。あんまりうるさくすると、近隣の方たちに迷惑になっちゃう……先日も、音楽をスピーカーで聴いていたら壁をドンとされて……」

庶民的なエピソードだ。なんだか可笑《おか》しくてつい頬が緩みかけそうになる。

「傘はちゃんと水滴を払ってから、傘立てにかけておくこと。じゃあ、いらっしゃい」

強くなってきた雨脚や、遠くで鳴り響く雷を感じながら、少なくない緊張感を伴って、招かれるまま室内へ入った。

室内は洋室の１Ｒ《ワンルーム》だったが、思った以上に広かった。奥へと続く通路の壁や床は少し使用感が目立ち、古びていると言えばそうだが、清潔感はある。物も散らかっていない。

通路の先——案内された一室で司水は釘《くぎ》を刺してくる。

「カーテンの先の寝室には絶対に入らないでよ」

「わかった。そういうことを事前に言ってくれて助かる。心して臨むよ」

「何よ。大げさね」

「女性の部屋に入る機会はそうない。粗相があったら、その都度《つど》言ってほしい。改善する」

俺の顔をしばらくジッと見てきたかと思えば、ふいに顔を逸らした。

「……へえ、そう。まあ私も男の人を部屋に入れるのは初めてだし、〝対等〟ね」

しかし、事情が事情とは言え、よく俺を入れてくれたなと思う。色々な意味で警戒されていてもおかしくないし、実際今までは並々ならぬ警戒心があったはずなんだけど……。

つまりこれは、彼女と打ち解けてきたと言える証拠なのだろうか。

「へえ、女性の部屋ってこんなに綺麗なんだな」

室内を見渡して素直に感想を述べた。ソファやテーブル、テレビ、本棚から何まで、きちんと整理整頓されており、どこをとっても水色を基調にした美麗なインテリアだった。

だが、彼女の様子が少しおかしい。悶えるようにして顔がみるみる赤くなっていく。

……え？　あれ、なんだ、この感じ。

「っ……えっと、それで？　証拠はどこに？」

「……ん？　ああ、そこの引き出しよ。ところで君、その、コーヒーは飲めるのかしら？」

「い、いや、飲めない。お構いなく」

彼女は肩をすくめ、冷蔵庫からペットボトル二本とせんべいを取り出した。

飲食物を用意してくれるそんな彼女の姿を横目に、俺はタンスの引き出しを開ける。そこには、クリアファイルと共に十数枚におよぶ緑賀一葉の資料が収まってあった。

履歴書。出退勤記録。タイムスケジュール表。聞き取り調査記録。大量のレシート。

まずは履歴書を手に取る。顔写真の欄には、愛嬌《あいきょう》のあるセミロングヘアの女性が写っていた。毛先は緑色に染まっており、目元のほくろが印象的だった。

俺はこのとき初めて、緑賀一葉の顔を知った。

いや、違う。あの子が緑賀一葉であったことに、気づかされた。

なんとなく引っかかる違和感は今までいくつかあった。九月三十日。ハローウィンド颯山店。そして一度見たら忘れるはずもない、緑髪の毛先。この子は俺の——。

飲食物をおぼんに乗せてやってきた司水から、ペットボトルを一本渡される。

ありがとう、と感謝を伝える。喉の渇きを潤して、次の証拠を手に取る。

「へえ、緑賀さんは週五——いずれも夕勤の時間に働いていたんだな。遅刻もなければ欠勤も一切していない。いつも夕方五時に入って、夜九時ないし十時過ぎに上がっている」

「ええ、言ったでしょう模範的だって。だからこそ、本来の退勤時刻から数十分経過してなおトイレ清掃から戻ってこなかったことは、今にして思えば奇異だった」

出退勤記録を見つつ、タイムスケジュール表も手に取る。勤務表——出退勤記録の枠内

	6 ~ 9	9 ~ 13	13 ~ 17	17 ~ 21	21 ~ 6
23 水	鳥谷 御流木	鳥谷 御流木	金和座 御流木	司水 緑賀	稲熊 台場
24 木	稲熊 御流木	櫻井 御流木	角田 御流木	台場 司水	稲熊 金和座
25 金	金和座 御流木	鳥谷 御流木	角田 御流木	緑賀 台場	櫻井 木本
26 土	司水 鳥谷	司水 鳥谷	司水 台場	緑賀(~22) 台場	稲熊(22~) 金和座(~1)
27 日	司水 台場	司水 台場	司水 緑賀	司水(~22) 金和座	稲熊(22~) 金和座(~1)
28 月	稲熊 御流木	角田 御流木	角田 御流木	台場 角田	櫻井 金和座
29 火	鳥谷 御流木	鳥谷 御流木	角田 御流木	緑賀(~22) 司水	稲熊(22~) 木本
30 水	**鳥谷 御流木**	**鳥谷 御流木**	**金和座 御流木**	**司水 緑賀**	**稲熊 台場**
1 木	稲熊 御流木	櫻井 御流木	角田 御流木	台場 司水	稲熊 金和座
2 金	金和座 御流木	鳥谷 御流木	角田 御流木	緑賀 台場	櫻井 木本

9、10月TS（勤務表に記載された名前の上下で割り振り）		
6:00	ポットお湯交換	上
7:00	ゴミ捨て	下
8:00	店内清掃	上
9:45	**廃棄チェック**	**下**
11:00	店外清掃	上
11:30	品出し&書類整理	下
12:45	温度チェック	上
13:45	**廃棄チェック**	**下**
15:00	店内清掃	上
16:00	ゴミ捨て	下
16:45	温度チェック	上
18:00	ポットお湯交換	下
18:30	品出し	上
19:45	ペットボトル補充	下
20:15	コーヒーマシン清掃	上
20:50	トイレ清掃	下
21:45	**廃棄チェック**	**上**

下線引かれたのは要注意！

の名前が上か下かで、仕事内容を振り分けていたのか。少なくとも九月から十月にかけては、この表通りに店員は基本動いていたと見られる。注意喚起の下線が引かれたのはいずれもうっかり忘れているとクレームに繋がりやすい廃棄チェックか。徹底しているな。

せんべいを齧《かじ》りながら、次に聞き取り調査記録を手に取る。そこには、事件後の各店員による緑賀一葉および店への様々な意見がまとめられており、当たり障りのない回答が記載されている。過労やいじめ、その他ハラスメントを匂わす文面は一切なかった。むしろ、たちの悪いクレーマーからかばってくれたとか、丁寧に業務を教えてくれたとか、そういう好意的なものばかりだ。恨みを買っていたなんてもっての他と言わんばかりの意見。

ただその中でも、一つだけ気がかりな意見が寄せられていた。

「なんだ……この、『レシートプリンタをしきりに開閉するほどマメな性格』って」

「書いてある通りよ。レジロールだって無尽蔵にあるわけじゃない。いずれは取り換えないといけない。だから緑賀さんは、よくその残量をチェックしてくれていたの」

……少し変な話だな。別にそんなことをしなくたって線を……いや、今はそれより……。

「じゃあこの大量のレシートは？」

「ああ、一応、そのときにレシート入れに捨ててあったレシート、集めておいたの。映像記録が消えていて警察にお渡しできなかったから、せめて何か当時のことを証明できるものがないかと思ったときに、レシートが目に入って。ま、結局求められなかったけれどね」

感心しながら、一枚一枚確認していく。古い順に、午後八時五分、八時六分、八時六分――と八時五分から八時四十分まで、一分間に少なくとも一人以上は来店してきているのがわかる。ただ八時四十分以降のレシートはほとんどなく、唯一午後九時八分にレジ②で会計されたことを証明するレシートが出てきたくらいだ。端の上半分にピンク色の縦線が入っているもので、肉まんが一つ電子マネーでの支払いで買われている。レジ担当者の表記はやはり台場先輩となっている。

「この肉まんのレシートは？　誰が買ったんだ？」

「ああ、それは稲熊さんね。なんでも、間違って肉まんを落としたみたいで、自腹で立て替えたそうなの。いつだったか、とにかく後日申し訳なさそうに自己申告してきたわ」

「……台場さんと並んで、おっちょこちょいなところ、彼もありますしね」

でも待てよ、じゃあこのピンク色の縦線は、どういうことなんだ？

「私、ちょっとお手洗いに行ってくるわね」

俺が熟考する最中、司水は楚々《そそ》とした足取りで部屋を出て行く。

ふと水色のカーテンで仕切られたスペースに、俺は視線を移す。あそこが寝室。

このとき、好奇心が俺の体を突き動かした。彼女がトイレに入ったことを確認して、こっそりとそのカーテンを開けて中を覗きこんでみる。

暗くてわかりにくいが、中央には柔らかそうなベッドがある。収納ボックスが少し開いていて、中には下着らしきものが見えた。

「……っ」

すぐに目を背ける。その弾みに、隅に置いてあった段ボール箱に視線が止まった。

釘付けになる。足を一歩前に踏み出して、カーテンの先へ入った。彼女がトイレから出てくる前に、行動は迅速に——段ボールの上部を乱雑に開いて、中をあらためる。

「フラッシュライト・オン」

音声認識による携帯端末のライト機能を駆使し、そこを照らす。そこには、厚さ五センチほどに及ぶ新聞記事の切り抜きが丁寧に折り重なって保管されてあった。

一番上の記事を手に取る。これは、つい先週の記事だ。アクアマート泉河店の常連客だった酔っ払い客が、駐車場で遺体となって発見されたもの。

でもなんで連続強盗殺人事件の記事なんて、切り抜いているんだ。

……ん？

ふと、新聞記事の山の下に、固い手応えがあった。

なんだろうと思ってそれを段ボール箱から出してみる。傍の窓の外では雷鳴が轟《とどろ》いており、その光がそれをより鮮明に照らし出す。緑色で、ステンレス鋼材の触り心地で、留め具の部分には、褐色の痕と妙な傷みたいなものがついていて――。

頭が、爆発寸前だった。思考回路が一気に乱れて、目の前が真っ白になる。

その瞬間、強く切り裂くような轟雷《ごうらい》が、近くに落ちた。

「何をやっているの」

稲妻に混じって、背後から凍りつくような鋭い声がした。

「ねえ、春紅くん。君は今、何をしているの」

一切声の抑揚がない。平坦《へいたん》に、空恐ろしいほど物静かに――冷酷に、声をかけてくる。

息を飲む。すでに乾いていた喉から、なんとか声を絞り出す。

「……なぁ……これは、なんだ……司水」

振り返れなかった。彼女の表情をこのときほど見たくないと思った瞬間はなかった。

しかし、そんな欺瞞的《ぎまんてき》感情とは裏腹に、理性がこの謎を求めているのもまた事実だった。

「なあ、司水……答えてくれ」

手に乗せたそれを――ゆっくりと背後の彼女に見せる。

「この腕時計、どこで手に入れた？」

緑色の腕時計。芽ヶ久里が画像で見せてくれたものとまったく同じ腕時計。留め具の部分に乾いた血痕と切り傷が残った、尋常ならざる証拠品！

勢いよく振り返った瞬間、無感情のまま見下ろす顔が視界に入った。

「どこで？　どこでって、それはもちろん……」

一呼吸ほどの、時間をかけて。

やがてその涼しげな表情は、より一層冷淡に染まっていく。

「緑賀さんの手首からよ」

【6】来退店の調べ

1

瞬く間に、司水が据わった目つきで手をこちらに伸ばしてくる！

反射的に体が動く。寸前に躱して、俺は数歩下がった。彼女もまたすかさず身を乗り出し、反対の手を鋭く出してくる。

避けた。手の動き自体はさほど俊敏ではないため、その後も充分目で追って対応できた。

だが寝室は狭かった。手刀とも呼べぬ彼女の攻撃にそれでも一歩ずつ後退するうち、ふと踵《かかと》がベッドにぶつかってよろけてしまう。

まるでそうなることを待っていたかのように、司水の細くしなやかな体は突如跳ねた。

俺の体をベッドに押し倒し、そのまま覆いかぶさるように馬乗りになってくる。

司水の手首が、俺の手首を両方とも摑んでベッドに押しつけてきた。下半身には彼女が体重をそのまま預けるように乗っかってきていたため、ほとんど身動きを封じられた。

「……はぁ……はぁ……さあ、返しなさい……腕時計……」

艶然《えんぜん》たる顔。まだ整っていない息遣い。着衣の乱れ。普段冷ややかな彼女からは想像もできない、色っぽい姿。

頭がクラクラしそうになりながら、ぼんやりと彼女を見ていたとき。

「……なぜ、抵抗しないの？」

それでも司水美優は冷静沈着に、無抵抗である俺に疑問を覚えていた。

そんな至近距離にある彼女の顔を見つめながら、俺は応じた。

「……寝室に勝手に入ったんだ。この腕時計を無条件で返品対応するわけにはいかないが、それ以外のことではなんの抵抗もしない。抵抗する資格がない。全面的に俺が悪い」

斜に構えた言葉を選ぶ。

「襲われても、良い。司水にならば文句はない」

彼女の息遣いがそこで乱れる。俺たちが置かれたこの状況がいかに奇妙で、本来なら扇情的状態にあるのか、ようやく気づいたみたいだった。

「ッ〜〜〜〜！　君って……人は……！」

態度も表情も、いったい彼女が何を頭によぎらせたのか明らかだった。

「はあ！　もう……！」

覆いかぶさっていた体をどけて、俺から距離をとるようにベッドの隅にちょこんと座る。俺も起き上がって、彼女から離れた位置のベッドに腰掛けた。

静まりかえった空間。なんだかばつが悪い。

深呼吸した。高鳴って仕方がなかった心臓の鼓動を落ち着けて、切り出す。

「寝室に入ったのには理由がある。司水が事前にこの部屋に入るなって警鐘を鳴らしてたから、あるんじゃないかって思ったんだ」

「ある？　あるって何が……あっ！」

彼女の視線が、開きっぱなしの収納ボックスに——下着に向かう。すぐさま、慌ててベッドから下りて収納ボックスに近づき、勢いよく引き出しを閉めた。

「なんて猥《みだ》りがわしい……！　変態！」

「違う違う！　最初から開いてたんだよ！　本当！　本当だから！」

じーっとケダモノでも見るような目つきで俺を睨みながら、ベッドに再び腰を下ろした。

俺は咳払いして話を進めた。

「司水が俺を調べるよう依頼した探偵が言っていたんだ。事件発生後、店を閉めたあとに店員の誰かから、緑賀一葉のつけていた腕時計のタイマー音が鳴っていたって」

彼女はたちまち眉間にしわを寄せた。

「『水色のメッシュの髪の子は携帯端末を片手に持ったまま、画面も見ずにうつむいていて、まるで現実から目を逸らしているみたいだった』——そう探偵から司水の印象が語られたとき、ピンと来たんだ。もしかしたらそのとき司水は、ワイヤレスイヤホンで音楽を聴いていたんじゃないかって。異常な事態から、気を紛らわせるために」

「……なぜ」

「司水が業務外で音楽を嗜んでいたの、このあいだ見たからな。あのとき、レジでは台場先輩とクレーマー客で言い合いになっていたのに、全然気づく素振りがなかった。つまり司水のしていたワイヤレスイヤホンは外の音をほとんど遮断するタイプ。ちょっとやそっとの音は全然拾えなくなるんだ」

「……なぜその話が今ここで出てくるの」

「もしも緑賀一葉の腕時計を持ち去った人間がいるとして、そんなタイマー音が鳴っていればすぐに止めようとするはず。亡くなった人物の私物をその時点で持っているなんて、不自然極まりないからな。けどどうしてか、その音はしばらく聞こえていたらしいんだ。でも店員の誰かが聴覚障害を抱えているなんて話は聞いたことないし、そうなると自ら耳を塞いでいる人物が、その音に気づけずにいたと考えるのが自然だろう。そのとき現場にいた店員の中で、音楽を流せる端末を持っていて――なおかつ耳が長い髪に隠れていて――傍目《はため》には、ワイヤレスイヤホンをしているかどうかわからない状態にあったのは――」

腰まで伸びた長く綺麗なストレートロングヘア。前髪に煌めく、水色のメッシュ。

「持ち去った腕時計のタイマー音を止められなかったのは――司水だけなんだ」

「なるほどね、私の家を話し合いの場所に指定してきた理由がわかったわ。ここには疑って来たのね」

「……悪かった。言い訳はしない」

「……何よ、それ。君は本当に……はぁ……もう、厄介な人」

くたびれたように言われて、つい笑みがこぼれそうになる。それはこっちの台詞《せりふ》だった。

「でも、どうして緑賀一葉の腕時計を持ち去った？　知っていること、全部話してくれ」

「打ち明けたら、見逃してくれる？」

「もちろん。安心してほしい。俺には胸を張って主張できるような正義感はない」

「ああ、そう。君は謎が解ければ……いいえ、謎が買えたならそれでいいのかしら？　買うことそれ自体が目的で、買ったあとでその商品がどうなろうと、君は気にも留めないと」

「……好きに取ってくれていい」

「よくいらっしゃるわ、お客様の中にも。買って満足するだけの傾向にある人」

「所有欲を満たしたいんだろうな。だが、買い物依存症って言ったって、お金はちゃんと支払っているんだ。特に気にする必要はないさ、なんら変わりない普通のお客だよ」

どこまで本気でどこまでが冗談なのかわからないような白々しい言葉の応酬。これを〝打ち解けている〟と言っていいのか、自分自身よくわからない。

司水は肩をすくめて、一つ大きく息を吐いた。諦観したように当時のことを切り出す。

「緑賀さんが亡くなった九月三十日――そう、あれは午後八時五十分くらいだったかしら。おそらくは、まだ緑賀さんが亡くなる前——私はそのとき勤務中で発注作業をしていたのだけれど、ガチャリっていう音が洗面ルームの扉の奥からふいに聞こえてきたの」

午後八時五十分——まさに緑賀一葉がトイレ清掃しに洗面ルームへ向かった時間帯だ。

「すぐに振り返ってみたら、マジックミラーを通して右脇の清掃用具室が開閉されるのが見えた。でも扉は外側開きだから、マジックミラーはちょうど遮蔽されるのよ。だから誰が出入りしたのかはわからない。でも続けてトイレの扉が開いて誰かが中に入って鍵をかけたことまでは、かろうじて見聞きすることができたわ」

清掃用具室からトイレに移動……か。

「十分くらいはそのままだったと思う。時間帯的にはちょうどトイレ清掃だったし、緑賀さんね、と思った。だから私は特に気にすることなく、発注業務をして……そのあともう一度、ガチャリって施錠が解除される音と共に……扉が開いた音がしたの」

「……緑賀さんが出てきた？」

「一瞬だったから、見損ねたわ……でも、誰かが出ていったのは、売り場側のスイングドアが動いていたからわかった。緑賀さんが清掃を終わらせてレジに戻ったんだと思った」

「それは、具体的な時間で言うと……？」

「午後九時になったばかりだと思うわ。私も早く発注終わらせようと業務に集中していて、それから十数分は洗面ルームの方を気にかけられなかった。九時以降は勤務時間外ってこともあってイヤホンで音楽も聴いていたしね」

天井を見上げながら、当時のことを思い出すように彼女は続ける。

「その時間に何か動きがあったとするなら、台場先輩が洗面ルームを経由して、バックルームにやって来たことくらいかしら。品出しで余った商品を手に持っていて、でもすぐにそれを棚に置いて踵《きびす》を返していったわ。そのとき特に不審な素振りもなかったと思う」

品出し作業では、商品を余さずに陳列することは難しいからな。確かに不自然ではない。

「むしろ私にとって記憶に残っているのはそのあと。洗面ルームの方から〝レジロールの芯〟が私のいるバックルームに転がって来たの」

レジロール……レシート用紙の芯か。確かにあの形状は転がりやすいが。

「そんなものが、なんで転がってきたんだ？」

「洗面ルームとバックルームを隔てる扉の下は通気性をよくするためにアンダーカットを採用しているの。もちろん、トイレの扉にも。だから、レジロールの芯くらいの大きさなら勢いをつけてまっすぐ転がせば、扉の下の隙間を通ってバックルームにまで届くのよ」

司水はより深刻な顔つきになって言う。

「そのレジロールの芯を拾ってみると、そこには乱雑な字で『トイレの前まで来て、助けて』っていうメッセージがボールペンで書かれてあったわ」

「ッ！　緑賀一葉からのＳＯＳ……！」

「ええ、私もそう思ったわ。ただそのときはてっきり、清掃ついでにお手洗いも済ませていたら、トイレットペーパーが切れていたことに気づいて私を呼んだとか、それくらいの緊急性だと思っていた。今にして思えば、恨めしいほど楽観的だったわ」

自身を責めるような口ぶり。表情には暗い陰が差している。

「……けれどおかしなことに、緑賀さんは扉の下から、その腕時計を差し出してきたのよ」

「……え？」

「私も全然腑に落ちなかった。『これはなんですか』と尋ねたら、扉越しに言われたの。『この腕時計を誰にも見つからないよう処分してほしい』って」

手のひらの上に置いたその腕時計を見る。

「緑賀一葉の腕時計を現場から消すよう頼んだのは、他の誰でもない彼女自身だった？」

こくりと、弱々しく首肯される。

「血もついていたし、傷だってあった。それらも含めて理由を問い詰めたけど、扉には鍵がかかっていて開けられないし、彼女は全然、何も話してくれない。〝こっそりと誰にもバレないように捨てて〟の一点張り」

まるで本人が乗り移ったかのように、険しい雰囲気のまま司水は当時を述懐した。

「『さあ、早く業務に戻って。私ももうすぐ、清掃、全部終わるから』」

感情を押し殺すように言って彼女は顔を伏せた。悔悟の念がそこに出ている。

「とにかくこれが、私が聞いた彼女の最後の言葉。そのときは、それでも心配だったから……私はバックルームに戻って、トイレから彼女が出てくるのを待っていた」

「けど、緑賀一葉は……」

「ええ。渡された腕時計をハンカチに包んでカバンの中にしまいに行って、戻ってふと洗面ルームへと繋がる扉を見たら、トイレの個室の扉が半開きになっていて……そこには、茫然と立ち尽くす稲熊さんと……」

その先の言葉は聞こえてこなかった。

「警察にそのことは言ったのか?」

「……いいえ。誰にも言わないでっていうのは、緑賀さんからの最後の頼みだったから」

本当はいけないことだと重々承知の上で言っているようだった。それほどに、司水もまた緑賀一葉というかつての店員仲間を……その遺言を大切に思っているのだろうか。

「じゃあ、映像記録を消したのも?」

「……? それは知らないわ。私はあくまでこの腕時計の処分を託されただけで……」

自嘲《じちょう》気味に彼女は薄く笑った。

「結局それもできなかったけれど。なぜかしら、どうしても、捨てることだけは……」

手のひらの腕時計を見る。針はまだ元気よく動いているが、留め具の部分に斜めに刻まれた傷痕や付着した血痕は、それがついてからやはり随分と時間が経過している。

「この血痕は……」

「……最近、私も気になって鑑定所に持って行って調べたけれど、ＡＢ型だったわ。以前緑賀さんも血液型占いか何かの話で自身をAB型だとおっしゃっていたから、同じ血液型ね。擦過《さっか》血痕であることから、彼女自身がそこに血を付着させたのだと私は睨んでいる」

「つまり、その時点で緑賀一葉は負傷していたってことだよな」

「ええ。おそらくは手首につけられた傷。それ以外に外傷はなかったから、間違いない」

でもそうなると、少し変な話になる。

「もしそうなら、緑賀一葉はすでに×印の傷を手首につけられていた状態で、司水と会話していたってことになるぞ。それも助けを求めるために呼んだのではなく、腕時計を処分してほしいって……全然、行動の動機がわからないんだが」

「……というと？」

「仮に手首の×印が自傷行為だったとしよう。実際警察はそういう見解だしな。でも見ろよこの腕時計。斜めに傷がついているだろ？」

「え、ええ。それがどうおかしいのよ？」

「自分自身でリストカットしようとする人間が、邪魔でしかない腕時計を装着したまま×印に手首を切ろうとするか？　普通、あらかじめ外しておくか、腕時計の位置をもっと下の方や上の方にズラしておくだろう。なんでわざわざ、腕時計にがっつり傷なんてつけるような真似をしたんだよ、緑賀一葉は」

「……確かに。そう言われたら……そうだわ」

司水は声を震わせる。

「では手首の×印は、誰か他の人物によって、つけられた傷？」

「だとしても、おかしいんだ。もし司水がトイレ清掃していて、いきなりやってきた人物に突然切りつけられたら、まずどうする？」

「それは……助けを呼ぶわ。……あ……いえ、でも緑賀さんは……！」

「ああ。助けを呼ぶどころか腕時計を処分してほしいと言ってきた。まるで自分が襲われた証拠を代わりに揉み消してほしいと言わんばかりの注文。だからわからないんだ動機が」

唖然として、しかし彼女はすぐに思案顔になった。まるで何か悟ったみたいに。

「……私は、もしかしたらわかるかもしれない」

司水の口調には、やけに確信めいた響きがあった。

「かばっていた……としたら？　その犯人を」

司水は立ち上がって隅に置かれた段ボール箱の元へ向かう。

俺はわけもわからずベッドに座ったまま、そのしなやかな背中に語り掛けた。

「どうして、例の×印の連続強盗殺人事件の資料なんて集めていたんだ？」

「君に、示唆されたからよ。緑賀さんの一件と市内で多発する×印の事件が繋がっているかもしれないって。司水の人間としても、それを見過ごすわけにはいかなかったわ」

俺はベッドから立ち上がる。彼女の横まで来て、膝をついてそれら資料を受け取った。

そこには一連の連続強盗殺人事件の被害者にまつわる情報をまとめた内容が載ってい

た。

・8月28日　第一の被害者　央田卓郎《おうだたくろう》（27）　会社員　失血死　携帯端末と財布が紛失
・9月11日　第二の被害者　我野幸知《あがのさち》（53）　主婦　失血死　携帯端末と財布が紛失
・9月27日　第三の被害者　皆文子《みなあやこ》（68）　元養護教諭　出血性ショック　財布が紛失
・10月18日　第四の被害者　院山剣三郎《いんやまけんざぶろう》（43）　無職　失血死　携帯端末が紛失
・11月27日　第五の被害者　豊迫昭治《とよさこしょうじ》（46）　会社員　失血死　財布と携帯端末が紛失

「この第三の被害者の皆文子さんは、実は私たちのコンビニでは有名だったわ。いつも店の前でスズメに餌をやっていて、よくゴミとかをそのまま散らかしていくような方だった」

　鳥栖炉さんの話を思い出す。彼の言っていたおばあさんが、この被害者だろう。

「それだけならまだよかったのだけど、問題はこのお客様が店員に、やたらと執拗に注意していたこと。当時一緒に働いていた金和座さんいわく、殺される前の日にも、廃棄チェック漏れがあったとかで緑賀さんに強く当たっていたらしいわ」

「廃棄チェック漏れ……？　具体的には？」

「えっと、午後十時までに売り場から下げなきゃいけない廃棄商品を一つだけ下げ忘れて、それを運悪くこのお客様が、廃棄時間が過ぎたあとレジに持ってきてしまったみたい」

　俺に視線を向けてくる。ほら、これで君は察したでしょう？　そう言わんばかりの瞳。

「そして、第五の被害者、豊迫昭治様。私たちが良く知っているあの男性ね」

台場先輩がレジ対応し、弁当のソースを爆発させてしまった一件の酔っ払いのお客さん。

「彼もクレームをよく入れてくる人だった。特に、何かあればすぐに携帯端末で店員を撮影して、SNSに上げようとしてくる。消してほしい旨を伝えても、聞き入れてくれない」

司水と目が合った。俺は込み上げてくる感情を抑制させながら、告げる。

「一連の事件の被害者に関連性はないと、そう思っていた。警察だってなぜかそうだ。無差別な通り魔事件として捜査を進める方針。被害者同士に、繋がりはないという見解……」

「でも、それはもしかしたら違うかもしれない」

はっきりと頷く。

「繋がりがある。俺たちだからこそ気づける、失われた環《ミッシングリンク》――」

司水は沈んだ表情のまま、胸に手を当てた。

「ええ、そう。この一連の連続強盗殺人事件の被害者はもしかしたら――」

二人で同時に、ある推測を口にした。

「いずれも、アクアマート泉河店を利用したことのある、お客様……!?」

2

『──大学生は論文提出を嫌い爆破予告をしたと供述しているとのことです。では次のニュースです。昨夜、横浜市内の雑木林に口元に×印の傷がつけられた男性が倒れていると通報が入り、警察官が駆けつけたところ、市内在住の会社員、寺梶高徳《てらかじこうとく》さん六十二歳が遺体で発見されました。司法解剖の結果──鋭利な刃物で胸を深く刺されたことによる失血死とされ、また寺梶さんの持ち物からは携帯電話と財布がなくなっていたという──』

「あーあ……こりゃまたあの連続殺人？　これで五？　いや……六人目かね」

デスクトップパソコンの前で頬杖を突くのは、ここの店長の御流木みぃち。携帯端末を片手に動画サイトのニュースを気怠そうに視聴している。

「店長はこの寺梶高徳って人に見覚えございますか？」

そう話しかけたのは、腰まで伸びた黒色のストレートロングヘアを優雅に揺らす司水美優。今日は俺と共に夕方の出勤予定があるため、ユニフォームにいち早く着替えている。

「し、司水……」

御流木店長は怯んだように頬杖を解いた。目には困惑が滲んでいる。

「……どうだろね。でも、なんとなく……見たことも、あるような……」

そこで彼女は閃《ひらめ》いたのか、手をポンと叩いた。デスクトップパソコンの上の棚にしまわれた、チケット販売の店控えをまとめた伝票ファイルを取り出した。

「まだ……あるかねえ……」

「コンビニにおける店控えは長期にわたって保管しておくよう義務付けられていますから、三年以内のものならございますが……」

「……う、し、知ってるんだが。あたしだってそれくらい……」

少し弱気な口調で、司水に反発する。対する司水も、どこか申し訳なさそうに謝る。

やはり、この二人の関係性は……なんていうか、微妙なんだろうか。司水はただのアルバイトだそうだが、自分をその枠に収めきれていない苦渋が伝わってくる。逆もまたしかりで。

「あ……あった。テラカジゴウトク。やっぱり、一年前の人だね」

「一年前……ですか」

「そう。出禁にしたんだよこの人。あたしたち店員への暴言がひどくて。些細《ささい》なことで会計タダにしろって脅してきて……常連客じゃなかったから一回っきりだったんだけど……店員が一人、それでまいっちゃってね、その場で倒れかけたんだったかな」

「そのことを知っている人は？」

「……そのとき、働いていた人くらいだよ。あたしもしばらく忘れてたから」

司水は口に水色のヘアゴムを咥《くわ》え、後ろ髪をまとめながらも目線で合図を送ってきた。

俺は神妙に頷いて、ポケットから携帯端末を取り出した。御流木店長に画像を見せる。

「では店長……この顔や名前に見覚えは？」

一連の連続強盗殺人における第一、第二、第四の事件の被害者の顔と名前を見てもらった。被害者の共通点がこのコンビニという推測が正しいか、確かめるために。

見事に予感は的中して、そのうち第一の事件の被害者のことを彼女は覚えていた。

「この顔……半年前、台場にストーカーみたいなことをしてた人に似てるね。写真とか、パシャパシャ隠し撮りしてて……」

台場先輩にストーカー……。そんな厄介なお客がいたのか。

司水がそれを受けてたった今思い出したように言った。

「そうだわ。確かこの人、台場さんに店内で逆上したことなかったかしら。ちゃんとしたレシートが発行できていないとかなんとかでクレームをつけてきて……。でも、そのとき一緒に働いていた緑賀さんが珍しく強硬姿勢をとって台場さんをかばって……だけど結局は言い負かされて、お客に対して不適切な言動をとったってことで……その……土下座を何度もさせられたって聞いたことがあるわ……」

緑賀一葉と台場先輩が土下座。きっと、なんの落ち度もなく。

「あぁ……あれは理不尽だったねえ。普段は我慢強い緑賀も、さすがに許せなかったんだろうけど……お客様の方が、立場は強いからね……涙ながらに……最後は何度も何度も、謝ってたって……台場以上に、緑賀が」

苛立ちをはっきりと覚える。結局は無抵抗になってしまう、店員に。そういう空気に。

「でも、いきなり来なくなったと思ったら……まさか。全然、気づけなかったよ……」

ポニーテールの髪型になっていた司水は努めて冷静に状況を判断しようとしている。

「……ニュースやネットで用いられるいつ撮ったかわからないような顔写真と、コンビニに訪れるときの顔とでは雰囲気が全然違っていておかしくありません。だから店長が今まで気づけなかったとしても全然仕方がないことでしょうね……」

「……変な気使わないでいいから」

司水はぎこちなく笑みを浮かべて、しかしその表情はどんどんと曇っていく。

「でも警察までそのことに気づいていないのは、思い返せば変な話ね。いくら被害者同士の関連性が薄いとはいえ、全員がここに来店していたなんて事実、少し調べればすぐにわかりそうなものだけど」

「そう。犯人もそう思ったからこそ、手を打ったんだ」

俺のその言葉に司水はハッとし、防犯カメラのモニターを促すように見る。

「まさか……今までの不具合ってやっぱり……」

「ああ。きっとな。そこで一つ確認したいんだが、警察は聞き込みには来たんだよな？」

「ええ、実際それを求めて何度も聞き込みに来たわ。だけど、うちでは防犯カメラの映像記録は一ヵ月分までしか保存できないから、それより前によく来店してた被害者の事件……えっと、第一と第二と第四の事件については、渡せる限りの映像記録こそ渡したけど感触はあまり良くなさそうだった気がする。まあ映ってないなら当然ではあるんだけど」

つまり犯人は、証拠になりかねない防犯カメラの映像記録が消えるのを待って、犯行に臨むこともあった？　いやむしろ、最初はそうすることで警察からの追跡を逃れていた？

「じゃ、第三と第五のときは？」

「皆文子さんと、あの酔っ払い撮影客ね。その二件は、防犯カメラの不具合……いえ、一部データの消去もあって警察に映像記録すべてを渡せてはいない」

「つまり、被害者たち全員がここのコンビニに来訪歴があるかどうか、警察が映像記録からしっかり把握できていたかはわからないってことだな」

「え、ええ。いずれの遺体発見現場もこのコンビニからはそれなりに離れていたし」

故意の消去……か。つまりそのときの警察は、このアクアマート泉河店においてはそのとき対応にあたった店員の当時の記憶と証言に依拠する他なかった。

「じゃあ、その第一から第五までの事件について聞き込みされた店員は誰なんだ？」

「えっと……基本的には夕方から夜にかけて入っていた人。緑賀さんとか、稲熊さんとか、あとは台場さんとか。でも、誰もクレームの件まで証言しなかったんじゃないかしら」

「なぜそう思う？」

「なんとなくのイメージよ。緑賀さんは店の業務や接客を優先させたがって、進んで警察の対応しなさそうだし、稲熊さんは口下手で対人苦手だから、情報の正確性に欠けそうで、台場さんは物忘れが結構激しいから、単純に被害者の顔とクレーマーの顔が一致しなかったのかもしれない。まあ、これに関しては全員に当てはまるけど……でも、それより……」

あえて黙っていて嘘の証言をした可能性、か。

だからこそ、警察はこのコンビニと連続殺人事件を結びつけられなかった？

……いや。それだけじゃない。おそらくこの一連の事件のある特徴はきっと……。

「ＤＨＭＯ」

俺と司水が話しこむそのすぐ背後から、そんな甘ったるい声がふいに響いた。

「これ、ＤＨＭＯって言うんだけど、何かわかるかい？」

御流木店長だった。彼女は足を組んでスツールに座り、バッグから真っ黒い小瓶を取り出した。そこにはドクロのマークのラベルが貼られている。

司水が首をかしげるのを見て、いたって神妙に続ける。

「ヒントその一、酸性雨の主成分。ヒントその二、核融合炉で使用される。ヒントその三、某国の死刑囚に与えられるもの。さあ、この中身《ＤＨＭＯ》が何かわかるかい？」

「……いえ、危険なものだというのはわかりましたが、具体的には……」

司水の解答に、店長は緩やかに笑って見せた。

「正解は——……」

そのままいきなり蓋を開けて飲み干そうとする。司水が目を見開き口元に手を当てた。

「水だな」

そう俺は冷静かつ端的に答えた。御流木店長は口に含んだものを勢いよく吹き出す。

「dihydrogen monoxide。一酸化二水素。つまりただの水を換言したジョークでしょう？」

彼女は口元を拭いながら、知っていたなら早く言えよみたいな表情を向けてくる。

「えっと……つまり店長は何がしたいんですか？」

少し呆れ顔の司水に、ばつの悪い顔をして店長は言う。

「つまりね、あたしが今極端なヒントを与えたことで、司水はそれを即座に危険なものだと思ったわけでしょ。要は与えられる情報によって、人っていうのは認識を歪《ゆが》める。バイアスがかかるってこと。ほら、パンは危険な食べ物って話、よく聞くじゃない？」

「あー……それでしたら」

店長は小さな人差し指を優雅に上へ向け、啓蒙《けいもう》でもするみたいに説く。

「危険と安全の認識は表裏一体。水やパンですらそう。ならコンビニは？　たとえば殺人者百人のうち百人が好んで利用した場所と言われて、コンビニは真っ先に浮かぶ？」

司水は堂々と答える。

「浮かびません。コンビニを利用したからといって、犯罪者になるわけじゃないですもの」

「そう、つまりコンビニは水やパンと同じ普遍的存在。じゃあ、今回の一連の事件は？

被害者全員がこのコンビニを利用したことがあるともし警察が突き止めたとして、そこに特別な違和感を覚えられるかな？　全員がこのコンビニを利用しているのはおかしいって」

難しいとは思う。被害者たちの家や仕事先に近いからそのコンビニを利用していた、と素直に考える方が普通だ。ましてやコンビニを利用した時期も時間も違うんだ。防犯カメラの映像記録や店員の証言が欠けたらいよいよ関連性は希薄に感じてしまう……はず。

「警察もお客さんもあたしたちも、ここが身近で普遍的っていう潜在意識が働いてる以上、コンビニはただの通過点に過ぎないのさ。それこそ極端な情報ばかり受け取らない限りは」

司水が俺の顔を見て納得したような表情を浮かべる。探偵だから極端な情報ばかり受け取っている、認識が歪んでいるとでも言いたそうな態度だ。

「でもこの小道具、台場には効いたんだけどな。まさか見破る奴がいるとはな」

店長は空になった小瓶を見て、落胆したように肩をすくめる。

「台場先輩にも、ＤＨＭＯのジョークをふっかけたんですか？」

「うん。そしたらあいつ、必死になって私が飲もうとするの止めてきてさ、面白かったな」

司水はそれを聞いた途端、思い出したように頭を抱える。

「でも、その台場さんは……いったいどうしてしまったのでしょうか」

三人もいるバックルームが、そのときになって静まりかえった。

彼女は今日も昼勤の予定だったが、相変わらず欠勤状態だ。一切の音沙汰がない。

「何か事件に巻きこまれた可能性が高い……もしくは、事件に巻きこんでいるのか」

「え、どういうこと、春紅」

戸惑う御流木店長と、こちらを黙ってジッと見てくる司水。

ふいにレジカウンターの方から、金髪ウルフカットの髪型をした人物が顔を出す。

「捜索願、出した方がいいんじゃや。さすがに異常事態じゃや……あ、いらっしゃいませー！」

そう青い顔で提案するやすぐにレジへ戻って行ったのは、金和座さん。台場先輩がいない穴を、今日は彼に埋めてもらっているらしい。

「捜索願を出すにしても、ある程度自分たちにできることをしましょう」

実直に、司水は俺たちに呼びかけた。

「まずは彼女の家に様子を見に行きましょう。台場さんは、私たちの仲間ですから」

御流木店長は圧倒されたように体をのけぞらせる。感銘を受けているようにも、少し悔しそうにも見える。だが司水の意向それ自体に賛同していることは間違いないようだった。

「あたしも探すよ。店長だからね。店員を監督する立場だからね」

「店長は発注業務をきちんと終わらせてからお願いします。前科あるんですから」

「前科？　司水、どういうことだ」

「い、言うな、司水」

御流木店長がテンパった。司水は軽く受け流し、構わずに告げる。

「レジロール、発注ミスか何かで発注できてなかったことが何回もあって。それだけならまだしも、数ヵ月前のときにいたっては全然私たちに報告していただけなかったの」

「だ、だから、言ったでしょ。ちゃんと月末にくるはずなんだけどって」

「けれど、あのときだってお店に予備のレジロールは全然ありませんでした」

「ん？　あのときって言うのは？　もしかして……九月三十日ですか？」

ぎくしゃくする両者が一斉に首を縦に振る。

その日は緑賀一葉が亡くなった日。そのとき、レジロールの予備は少なくなっていた。

「ところで店長は緑賀さんが亡くなったとき、昼勤だったためにもう退勤していたんですよね。それとも、事件の最中にこのお店を訪れましたか？」

「いいや。帰って寝たよ。ただ事件後の司水からの電話で起きて、十一時くらいだったかな、またここに来たけどね。なんせ、みんなを監督する立場だからね」

司水に視線を投げかける。

「ええ、本当よ。店長は夕方五時過ぎぐらいには上がった。まあ、このお店はお客様が多くて忙しいから、いちいち前の勤務に入っていた店員の退店とかは確認できる余裕がないのだけど……。店長だけは、私の出勤直後にお帰りになったのをたまたま見ているわ」

「じゃあ、事件のあった日、レジロールの予備が少ないことを知っていた店員は？」

「……？　その日出勤していた店員全員には行き渡っていた情報だと思うけれど」

俺は薄く微笑んで、レジカウンターに向かった。床を這《は》うような体勢で、隅々まで見る。

どこかに……残っていればいいんだが……。

金和座さんがすぐそこで接客する中、その足元に落ちてあったレシートやプラスティック製の小さなゴミを拾っては、しばらく観察してからゴミ箱にテキトーに放っていく。

「ちょっと春紅。ゴミ。ちゃんと分別しなさい！」

いきなり背後から御流木店長の怒鳴り声が聞こえてくる。

「分別もできないなんて春紅もまだまだ半人前だね、まったく」

「す、すみません」

俺は二つ並んだゴミ箱に、不燃性ゴミと可燃性ゴミをそれぞれ選《え》り分《わ》けて捨て直す。

ふと、手前側のフライヤー二台に目が留まった。

揚げ物を作る調理機器だ。一つの方だけ真新しい。それぞれ下部の扉を開けると、油の滲みかけた新聞紙が敷いてあった。そこの一端——ちょうど最奥の隅に手を伸ばす。

それは、一見して黒色の紙切れだった。油の臭気しかしない残骸——のように見える。

表側は墨汁で浸したようになっていて、裏側は白色だが……。

「あぁ、それはね、稲熊が小火《ぼや》を起こしたときのヤツだと思う」

「事件の翌日は臨時休業したんだけど、でも色々な片付けとか今後の調整もあって、本来朝勤入りしてるはずだった稲熊さんと、店長でしたっけ？　が、出勤したんですよね？」

[redacted]

「そう。でもフライヤーの温度調節をする部品が不具合か何かで出火していたらしくて、けどアイツ、その上からバケツで水をかけてしまったの」

俺は目線を司水に向けて、さらに説明を求めた。

「ほら、よく聞くじゃない、水と油という慣用句。高温の油に水を入れたら、双方が反発して水蒸気爆発するって。それで、小火になってしまったの。まあ、すぐに消し止めたそうだけど……それでも、フライヤー周りは買い換えることになったってわけ」

「それは……災難だったな」

「あ、でもそうそう——そういえば、おかげで未使用のレジロール数個がそこのフライヤーの裏側から見つかったのよ。きっと誰かが以前に間違って落としたまま放置されていたのでしょうね。怪我の功名だったわ。おかげで余分に発注することもなく済んで……」

「じゃあこの黒いのは、燃えてダメになったレジロールの切れ端ってことか？」

「ええ、おそらくは。彼がゴミ箱に真っ黒になったレジロールの用紙を一つ捨てたと、店長もおっしゃっていたし。そうですよね？　店長」

「あ、あたしが説明したかったな、それは。あたしが目撃者だったわけで」

「ご、ごめんなさい。つい……」

俺はそんな主導権争いを可視化するようなやりとりに、少し困ったように笑った。

3

その日の夜の午後九時半、さっそく勤務のあとに台場先輩が一人暮らししているという駅前のアパートを訪ねることにした。まずは駅で、二人と待ち合わせをする。

「ご、ごめんなさい！　遅れてしまって！」

少し膨らみのある黒色のリュックサックを背負った金和座さんが、待ち合わせ時間一分前に合流した。服装はダボダボのズボンにライダースーツと、やけに派手だった。

「一分前ですから、遅れたって程でも」

「いやいや！　待ち合わせ時間の一分前はもうほとんど遅刻みたいなものですよ！」

根は真面目過ぎるらしい。口調もそうだが、とてもこの髪色や風貌と釣り合っていない。

「でも金和座さんが、まさかこういうのにご協力していただけるなんて」

司水は着ている紺色のロングコートのポケットに手を入れながら、意外そうに言う。彼女は軽装で、そのシュッとしたスタイルが服の滑らかさにマッチしていた。

「同じバイト先の台場さんのピンチですから！　当然のことですよー！」

顔色は優れなさそうだったし、無理して明るく振る舞っている感じもあったが、稲熊さんがクレーマーに絡まれていたときといい、彼の言動には仲間を意識している節があった。

履歴書を頼りに到着した家の前で、司水は取り付く島もないとばかりに柳眉を寄せる。

「実家の方にも連絡を入れたけど、どうやら彼女、半年以上前から家族とは音信不通気味だったそうよ。七ヵ月前からあのコンビニで働いていることすら、知らなかったみたい」

「そうですか。でも……へえ、僕とは一ヵ月違いなんですね、台場さん」

金和座さんが場を持たせるように言う。俺は二人に注意喚起する。

「指紋とかつくと、後々面倒になるかもしれない。全員手袋をしていこう」

さっそく手袋の状態でインターホンを押してみたが、やはり反応はない。試しにドアノブを捻ってみたが、扉はいとも簡単に開いた。その軽快な音が、全員の顔を強張らせる。

念のため針金とマイナスドライバーを持ってきたが、取り越し苦労に終わったな。

俺はなんのためらいもなく扉を開けきって、慎重な足取りで中へと入っていく。

「ちょ、ちょっと春紅くん！」

「……は、入ってみましょう！」

手袋をつけてすぐリュックサックを背負い直して、俺のあとを追いかける金和座さん。

司水は頭を抱えながらも、「もう……」とつぶやいて、結局は俺たちのあとに続いた。

かなり警戒して部屋に入ったが、誰かが隠れていそうな雰囲気はなかった。

これを幸いと言うべきか、台場先輩の遺体が発見されるなんてこともなかった。

1K《ワンケー》の室内は、司水の部屋と比べてそこそこ散らかっているように感じた。棚の隅には埃がかぶっているし、床には数本ほど空のペットボトルが放置されている。生活感に満《み》ち溢《あふ》れていると言えば聞こえはいいけど、だらしないと言われても仕方がない状態だった。

だが一方で、部屋の一番奥にあったデスクトップパソコン周りだけはやけに本格的で、ダイナミックマイクやグラフィックボード、キャプチャーボード、ゲーム機にイヤホンにウェブカメラ……あとは、レコーディング用と思しきマイクやオーディオインターフェイスなど、さすがネットで動画を投稿しているだけあって、その手の機材は充実していた。

台場先輩のネットでの顔を知らない二人が、それら機材を見て茫然としている。

ここにいない彼女に代わって、俺は帽子のつばを触りながらごまかした。

「大学のゼミで、なんかそういう研究しているらしいな。全部知り合いから借りてるって言ってた。決して彼女の趣味じゃない」

少し驚いたように、司水は目を瞬く。

「あら、いつのまにそんなに親交を深めていたの」

「……ん？　ああ、まあ」

　要領を得ない返事に違和感を覚えたのか、司水が胸に手を当てながら、きょとんとする。

「あ、これちょっと見てくださいよ」

　金和座さんが指差したのは、簡易テーブルの上に置かれた数枚の給料袋と財布。

「財布の中も、給料袋の中も、お札とか抜き取られた形跡はありませんね……」

「室内にも荒らされた形跡はないし、もちろん台場さん本人もいない。鍵もかかっていなかったことから、少なくともここを出るとき、長時間留守にする気はなかったのかしら」

　二人が憶測する中、俺はデスクトップパソコンの前に向かう。

　電源ボタンを押すと、すぐにパソコンは立ち上がった。どうやらスリープモードにしていたらしく、画面にはとある配信サイトのユーザーページが出てきた。

　ユーザー名はディーヴァー・チャル子。どうやらライブ配信もしているらしく、不定期とはいえパソコンやタブレット端末を駆使してゲーム実況や一人カラオケなど枠をとっているのが、アーカイブ履歴からわかった。再生数や視聴者数はどれも数百以下だが……。

　念のため彼女の最後の配信記録を洗った。最後に配信があったのは一週間前。パソコンからの、なんてことはないような雑談配信だ。映像ではピンク色のキャラクターが喋るたびにぎこちなく動いている。

「……ん？

日付を遡っていくと、一つだけ、映像のない音声オンリーの配信が非公開アーカイブになっていた。ユーザーページからは再生できるが、配信サイトからは非公開になっているデータだ。パソコンからではなく、タブレット端末からの配信という表示。

こ、これは……!

その日付は九月三十日。緑賀一葉が亡くなった日と同じ――いや、それどころか……!

配信時間を見る。開始時刻が午後八時四十四分で、終了時刻が午後九時三十分まで――。つまり四十六分間も……勤務中の彼女は配信していることになっている。

なぜだ? 誤作動か何かだろうか。確かにネットの配信者がボタンなどを押し間違えたりして配信を切り忘れたり、気づけば配信開始してしまったなんてこと珍しくないが……。

それを加味してなお釈然としなかった。俺はイヤホンを耳につけ、腰を据えてアーカイブを再生する。当然映像が映し出されることはなかった。

しかし、音声はそれなりに聞き取れた。

『いらっしゃいませー』『いらっしゃいませー』『……いらっしゃいませー』

こもってこそいるが、再生されるや、センサーチャイムと共に緑賀一葉と思しき声と司水の声、そして遅れて台場先輩の声が微かに聞こえてきた。これはやまびこ式の挨拶だ。台場先輩から最初の方に教わった、接客に厳しい泉河店では徹底されている基本挨拶。

でもこれって……まさか……事件の真っ只中、店内で配信しているのか……⁉

それから数分後、立て続けに二度センサーチャイムのみが鳴り響く。声は聞こえない。

「春紅くん、何をやっているの？」

司水が俺の様子に気づいたため、俺はイヤホンを片方彼女に手渡す。渡されるがまま、彼女も片耳にそのイヤホンを装着し、俺の隣に座って眉をひそめながら聴く。

「これは……」

五十分過ぎくらいに、何かが爆発するような音を拾う。これは、例の電子レンジのソースのだろうか？　それからしばらくノイズしか聞こえなかったが、配信開始から二十一分経過したあと——つまり午後九時過ぎに、四回目のセンサーチャイムがやっと鳴った。

店の出入り口を通ると、必ず鳴るチャイム。音だけではそれが来店によるものなのか退店によるものなのかわからないが——。

『ありがとうございましたー』『……ありがとうございましたー』

挨拶が徹底されているアクアマート泉河店では、かけ声でそれが退店音だとわかった。声の主は稲熊さんと、少し遠くてわかりにくいが台場先輩だろう。

その五分後——九時五分にも、誰かの退店を証明するセンサーチャイムが鳴った。

『ありがとうございましたー』『……ありがとうございましたー』

これもまた稲熊さんと、台場さんの挨拶。奥からは、コーヒーマシンがコーヒーを抽出する音が微かに聞こえてくる。ただそれ以降はノイズばかりで何も聞こえてこない。

ここでようやく、配信に視聴者からのコメントがつき始めた。『なにこれ？』『おーい』

『配信ミスってね？』――当然台場先輩からの反応はなく、垂れ流しの恰好となっている。

午後九時二十五分――台場先輩の悲鳴が聞こえ、奥の方で騒々しい雑音が入ってくるようになる。その五分後、「え？　なんで？」という台場先輩の声を最後に、配信は切れた。

非公開になって当然のアーカイブだ。身バレどころか、バイト先や住んでいる地域までこれでは筒抜けになりかねない。

ただ一方で、データは削除していない。あえて非公開に留めている理由が何かあるのだろうか。よく見ると、再生回数が来場者数を上回ってるし。彼女が何回も聞いていたとか？

「なあ司水、台場先輩は勤務中、タブレットをいつもどこに置いているんだ？」

司水は口元に人差し指をあてながら、思い出すように答える。

「どうだったかしら。よく、道を尋ねてくるお客様がいるから、あらかじめタブレットをバックルームとレジのあいだの通路の棚とかに置いていたこともある気がするけれど」

タブレット端末を彼女が店に持ち込んでいたのは、確かに俺も度々見ていた。

なるほどな。だからボリュームのある店員の挨拶と来店音だけを拾ったのか。

「でも、やっと〝当時の店内の異様な状況〟って奴がわかってきたな？」

終始戸惑っていた司水に向かって、そう俺は告げた。

「……どういうことよ？」

にっこり微笑みかけると、片頰を膨らませてじーっと凄むような目で見てくる。

「な、何を戯れているんですか、お二人とも……？」

通路の方にいた金和座さんが、そんな俺たちを茶化してくる。

「イヤホンを片耳ずつ着けて……あれ、そういう仲なんですか？　司水さんと春紅さん」

「そういう仲じゃないわ！　断じて！」

指摘されてすぐ、彼女はイヤホンを外した。顔を真っ赤にして立ち上がって、腕を組む。

「さぁ、いい加減出るわよ。これ以上女子の部屋を踏み荒らすのは不躾《ぶしつけ》極まりないわ」

二人が部屋を出て行く。俺は帽子をかぶり直し、その後ろ姿を見ながらふと思い至った。

通路と玄関の途中にあった一室へ。そこは風呂とトイレが一緒になったユニットバスの空間。

帽子のつばを少し上に持ち上げながら、室内に視線を走らせて何かないか探す。

……これは……。

棚の扉に、黒色の布が挟まっていた。なんだろうと思って、扉を開けてみると――。

「ちょっと、春紅くん……何しているのよ。いい加減にしなさいってば――」

司水と金和座さんが、俺の様子を見に戻ってきた。

二人がその俺の手に持ったものを見て、目を丸くする。

「……な、何よ、それ」

黒色のマントと、白色の仮面。目の部分は×印に赤く縫われている。

「これは、俺と稲熊さんを襲ってきた犯人が身にまとっていたものに非常に酷似した――おそらくは同一の装いだ。それが、この棚にしまってあった」

「そ、そんな……⁉　台場さんの家にそれがあったって……つまり……」

金和座さんの震え声に頷く。

「う、嘘……」

司水の力ないつぶやきに、首を横に振る。

俺は帽子を深くかぶって、滔々《とうとう》と言った。

「いい加減、商品をカゴに入れていくのも飽きたところだったんだ」

二人におどけてみせながら――。

「さあ会計しにいこう」

【7】推理はキャッシュレスで

1

まず第一に、時間が差し迫っていることを俺は案じた。

「でも、台場先輩の居場所がわからないことには、売買もままならない。金和座さん、二日前に台場先輩が夕勤から上がったとき、どこに行くかとかは伺っていませんでしたか？」

「い、いや、さっぱりでしたが……」

となると現時点で最後に消息が確認できるのは――。

携帯端末を取り出す。ＳＮＳのアイコンをタップし、ディーヴァー・チャル子のページに飛ぶ。一昨日の夜九時五十六分につぶやかれた意味不明な字の羅列。

『gfag　@cp　btqf　z#g／a』

「これに見覚えはあるか？　彼女のＳＮＳで最後に投稿された一文なんだけど」

コピペしてメモ帳に貼り付けたものを、司水に見せる。彼女は首をかしげた。

「何よこれ。私には皆目《かいもく》見当もつかないけれど……」

胸に手を当ててそう答える司水。金和座さんも思い当たる節はないみたいだった。

「春紅くん、君の見解は？」

「……誤爆したようにも見えるし、何か法則性のある暗号のような気もするんだよな」

「まあ、消息を絶つ前の最後の言葉なのは間違いないでしょうけど……」

最後の言葉……か。そういえば、緑賀一葉も死ぬ間際に最後の言葉を──遺言を残しているんだよな。皆さんへ、申し訳ございません、と正確に漢字変換して打ちこんで。

……待てよ。変換……。

ふと訪れた閃きに従って、俺は携帯端末の画面をタップしていく。

その指の動きがあまりにも探り探りだったため、司水が口を挟んでくる。

「……何をやっているの？」

「司水は携帯端末で文字を打つとき、たとえば〝お〟を打ちたいときとか、どうしてる？何回も〝あ〟を押して入力していくか、〝あ〟を押したまま、下側にスライドさせるか」

質問の意図がわからなかったのか目を細めるも、彼女は素直に答える。

「それはもう、下側にスライドさせて一発入力するわよ。もちろん、最初はガラケーの癖が消えてなくて小学生ながらに苦労したけれど……」

「ああ、そうだ。司水の言う通り、携帯端末の文字入力はその行を四方にスライドさせるだけで簡単に打てる。その要領で、かつ入力を英語に切り替えた状態で打った場合……本来打ちたかった日本語の文字列はどうなると思う？」

「英語に切り替えた場合って……それはもちろん、てんで意味不明な文字列に——」

司水が血相を変え、目を大きく見開いて、俺の携帯端末の画面に顔を近づけた。

すでにそこには、俺が英語から日本語へ変換し直した文が綴られていた。

「これは……大変！」

「もちろん、俺と台場先輩とで機種もキーの割り当ても違う可能性がある。あるが、これを偶然だと一蹴する気に俺はなれない」

「同感ね」

「ところで司水、ここに書かれた〝きよみす〟っていう名前に心当たりはないか？」

彼女の顔が曇る。その曇り方はひどく暗い色を帯びていて、やけに印象に残った。

「……あるわ。つい先日、閉店したばかりのコンビニ。ここからすぐ近くにあるアクアマート清三栖《きよみす》店……きっと、そこだわ。確か、まだ取り壊されていなかったような……」

「えっ？　えっ？　ど、どういうことですか？」

事態を一人飲みこめていない金和座さんに俺は告げた。

「台場さんは、廃店したコンビニにいます。早く行きましょう！」

2

閉店したアクアマート清三栖店は広々とした国道沿いに建てられていた。

周囲にはパチンコ店や飲食店などが立ち並び、非常に活気がある。通勤時間ということもあるからか人通りがかなり多い。しかしその分、他のコンビニチェーンも隙間を埋めるように多く展開され、ここでのコンビニ同士の苛烈《かれつ》な競争を容易に想像させた。

出入り口側の大部分は遠目からでもシャッターが下りているのがわかり、貼り紙もしてある。

一部シャッターが下りていない場所から、中の様子を窺う。暗くて判然とはしないものの、とても中に人がいるとは思えない。はっきり言って寂れた店内だ。商品も置かれていなければ、照明も一切ついていない。退廃的な空気に満ちていた。

「ここに、台場先輩がいる。裏口か、裏の窓をチェックしよう」

生い茂った雑草や捨てられた空き缶などのゴミの上を踏み歩きながら、建物と建物のあいだのわずかなスペースを歩いていく。裏手に回ると、換気扇や資材などが置かれてあった。

そこには大きな窓ガラスもあった。推測通り、クレセント錠は施錠されていなかった。

俺は司水たちを一瞥する。視線が合って、頷き合った。窓ガラスの扉に手をかける。

暗がりに包まれた元アクアマート清三栖店への侵入。電気が通っていないのか照明スイッチを押しても反応がなかったため、あらかじめ持ってきたレジ袋の中に携帯端末を入れて、球状に膨らます。サイドボタンを押しながらいつものように告げた。

「フラッシュライト・オン」

ぽわっと光が灯《とも》る。これで、簡易的なランタンの出来上がりだ。

司水の緊張感のある潜めた声が聞こえてくる。

「よくもまぁ、咄嗟にランタン代わりの明かりを作り上げるわね」

「災害時、よくコンビニで用いられる手法だよ。いざってとき役に立つ」

簡易ランタンを頼りに奥へと進む。窓ガラスの先はバックルームの奥に続いており、もぬけの殻となりつつあった空間は、意外にも埃やゴミなどはほとんど見受けられなかった。

ただただ、無――。色褪《いろあ》せ、時代の潮流に飲まれ、競争に敗れ、利用価値がなくなった場所。かつては様々な人が行き来したはずの場所は今ではすっかり静まり返っている。

司水の表情は、より一層険しく、暗澹としていた。衰退した空間に、司水グループの令嬢として思うところがあるのだろうか。アクアマートは他のコンビニチェーンと比べても道半ばで潰れる店舗数が増えてきていると聞く。

いや、今それはいい。俺は頭を切り替えて、目当ての物を探す。いくら廃店したとはいえ、簡単に持ち出せないような什器《じゅうき》や備品はそのままにされている。

だからきっと――あった……！

俺たちは、業務用冷凍庫の前まで来た。業務用というだけあって大きく、また家庭用冷蔵庫を横倒しにしたような形状で、上面に扉がついており、それを持ち上げることで開閉できるタイプだった。

しかし現在、その扉は二センチほど開いた状態でストッパーのようなもので固定されている。その斜面の上には段ボール箱が山のように積まれており、重石《おもし》の役割を果たしていた。

俺は黙々とそれをどかしていく。途中で司水たちもそれを手伝ってくれた。

そうして業務用冷凍庫の扉を開けると——。

「台場さん……！」

その中には、両手両足を縛られた台場先輩がコート姿でうずくまっていた。

急いで扉を全開にして、業務用冷凍庫の中へ。彼女の容態をいち早く確かめる。

意識は失っていたが、息はある。顔色は悪いが、脈拍もしっかりしていた。

「大丈夫ですか⁉　台場さん……！」

司水も涙ぐみながらすかさず台場先輩に寄り添った。すぐに縛っていた紐《ひも》を解き始める。

本来は冷気が充満している庫内だが、電気が通っていないため凍傷の心配はなさそうだ。

俺が救急車を呼ぼうとしたとき、当の本人が目を覚ました。

「あ……あれ……？」

台場先輩はゆっくりと目を開ける。自身を抱きかかえた司水の顔を見て、ぶわぁっと目を潤ませ、頬をほころばせながら泣きじゃくった。

「みゅううぅぅ……！　うっう……！　うぅぅ……！」

司水にすがりつくように抱きしめ返している。その泣き面に、司水も安堵の笑みを浮かべて目頭を押さえる。気持ちの受け止め方に困っているような涙顔だった。

俺はホッと胸を撫で下ろし、声をかける。

「でも、二日もここに閉じこめられていてよく大丈夫でしたね」

「ハルクン……金和座さんも！」

俺と金和座さんをそこでようやく認識して、より表情に安堵感が増していく。

「一応、上に隙間があって、なんとか……ご飯と飲み物は、最初からこの中にあったし」

冷凍庫の隅には、菓子パンの袋や小さなペットボトルが確かに置かれてあった。

「でも、どうしてここがわかったの……？」

司水を抱きしめながら、台場先輩は声を潤ませる。

「春紅さんのおかげですよ！　ここに来られたのは！」

「ええ、本当に。春紅くんが、台場さんからのSOSを読み解いたおかげで……！」

金和座さんと司水が口々に言う。台場先輩の熱のこもった視線に、つい顔を背けて帽子をかぶり直した。ただ、何も説明しないのは変な感じがしたので、口を開く。

「『gfag　@cp　btqf　z#g／a』……これは携帯端末を英語入力に切り替えて打ち込まれたメッセージです。そう仮定して日本語に置き換えていくと——」

『㋟す㋘㋟　あくま　きよみす　れい㋟う㋘』

「たすけた……れいたうけ……ん？　どういう意味でしょう？　『あくま』、『きよみす』がここを示唆してるってのはなんとなくわかりますけど……」

考えあぐねる金和座さんに、にこりとする。

「はい、ただ置き換えただけじゃ、この通り判然としません。ですから今度は、他のパターンを検証します。他に置き換えることが可能な文字を変えて、適切な意味を持つ日本語に直していくんです。それが㋟と㋘。㋟……つまり『g』は〝た行〟なのは間違いないですが『て』と『と』にも置き換えられる。アルファベットの割り当てが『た』と同じなんですよこの二つ」

「つまり㋟＝『g』の部分は『た』、『て』、『と』のいずれかが当てはまるってことよね」

司水がすかさず補足してくれる。俺は首肯した。

「そう。そしてそれは㋘も同様。㋘も『け』と『こ』どちらを入力しようとしても『a』に置き換わる。㋘＝『a』の部分は、『け』か『こ』どちらかが当てはまることになる。先ほどはあえてわかりやすく『た』、『け』で統一したことで、適切な日本語にならなかった。だから今度はすべての組み合わせの中から、もっとも適切な意味になるパターンを探していく。すると――」

『たすけて　アクマ　きよみす　冷凍庫』

「監禁。台場先輩は、誰かに捕らわれている可能性があるとやっとわかったんです。そして、安易に助けを求めればすぐに身の危険が迫る状況でもあった。だからこうして誤爆を、、、装ったメッセージを送ることで、犯人に見られても不審がられないSOSをキーの割り当てが同じ機種を持つ人に向けて発信したんじゃないかって」

濡れた頬が緩む。よほど怖い思いをしたのだろう。切実な声で咽《むせ》び泣《な》いている。

「……通報しようにも、最初はガムテープも口に貼られていて声も出せなくて……ずっとすぐ傍で監視されてたから、下手に動けなかったんだ。バッテリー残量も一パーセントしかなかったから……ウダウダもしてられなかった。でもそのときちょうどSNSのページを開きっぱなしにしてたから、短い文なら隙を見て投稿できるかもって思って」

そしておそらくは投稿した瞬間に、電源が切れた。だから今の今まで誰もここに駆けつけられなかった。

司水は疑問を投げかける。

「でもなぜ、台場さんはこんな目に……？」

「私にもよくわかんないよ……バイトから上がって家に帰ってエゴサしてたら、インターホンが鳴って。そしたら私の秘密を知っているって人が訪れて……それで、どうしても気になってついていったら、廃店したコンビニの近くで急にナイフで脅されて」

「そんな……！　いったい誰がそんなことを――」

司水がそう問いを投げかけたとき、背後でガチャリという音がした。

瞬間、怒気を混じらせた声が室内に響き渡る。

「動くな。不審な動きを見せれば、こいつの喉元を切り裂いて殺す」

俺はポケットに手を入れようとして——。

「動くなッッッ！」

……そのまま、従った。

「っひ……ぃ……ぅ……！」

金和座さんの鮮烈な恐怖の息遣いが、後ろから否《いや》が応《おう》でも聞こえてくる。

「どうして、ここがわかった？　私がこの場を離れた隙に、どうしてここに来られた？」

彼女は俺の方を見て、合点がいくように笑い声を上げた。

「——君か？　さすがコンビニ探偵。なんでもお見通しってわけですか？」

「……どうして、こんなことをした？」

「決まってる。そこの台場って人が……一葉を殺したから」

簡易ランタンで淡く照らし出されていたのは、俺の依頼人。

金和座さんの背後に回り込み、彼の首に刃を突きつけていたのは、芽ヶ久里安子だった。

3

戦慄していた。

司水も台場先輩も、そして無論、密着した状態でナイフを喉元にあてられていた金和座さんも、身動き一つ取れず、呼吸すらままならない事態に追いやられていた。

緊迫した空気に、俺も呑まれかける。しかし頭の中に蠢《うごめ》く好奇心が、それでも勝った。

「台場先輩が……どうして緑賀一葉を殺したと？」

なかなか反応は返ってこなかった。芽ヶ久里は、俺の顔一点を凝視するばかりだった。

そのあいだも、人質にとられた金和座さんは青ざめ、縮み上がっている。その彼の背中に堂々と密着し脅す様は、芽ヶ久里の幼い顔立ちからはあまりにも乖離《かいり》していた。

「……まあ、いいよ」

投げやりに、どこか気まぐれに――。放縦《ほうじゅう》な振る舞いをすることで、暗にこの場を支配したい狙いが、そのくすんだ顔つきに表れている気がした。

「もう知ってると思うけど、実は私、一葉が亡くなったときにあのコンビニにいたんだ」

俺は大きく息を吸ってから応じる。

「お菓子を買って、しばらく雑誌コーナーにいたと聞いている。なぜ二十分間もそこに？」

「一葉を、待っていたの。九時過ぎには上がるから。少し待てば、一緒に帰れると思った」

「友人……だったのか？」

「……一葉は、きっとそう思っていた。私は――私も、そう……思ってる」

彼女の疲弊した表情に、一瞬だけ追想にふけるような弛緩《しかん》が見てとれた。

「雑誌を読むのにも飽きて、九時五、六分くらいだったかな、退店して、外で待つことにした。だけど、いつまで経っても彼女は来なくて……帰った。もしかしたら、他の店員さんと――あなたと、お話ししているのかなって思って」

芽ヶ久里の視線が、司水へ向かう。司水もここへきて、ようやくいつもの冷静さを取り戻しつつあったらしい、口ぶりは落ち着いていた。

「当時私は発注作業をしていたし、緑賀さんはトイレ清掃をしに行っていたわ」

「そう。そして一葉の首には緑色のスカーフがかけられて、自殺に見せかけられた……！」

「見せかけられたって、あれは警察が自殺だと――」

「自殺に見せかけたの！」

司水の言葉を芽ヶ久里が強引に遮る。

「自殺に見せかけたそのスカーフは、どこでどうやって用意できたのか？　私は、あの子がトイレ清掃しに向かう姿をこの目でちゃんと見ている。そのときポケットにそんなものを入れているような素振りは全然なかった……！」

「……何。なんの、話……」

司水が困惑するその横で、台場先輩の顔が張りつめたように動かなくなった。

「つまり、一葉はスカーフを自らトイレに持ち込んでいたわけではない。トイレとかに元々置いてあった可能性もあるけど、私はそれを否定できる。この目でしっかり見たから」

「……何を、見たのよ」

芽ヶ久里が、台場先輩を睨みつけた。

「そこの店員。台場さんが、緑色のスカーフがアクアマート泉河店で買われた時間帯に、ユニフォーム姿のままレジの内側まで向かって何かを買うところを、退店際に見たんだ。だから私は、その人が犯人だと思って、ここに閉じ込めて……！　問いただした！」

そうだ……俺はこの芽ヶ久里に、仮面の人物が落としたレシートを見せた。今にして思えば、あの時点で芽ヶ久里は台場先輩に目星をつけていたのだろう。

「あのレシートを見た時点で、ピンときた。雑誌コーナーにその時間帯いたけど、彼女の他にあのレジで会計していたのは、おじさんだけ。そのおじさんが買って行ったのも、百円コーヒーだけで、とても千数百円支払っているようには見えなかった。だからこのレシートを出した人は、間違いなくあの台場っていう店員だったんだと思った。その人はそのとき、店員であると同時にお客だった。そして、一葉の首に凶器を送り届けた犯人だった」

当の台場先輩は完全に虚脱状態の中にいた。見開いた瞳孔が暗闇の一点を見つめている。

代わりに反発したのは司水だった。

「何を根拠に、そんなことをおっしゃっているの？　あなたの見間違いの可能性も——」

「事実だ」

俺はうつむく。帽子のつばで表情を隠し、淡々と言った。

「台場先輩が緑色のスカーフを当時買ったことは、事実だ。俺ももう推理している」

「そ、そんな……なぜ？」

「単純な話だ。そのレシートはキャッシュレスのバーコード決済で支払われていた。これを午後九時五分に行えたのは、台場先輩だけなんだ」

「だから、なぜ？　そのとき店内には私たち他の店員やお客様だっていたはずじゃない」

「まずそのお客は四ヵ月前からずっと料金滞納していて携帯端末を使えない。俺のことを調べた件で司水に連絡を入れる際も、公衆電話から電話をかけていたはずだ」

俺は彼の持っていた携帯料金の支払い用紙と、司水の携帯にかかってきた着信画面の表示を思い出していた。

「次に稲熊さんにも、キャッシュレス決済は不可能。彼はその日携帯端末を家に忘れてきたらしいし、そもそも彼が当時立っていたのは反対側の方のレジで、そんな目立つことをすればその時間帯レジにいた鳥栖炉さんや台場先輩が一切不審に思わないはずがない」

うつむき加減のまま、厳しい表情をする司水の方に顔を向ける。

「司水はそもそも、九時五分に売り場にいなかったから、緑色のスカーフは買えない」

「……な、なぜそう言い切れるの？」

「司水も聴いただろ？　音声のみとはいえ当時の現場の様子を」

思い当たる節があると言わんばかりに、彼女は声を漏らした。

「当時店内はタブレット端末の配信アプリで録音されていた。問題は午後九時五分——退店するお客への司水の挨拶が聞こえてこなかったんだよ」

司水が下唇を噛む。

「普段挨拶を徹底して指導しているあのコンビニにおいて、それも司水が挨拶を怠るなんて考えにくい。つまりそのとき司水は挨拶ができない場所——バックルームにいたんだ」

そして断定するように、力強くきっぱりと告げた。

「その時間帯、店には鳥栖炉さんと芽ヶ久里以外、絶対にお客は来店していない。謎の七人目Xなんてお客、百パーセント存在し得ない。だから消去法で、台場先輩に……なる」

無言を貫く台場先輩に、駄目押しするように芽ヶ久里は言った。

「あなたはキャッシュレス決済したあと、きっとそのまま洗面ルームに向かった。清掃中の彼女の首をその買ったスカーフで絞めて、自殺に見せかけた……！　そうでしょ⁉」

異様なほどの静寂が訪れる。芽ヶ久里のナイフを持つ手が怒りに震えている。

俺が口を開こうとして、別の方向から声が上がった。

「違う……私は……殺してない……」

台場先輩の困憊《こんぱい》した声だった。

「嘘だ！　じゃあなんで緑色のスカーフなんて、そのときに買ったのッ……！」

台場先輩の無表情な顔は、涙で濡れていた。

「私は……頼まれて……買っただけ……スカーフを……ヨウちゃんに……緑色のスカーフを欲しがっていたのは、他でもないヨウちゃん自身なんだよ……！」

「だからなんで⁉　なんでよりによって一葉が頼んだの⁉　あなたなんかに！」

「……それは、だから……品出しで余った商品を、バックルームに戻そうと洗面ルームに入ったとき、トイレから声がして……自分の代わりに〝コレ〟でスカーフを買ってトイレに持ってきてほしいって、言われただけで……」

「知ってる！　何回もそこで聞いた！　私はその理由を聞いているの！　わかる⁉」

「もし買ってこないと、私のネットでの活動をバラすって、言われて……さすがにそんなこと、ヨウちゃんがするわけないと思ったけど、でも……渡されたモノを見て、明らかに様子が変だなって思って……とりあえずは、あの子の言う通りにしようと思って……」

「だから、はぐらかさないで！　なんでわざわざそんなことをあなたに頼んだの？」

「だから、そこまでは、わかんないって……」

「嘘だ！　絶対あなたが殺したんだ……！　じゃないと、おかしい……おかしいんだ！」

おそらく二人のあいだではここで何度も交わされたやりとりなのだろう。芽ヶ久里の苛立ちは、堂々巡りになっていることへの焦りが滲んでいた。

俺は二人のあいだに割って入る。

「台場先輩がその時間帯に品出ししていたのは事実だ。洗面ルームを行き来していても不思議じゃないし、バックルームにいる司水に聞かれず会話することも難しくなかったはず」

司水はそのとき、音楽を聴きながら作業していたらしいし。

「……だから何？　私はこの人が一葉を殺したことを――」

「彼女は犯人じゃない」

断言した。そこでやっと、芽ヶ久里に怯んだような反応があった。

「洗面ルームに面したバックルームでは、マジックミラー越しに中の様子がわかるようになっている。そのとき作業していた司水は、九時過ぎ以降に扉が開くのは見ていないと証言している。そうだろう？」

「……ええ。ただ、そこまで注意を払っていなかったし、絶対とは言い切れないけれど」

「けどそのあとに、レジロールの芯を転がしてきて、会話までしているんだよな？」

「あっ、そうよ……そうだったわ」

「そう。つまり時系列を整理するとこうだ。九時五分より前に台場先輩は洗面ルームで緑賀さんにスカーフを買って持ってくるよう脅された。そして、九時五分から六分にかけて、それを買ってトイレの扉の下部の隙間越しに手渡した。それからすぐに緑賀さんは、バックルームにいる司水に向けてレジロールの芯を転がしてメッセージを送っていた。このとき時間は午後九時十分を少し過ぎたところ。つまり、少なくとも緑賀さんはその時点でまだ生きていたんだ」

「ッ……そんな……」

「扉には鍵はかかった状態だった。もしそのあとで外部から咄嗟に扉をこじ開けようとすれば、その痕跡は残っているはずだし、何より司水はそれ以降、トイレの動向を留意していた。とても、台場先輩が緑賀さんの首を絞めにいけるような状況じゃない」

俺は芽ヶ久里に対してはっきりと言った。

「台場先輩には心理的にも物理的にも、アリバイが成立している。もちろん、司水の証言を信じないと言うなら、話は別だが」

芽ヶ久里は俺と司水の顔を見極めるように交互に見据えた。

「君は信じているの……その人の、見聞きしたものを」

芽ヶ久里にそう言われて、ふと放心した司水と目が合う。俺はすぐに目を逸らして、とりすました顔を芽ヶ久里へ向けた。

「好きに取ればいい」

疲れたように笑って、次の瞬間、ナイフをより深く金和座さんの喉元にあてた。

金和座さんの痛切な怯《おび》え声に被《かぶ》せるように、無情な言葉を彼女は発する。

「でも、あなたたちの誰かが殺したのは事実でしょ……」

その言い方に引っかかりを覚える。

「……なぜ、俺も含めている?」

芽ヶ久里は何も言わない。もはや徹底的にわかりあえない隔たりがあると頑なに誇示するかのように、目が据わっていた。そして全然違うことを語り始める。

「一葉はね……私以外、学校で友だちが全然できなかったの……私以外……頼れる人なんて……いなかったはずなの……そんな子が、なんで……なんで……人との関わりが希薄だったはずのあの子が……あなたたちに、殺されなきゃ……いけないの……ッ……！」

思考を完全に放棄している。自棄《やけ》になっているようにも……見えた。

きっと後に引けないのだ。死人の名前を名乗って俺に依頼し、さらに台場先輩を誘拐し、監禁し、挙げ句金和座さんにこんなことまでして……今さらごめんなさいでは済まされない。

そんな彼女から彼を解放するチャンスは、おそらくたった一度、その一瞬しかない。

司水と金和座さんに目配せする。わかっている——そう暗に瞳で返された気がした。

ならばもう突き進むしかない。

「俺は、俺が緑賀一葉を殺したと言われる理由に……思い当たる節があるかもしれない」

再びうつむいて、引き続き注意を引く。

「俺は生前の緑賀一葉に出会っている——違うか？」

帽子のつばに隠れて、その表情は見えない。だからこそ、堂々と口にできた。

「先日、緑賀一葉の顔を見る機会があったんだ。どうにも見覚えがあった。けど、ぼんやりとしていた。少なくとも、何度も顔を合わせた間柄ではなかった。きっと一回だけだ」

一回……一分……一分後……。

「なんだろうと思ったけど、やっと思い出したんだ。そう——九月三十日——今にして思えば驚きだよ……まさに緑賀一葉が亡くなった日、緑賀一葉が出勤する前、俺は彼女から実は依頼を受けていたんだから」

五十……四十五……。

「SNSのDMからだった。依頼内容は、シンプルだ。会計中に渡し忘れたチケットの領収書をお客さんに渡したいから住所や通勤ルートを調べてほしいというもの」

四十……三十五……。

「でも、君はその依頼を受けなかった」

俺以外の声が、室内に響く。芽ヶ久里の茫然とした声には、どこか明確な敵意があった。

「……見ていたのか？　俺と緑賀一葉が話しているところを」

「バイト先での話だったから。でも、何を話しているかまでは、わからなかった。ただ私の目に映ったのは、君が一葉を無下にして、その場から立ち去ったことだけ」

そうだ。そういえば、緑賀一葉と依頼で待ち合わせたのはハロウィン颯山店。芽ヶ久里が働いていたコンビニで、彼女が緑賀一葉として俺に接触を図ってきた最初の場所だった。

「そして、そのあと一葉が、悲し気に君の背中を見つめていたことも――」

二十五……二十……。

「私は君が、一葉に酷いことを言ったのだと思った。だから……私は、君も疑っていた」

「……なるほどな。なぜ俺の前で緑賀一葉と名乗ったのかわかった気がする。容疑者としての反応を見たかったんだな？　もし俺と緑賀さんが名前を知っているような仲なら――自殺に関係のある存在なら、その名を名乗る依頼人をすぐに不審に思っただろうから」

「不審に思われたら思われたで、すぐに依頼を撤回して私一人でやるつもりだったしね」

「だけど俺は彼女の名前なんて知らなかった。まんまと緑賀一葉からの依頼を受けたことで、芽ヶ久里の疑いは晴れたんじゃないのか。二度目に会ったときの微妙な態度は、その騙《だま》して疑ったことへの――後ろめたさだったんだろう？」

「うるさいッ……！」

五……。

「……どうして……探偵なのに依頼を受けなかったの……？　君が、無下にしたから……」

俺は視線を下に落としたまま、手に持ったランタンを堪えるように強く握り締める。

「君が無下にしなかったら、あんな悲しい顔をして死んでいくこともなかったのにッ！」

一――。

その叫び声とほぼ同時、俺はボソッと囁いた。

「フラッシュライト・オフ」

直後、辺りは一瞬にして暗くなった。

「ッ!?　ぇッ……!?」

うろたえる芽ヶ久里の声。俺はすぐに、ずっと伏せていた目を開けた。

いち早く暗順応させておいた目が、芽ヶ久里と金和座さんの位置を捉える。金和座さんはあらかじめ目をつむっていたため、この状況をすぐに把握できているみたいだった。背中に背負っていた萎んだリュックサックを盾にするような挙動を見せる。一方、何も知らなかった芽ヶ久里は慌てふためき、首を上下左右に振っている。いきなり明かりの類いが消えて視界が真っ暗になったため、パニック状態に陥っているのだ。

その隙にランタンを放って駆け寄った。ナイフが握られた方の彼女の手を迅速に掴む。

「ッ!? 痛ッ……!」

捻り上げ、手の甲を思いきり衝《つ》く。

そのままタックルし、金和座さんから無理やり引き剝がした。

そのタイミングで、遠くの方で照明が再び灯る。金和座さんは司水と台場先輩の方向へ逃げていき、俺はひるんだ彼女からナイフを取り上げ、床に落とした。そのままナイフをつま先で蹴って遠ざけ、彼女を取り押さえにかかった。

「な、なんで……」

「はぁ……はぁ……これはただのランタンじゃない。ライト機能を駆使した携帯端末だ。音声認識もできるから、不審な動きを見せずに声でオンオフできる」

だから問題は目を事前に慣らして優位に動くための時間稼ぎの方にあった。この帽子のつばであらかじめ目元を隠して、俺はずっと目をつむりながらタイミングを計っていた。

俺が放ったランタンは、今は司水の手で掲げられている。その袋の中には、ライト機能を再びオンにした俺の携帯端末が入れられていた。

一転攻勢——だが、芽ヶ久里の様子はどこかおかしかった。

明らかに形勢はこちらに傾き、彼女は窮地に追いやられたはずなのに、全然それに対する懸念が見えない。抵抗すらない。彼女はされるがまま、地べたにうつ伏せになっている。

そこで気づく。彼女は——泣いていた。悔しそうに涙をこぼし、歯を食いしばっている。

「……ッんで……なんで…………一葉は……死んだの……」

目を見開く。その苦しそうな表情が瞼に焼きついて離れない。

「なんで……死ななきゃ……いけなかったの……ッ……ねぇ……！」

俺は手を離し、膝立ちのまま啞然としてしまう。

「なんで……死なせてしまったの……？　なんでッ……何もできなかったのッ……？」

他の誰でもない、彼女が彼女自身に向けて言っているようにも聞こえた。

「なんでッ……助けられなかったのッ……！　あんなに近くに、いたのに……ッ！」

それは彼女の願いを無下にした俺を責め立てる言葉のようにも聞こえた。

「うっ……あぁぁぁあッ……！　うっ……うぅぅッ……！　うぅぅぁあああ……！」

嗚咽が響き渡って、もはやどうすることもできなかった。

ただひたすら彼女が泣き叫ぶのを、見下ろす。なんで彼女がこうして泣いているのを、ただ黙って見ることしかできないのかわからなかった。

しかし、次第に彼女は落ち着きを取り戻していき――。

そのときに、口を衝いて出た俺の言い分はあった。ほとんど無意識的に、放っていた。

「……緑賀さんから依頼を受けて、ハロウィンのイートインコーナーで実際に彼女と会ってみて、わかったことがあった」

なんだろうか、これは。

「……そのチケットの領収書が、偽造だったんだ。ハロウィンで働いているという話だったのに、それはアクマでしか発行できないチケットの領収書で、巧妙に細工され、あたかもハロウィンから発行された領収書のように、俺に見せかけて……渡してきた」

主張していて……不安になる……。

「よくある話だ。別に珍しくない。ありふれていると言える。イタズラでそういうことをしてくる奴は腐るほどいたし、馬鹿にされたり茶化されたりするなんてもう慣れている」

空虚で……気の進まない言い分。

「だから依頼をその場で断った。そのあと彼女がどうなったかは知らない……とは言わない。ただこの期に及んでも、どう彼女と向き合うべきだったのかは、ごめん。わからない」

言い訳だろうか。自己肯定。責任逃れ。だから緑賀の死は俺には関係ない。なぜか俺は、そう言っているように聞こえてしまったら嫌だと思った。真実じゃないと言いたかった。

俺は真実を話しただけなのに、真実じゃないと言いたかった。

こんな感覚は初めてで、そんな俺を見る司水の表情が、どこか深刻そうに見えた。

4

警察と病院に連絡を入れるのに、それからそう時間はかからなかった。

芽ヶ久里は警察に連れていかれた。張り詰めていた何かがプツリと切れたのか、あれから暴れることも泣き叫ぶこともなく、ただ淡々と連行されるその姿はひどく脆《もろ》く見えた。

一方の台場先輩は、救急車で運ばれ、俺たちもまた、簡単な事情聴取を警察署で受けた。

それから二日が経った。

病院の外に並べられた自販機の前で、俺はホットレモネードを、司水はホットのお茶を、それぞれ買って無言で相手に手渡した。

不可解なやりとりだったが、嫌な気分からは程遠いものだった。きっと司水も似たような感覚だったのだろう、鼻を鳴らして笑いかけると、すぐ傍のベンチに腰掛ける。

司水と共に、台場先輩の面会に来ていた。

午後二時——面会時間まであと五分ほど、俺たちは無言のまま飲み物をすすり合った。

長い沈黙になりそうなタイミングで、司水は溜め息交じりにぼそっと訊いてくる。

「どうして君は、コンビニが嫌いなの？」

言葉に詰まる。今までの彼女の言動の中でそれは、もっとも純粋なものに思えたからだ。

「あら？　私の見当違いだったかしら。〝コンビニではミステリー以外買わない〟をモットーに、コンビニの謎を解いて——人の悪意や打算をつまびらかにして——お客様や他の店員を恐れることなく、見境なく謎解きに没頭して……固執して……」

何かを見極めるような瞳が、見上げるようにして真正面の俺を映す。

「でも変ね。それがコンビニへの好意というには、あまり楽しくなさそうに見えた。お金だって受け取るどころか支払ってる。なぜ？　何が面白くてこんなことをやっているの？」

返答に窮した。彼女はなおも独り言のように、見解を述べていく。

「真実を突きつけたい——っていう快感？　承認欲求？　だとしたらそれは、コンビニ店員の性質とは相反するものだわ。コンビニ店員は……その……なんていうか……」

「お客様第一——だろ。どんなに真実が違っていても、お客の見たい事実が——受けたかった接客が、会計が……優先される。それがたとえ店員の意思を踏みにじったものでもな」

否定はされなかった。彼女もまた、一人の店員として自覚している節はきっとあった。店員とお客の確執――クレーム。調査によれば接客関連の従業員のおよそ七割が悪質なクレームを受けたことがあると回答し、精神疾患を発症する者も珍しくないという。

「すべてお客が悪いのか？　いや違う。店員のそういう真実を追及せずに自分を押し殺して働かなきゃいけないシステムも……その空気が、立場が、どうもな。好きじゃないんだ」

少なくない驚きが、その司水の表情にはもたらされていた。

「……だから、是正したいと？　コンビニで商品を買わないのは、その当てつけ？」

くたびれたように言われて、かぶりを振る。

そのまま黙りこんだ俺を、彼女は何か促すようにジッと見つめてきた。その視線に結局根負けしてしまう。

「……俺の兄貴が昔、コンビニ店員だったんだ」

なぜか俺は、だいぶ前のことを気づけば話していた。

「俺より遥かに頭の出来が良くて、明るくて、正しくて、色々な人から慕われていた年の離れた兄貴。でも、そんな兄貴も〝ある出勤日〟を経て、段々と荒《すさ》んでいって……」

核心に迫るかのような勢いで司水が瞠目する。

「その日何があったのかはわからない。ただそれはクレームに発展するほど大事だったらしい。それが兄貴を変えたんだ。兄貴は仕事を辞めて、家出して……今も行方不明だよ」

拳を握り締める。ただただ目の前の一点を見つめる。

「でも俺は、なんで兄貴が変わったのか、わからないんだ。兄貴は頭が良い。多少の謎や問題なんて俺と違って数秒で解き明かすくらいさ。そんな聡明《そうめい》な兄貴が、ただの接客に、クレームに、人が変わったように荒んで消えるなんて、そんなの、到底信じられなかった」

「……あ、いや」

兄貴が失踪した謎。その日コンビニで、どんな謎が陳列されていたのか。

そこで痛恨のミスに気付く。重々しく喋りすぎた。

「ま、それは別にいいんだ。おかげで兄貴が解いていたような謎は、全部俺に御鉢《おはち》が回ってきてね。大手を振って買い占められるようになったってわけで、何も問題はないんだ。お金を払っているのは、そういう独占状態への謝意で、商品を買わないのは、もうすでにエコバッグの中は商品で一杯一杯だから。購買意欲は充分満たされているからなんだ」

気丈に振る舞ったつもりだったが、なぜか司水は穏やかな瞳を俺へと向けていた。

「なるほどね。いなくなったお兄さんの代わりになろうとしているってことでいい？」

「違う。全然違う。何をどう聞いたらそうなるんだよ」

「だって以前言っていたじゃない。誰も謎解きしないから、自分がするって。あれってつまり、お兄さんの影響でしょう？　どんなにおどけていても、本心はごまかせません」

「いや違っ！　だから俺は！　俺は……ただ……その……」

きょとんとされ、首までかしげられる。

「だから、全国のコンビニの数は優に五万を超えるだろ。海外含めればその何倍以上もある。当然それだけ、そこに従事する人たちがいる。そこを利用するお客さんもいる。謎だって、毎日のようにどこかの店で並ぶ。だから、その……なんていうか……えっと……」

彼女はやがて、閃きが訪れたみたいに片頬を上げた。

「『俺が少しでもその謎を解いていければ、謎で苦しむ思いを誰もしない。誰かしらは兄貴みたいなことにならずに済むかもしれない』……そういうこと？」

体中が熱くなった。すぐさま断固として否定しようとしたが、結局言葉に詰まった。

ほんのり赤みがかった頰の、司水らしくない司水の表情がすぐ目の前にあったからだ。

「不器用ー……」

「器用だ。そういう見透かした態度、まじで顰蹙《ひんしゅく》買うぞ」

「……ふふ、でも、私は君のそういう優しいところこそ、高く買いたいけど？」

執拗に顔を覗き見てくるので、咄嗟に帽子のつばで隠す。

「優しいんじゃない。ただの買い物依存症さ。買い物で、何か取り戻せた気になっているだけのな」

そこで会話は途切れる。やがて、彼女から水色の缶バッジのようなものを受け取った。

「……ん？　な、なんだ、これ」

「アクマが今度全店舗で店員に配布を検討している支給品。本来ユニフォームにつけるのだけど、まあ君の場合はその帽子にでもつけて、そのつけ心地の感想を教えてほしいわ」

それから五分後、ついにその時間が訪れる。台場先輩のいるという病室へ足を運んだ。ベッドに横になった彼女は、あのとき以上に、痩せこけたように見えた。その笑顔は今にも崩れて泣いてしまいそうで、日光を浴びられなかった花のようにくたびれている。

ひと通りお見舞いの言葉を告げると、ようやく彼女は口を開いた。

「……ヨウちゃんはね、私をストーカーから守ってくれた、大事な友だちなの」

視線の先――開けられた窓の外には、橙《だいだい》の果実の生《な》る常緑低木がたくさん植えられていた。あの萼片《がくへん》の特徴からして、おそらくはクチナシの花だろうか。

「以前、ハルクン聞いてきたよね。どうしてチャル子での活動が彼女にバレたのかって」

そんなこともあった。そのとき台場先輩は、居心地が悪そうに言葉を濁していた。

「あのときは、嫌な思い出だったからあんまり言いたくなかったけど、実はね、私、ストーカー被害に遭っていたんだ。相手は私の元リスナー。本当に偶然アクマ泉河店に来店したリスナーが、私の会計時の声と動画や配信の時の声が似てるって気づいたっぽくて。それで一ヵ月以上つけ回されて……監視みたいなこと、されて……」

コンビニでレジの前に立っていた彼女からは想像もできないほど、声に力がない。

「正直まいってた。警察に相談しようものなら、ますます色々な人に身バレするし、下手に刺激すれば私があのコンビニで働いていることや住所まで拡散されるかもしれない。それこそ、ネットでも現実でも居場所がなくなる。かといって放置も難しいでしょう。それで一人悩んでいたとき、ヨウちゃんが私の異変に気づいてくれたみたいで、相談に乗ってくれたんだ。一緒に帰ってくれたり、かばってくれたり……本当、かけがえのない……」

辛《つら》く悲しい経験でもあり、大切な思い出のようでもあった。そうか、どうして彼女が事件当時の配信アーカイブを消さずに非公開にしたのか、今やっとわかった気がする。

記録された緑賀一葉の声を、思い出を、少しばかりでも残しておきたかったんだ。

窓の外を茫然と見下ろしていた気怠そうな目が、我に返ったようにこちらを向く。

「ごめん。それで、今回は……何を聞きにきたのかな、ハルクン」

司水と目で合図し、頷き合う。俺は本題を切り出した。

「さっそくですが、どうして例の事件の日、勤務中に現場を配信していたんですか？」

台場先輩が司水の顔色を窺う。そこに焦りや憂いは感じられない。

「ごめんなさい……私、少し見てしまいました。ご自宅に伺った際……」

正直に言った司水に、精一杯の笑みを浮かべようとしている。

「……ううん、大丈夫……もうさっき私からバラしたし。みゅうにならら全然、大丈夫」

俺の方へ困惑した眼差しを向けてきた。

「なんで配信されていたのかは、わからない。私、間違って誤操作したのかなと思ったけど、タブレット端末はその日、レジ②の近くの――店の出入り口に近いレジカウンターの棚の上に置いてたんだ。お客さんが……いつだったかな、確か私が店に来たタイミングだから……二十時四十分くらい？　に、他の店員に道を尋ねてこられて、でもうちの地図帳より、端末の方が便利だから……出勤前だったけどそっちまで私が持ってきて……」

「じゃあ、台場先輩が誤操作したってわけでもないんですか？」

「う、うん、多分。もちろん、配信ページにはすぐ飛べるようホームからショトカしてるし、配信すること自体の操作は私じゃなくてもできるくらい簡単だけど、私はそのとき、案内が終わってすぐタブレット端末をレジカウンターの棚の下辺りに置いちゃったんだよね。どうせまた使うかもしれないからと思って、そのままバックルームに行ったと思う」

台場先輩が少し早く出勤していたのは知っている。齟齬《そご》はない。

「では誰が、台場さんのタブレット端末を勝手に配信状態にしたのでしょう……？」

司水の問いに、答えられる者はこの場にいなかった。

俺は他に訊きたかったことを口にする。

「じゃあ、防犯カメラの映像記録が消えていたことを、台場先輩は何かご存知ですか？」

彼女は伏し目がちになった。

「……ごめん。すごく、知ってる。……だってそれをやったのは……その、私だから」

司水はショックを受けているみたいだったが、黙って話を聞いていた。

「……怖く……なっちゃったんだ。私がヨウちゃんに買ったスカーフで、あの子が……亡くなってて……私のせいで……死んだって……思われるんじゃ……ないか……って」

傍の点滴の方に目を逸らして、彼女は打ち明ける。

「誰にも……言えなかった……私が、ネットで活動していることでヨウちゃんに脅されたことも……だから……みんなが慌てる中、みんなが店内から出ていくときに、こっそり……。電源を切って、初期化するだけだったから……そういう機材とかいじるのは、慣れていたし……」

映像関連のハードディスク操作は、あれだけの機材を有している彼女なら難しくないだろう。彼女が映像記録を消していたとなれば、あの日——電子レンジでソースを爆発させてしまい他のアクアマートに駆けていった際、映像記録が消えていたことにも説明がつく。

「そう——あのときも、私がミスしたのを、他の人に知られたくなくて……店を出る前につい……みゅうはそのとき、バックルームの奥の方にいたから、バレないと思って……」

重くなりつつある空気の中、俺は続けざまに尋ねる。

「じゃあ、当時店内で何かを買った七人目の人物——洗面ルームを出入りしていたっていう中肉中背の黒っぽい服を着たお客という証言は、どこまで本当だったんですか？」

「それは……洗面ルームから出てきた人がいたのは本当。午後九時……くらいだったかな」

「では、事件当日、電子レンジの中でソースが爆発する件があったそうですが、それは？」

「……？　ああ、そういえば、あったね、そんなこと。でも、さすがにそれは私にもわからない。稲熊さんが頑張って〝焦げ落としちゃん〟で掃除してたのは見たけど……」

焦げ落としちゃん……研磨粒子入りの、強力なタワシ……。

思い起こす。三つ積み重なった電子レンジ。上段の電子レンジの取っ手は身長が高くないと届きにくい。その電子レンジの上部に、ボールペンが置かれてあった――。

「そういえば、事件当日に緑賀さんから緑色のスカーフを買ってくるよう頼まれた際、扉越しに何か渡されたような口ぶりでしたが……台場先輩、ソレってもしかして――」

俺が彼女に耳打ちすると、頷かれた。

「うん。渡されたのは、ソレ。なんで持っていたのかはわからないけど……」

「付着していた血の箇所ってもしかして側面でしたか？」

彼女は首を縦に振る。

そうか……そういうことだったんだ……！

台場先輩はぼんやりと、当時のことを述懐するようにかすれ声を上げた。

「……でも、ヨウちゃんは、なんで……？　だって、あんなに泉河店のこと好きだって……初めて出来た、かけがえのない居場所だって……何度も言ってくれて……店のために……私なんかのために、ストーカーに一緒に頭下げてくれて……なのに……」

おそらくずっと抱いていた不安なんだろう、涙声でつぶやいた。

「だから、なのかな。あのレシートのクレームの件からヨウちゃんは、なんとなく……だけど、変わったような……少し、暗くなったような気がして………」

台場先輩のストーカーの件。クレーム対応の末、土下座して何度も泣いて謝ったという。

「その件についてなんですが、いったいどういうクレームだったんですか？　ちゃんとしたレシートじゃなかったっていうのは司水から聞いたんですが、具体的にはどういう？」

「それは、その……最後の方のレシートのこと。ほら、芯に近い部分のレシートって、両側面が赤い線になってたり、くるくる巻きみたいになりやすいじゃない？　そんな末端のレシートを渡されたのが気に食わないって言ってきて……まあ多分それはただの口実で、私がやんわりつけ回すのやめてって言ったことに逆上してきただけだと思うんだけど、と にかくそれでヨウちゃんを……その……神経質にさせちゃった部分もあって……」

司水の家で見た、緑賀一葉にまつわる聞き取り調査を思い出す。そうか、それもそうい う……。

「あの件で、私のせいで、悩んでいたのなら、私……もうあの子に、顔向けできないな」

堪えきれずに咽ぶ台場先輩に、俺は優しく言った。

「……大丈夫です。お気になさらないでください。もう謎は解けましたから」

「……謎？　いったいなんの話？」

司水が身を乗り出して俺に近づく。俺もまた真正面から応えた。

「緑賀一葉の死の謎。誰が、どういう方法で、どんな動機があって彼女は殺されたのか」

司水たちの表情に、より一層の緊張感が漂う。

そんな彼女たちに、何気なく尋ねる。

「ところで一つだけ確認してもいいか？」

「……？　何よ？」

「あのコンビニ、当時営業してなかっただろう？」

たちまちフリーズした二人に、あらためて問いただした。

「アクアマート泉河店、当時閉店していたんだろ？」

#【8】探偵は最後に買う

1

「ありがとうございましたー！　またお越しくださいませー」

快活な挨拶とセンサーチャイムの軽やかな音を最後に、しばらくその場が静まりかえる。

深夜二時過ぎのアクアマート泉河店。いるのは、店員とお客のたった二人のみ。

「あのー……何を……えー……やっているのでしょうか？」

レジの前に立つその店員は不安げに、不審なものでも見るような目でお客である俺に話しかけてきた。

俺は相手の顔を見ずに、あちこち店内を歩き回って検証作業に没頭する。

「……大方《おおかた》見当はつけていたんですが、念のため確認をしておきたくて。すみません」

「いえいえ、いいんですけど、でも揚げ物用とペットボトル用のホットケースに、電気ポット、それに熱湯を張ったシンクの容器にまで、なぜそんなものを入れているんですか？」

――それには取り合わず、検証を続けながら訊いた。

「……それより、緑賀一葉が亡くなった時間、ここが閉店していたことはご存知ですか？」

意外そうに――そして、奇怪なことでも耳にしたと言わんばかりに眉をひそめる。

「……閉店？　閉店って……そう断言できるのはなぜですか？」

「当時の店内を録音したデータによれば、九月三十日の午後八時四十四分から九時半にかけて、人の来店を示すセンサーチャイムがなんとたったの一回しか鳴らなかったからです」

店の出入り口頭上に設置されたセンサーの下を通れば必ず鳴る軽快なメロディ。

「センサーチャイムの故障でしょうか？　いいえ、ありえません。もし故障しているだけなら、挨拶まで一切聞こえないはずがないですから。ええ、そうなんです。本来コンビニでは、センサーチャイムと店員の挨拶は連動していなければならない。ましてや挨拶に厳しいここでは、徹底されていると言っていい。センサーチャイムが鳴らない状況だったとしても、店員は店の出入り口に留意しているでしょうし、仮に一人の店員が意図的に挨拶を怠っていた場合でも、当時店内には二人の店員が常にいたのですから、まったく聞こえないというのはおかしい」

「……そうですかね」

そこでセンサーチャイムが鳴った。寒そうに身を縮めるお客が来店してくる。

「いらっしゃいま……ッ」

反射的に出た言葉を遅れて飲みこむように、その人物は口元に手を当てた。

お客はタバコをすぐに買い求め、バーコード決済で支払うとすぐに退店していく。

「ありがとう……ございました……」

奥歯に物が挟まったような挨拶を聞きながら、話を再開させる。

「もちろん、それを示す根拠もあります。実はその時間帯のレジ会計で出されたレシートをある人物が大事に保管していたのですが、おかしなことに、どれも午後八時五分から午後八時四十分までのものばかりで、肝心のそれ以降のレシートが出てこなかったんです。誰かが午後八時四十分から九時二十五分までの時間帯のレシートだけ丁寧に捨てたんでしょうか。しかし、中には午後九時八分に会計されたレシートもありました。これです」

ポケットから、小さなポリ袋を取り出す。その中には、端の上半分にピンク色の縦線が入っているレシートがあった。稲熊さんが誤って落として立て替えたという肉まんが一つ。

「ただし、このように八時四十分以降のレシートはどれも当時すでに店内にいたお客や店員が買ったものばかりで、新規のお客による会計の痕跡はどこからも出てきませんでした」

検証を一度止め、緩やかな足取りでその人物の立つレジカウンターを挟んで反対側へ。

「繁盛しているコンビニのゴールデンタイムで、四十六分ものあいだに一回しか来店を示すセンサーチャイムが鳴らないのはなぜか。売買がほとんど成立していないのはなぜか」

レジカウンターの前を行ったり来たりする。

「なぜ、そんな状況に当時このコンビニはあったのか？　どんな状況なら、お客が四十六分間ほとんどこないなんて事態に陥るのか」

「……それが、閉店だとおっしゃるのですか？」

「その通りです。閉店中の張り紙が出入り口の扉に貼ってあった場合のみ、お客はその時間来店できなくなる。つまり、緑賀一葉が亡くなるその時間帯、このコンビニは閉店していたんです。当時店にいた店員たちが示し合わせて、独断でその状況を作ったんです」

目をパチパチと瞬きしてくるだけで反論が来ないので、俺はさらに根拠を挙げていく。

「その張り紙は午後八時四十六分におそらくは貼られたのでしょう」

「な、なんでそんなこと、わかるのでしょうか？」

俺は台場先輩の家で視聴したアーカイブ音声を思い返す。

「そのとき立て続けに二度、センサーチャイムが鳴っているんです。ただ、店員の挨拶は一切聞こえませんでした。来店音が鳴っているにもかかわらず、店員が挨拶しない状況――つまり、お客以外の誰かがそのセンサーチャイムのセンサーが二度も連続して反応する場所に留まった状況――そんなの、店員がそこで何かしていた以外に説明がつきません」

帽子を深くかぶり直す。鳥栖炉さんの証言を反芻《はんすう》する。

「そのとき現場にいたお客も、こう言っていました。〝閉店中の張り紙は気づけば貼られてあった〟と。これは、死亡した緑賀さんの発見時からそう経っていない出来事だったそうです。あまりにも対応が迅速だとは思っていましたが、それもそのはずなんです——なぜなら閉店中という張り紙は緑賀一葉の死によってもたらされたものではなく、それ以前にすでに用意されていたものだったからです」

その人物は渋みの伴った笑顔のまま、窮したように言った。

「……はあ、わかりました。でも、そもそもなぜ閉店していたのです？」

「当時、店にはレジロールがなかったそうなんです。レシートが発行できなければ、レジのディスプレイには延々とエラー表示が出て、売買も成立させられない。おそらくレジロールが尽きた結果、その時間以降に店を開き続けることができないと店員が判断したのでしょう。もちろん返本や廃棄処理などに用いるハンディースキャナーなどを使ってレジを通さずに会計を成立させる方法もありますが、レシートは発行できないうえにレジ本体に付属した読み取り機も当然使えなくなる。よって支払い方法はレジを通さずアナログで管理できる現金のみになってしまい、手間がかかる。キャッシュレスが浸透するこのご時世じゃ、効率は最悪ですね。特に繁盛店では、痛手以外の何物でもない」

「それでも、閉店するよりは全然マシなはずじゃ……」

「そうです。だから俺の推測は、そのハンディースキャナーすら、当時店にはなかった。いや、ある人物によってレジロールもスキャナーも隠されていた——そう睨んでいます」

その人物は目を逸らした。俺はその視線の先に立って、追及する。

「最近は本部と営業時間の短縮などで揉めるコンビニも多くありますからね。以前より、二十四時間営業の……神話？　は崩壊しつつある。それでも、できるだけ部外者には——特に本部には知られたくない。途中から閉店していたなんてことが上に知られたら、下手すれば契約解除。だから司水たちは、当時部外者だった俺にもそれは伏せていたんです」

「奇遇ですね。自分も部外者ですよ。そのときはもう、とっくに帰っていましたので」

「ところで緑賀さんが亡くなった時間、ある店員からこんな証言があるんですよ。〝黒っぽくて中肉中背くらいの人物が、いつの間にか店内に現れていた、突然一人増えた〟って」

喉をごくりと鳴らす音が、レジカウンターの向こう側から聞こえてきた。

「そのとき——つまり午後八時四十四分から九時半にかけて、来店音が鳴ったのは一度だけだったというのはお話しした通りですが、実は退店音の方は二度鳴っているのです。そのとき現場にはイートインにいた人物と雑誌コーナーにいた人物を除いて他にお客はいなかったという証言もあること。そして、洗面ルームにも誰もいなかったこと。トイレは当時清掃中で、本来お客は室内に籠もれなかったこと。それを踏まえていくと——」

俺は人差し指を立てて、その人物の目の前にそれを見せつける。

「要するに、人が一人分、なぜか多く退店していることになっているんです」

台場先輩の謎の七人目Xへの印象は、あながち間違っていなかったのだ——事実、売り場には急に人が一人、現れたことになっていたのだから。

「しかしセンサーチャイムと店員の挨拶、そして人の往来は連動しています。どうすれば来店音を鳴らさずに売り場に現れることができたのでしょうか？」

レジカウンターの上に、上半身を乗り出した。

「簡単な話です。そもそもその夕方から夜にかけて来店なんてしなければいいのです。その人物は昼時からすでに来店し、それ以降ずっと店に留まっていた。だから該当時間内の来店音と退店音の数が合わないなんて事態が起こっていたんです」

ほとんど間を置かず、苛立ち始めた声が返ってくる。

「店にいたって、どこにですか？　そんな長時間いればさすがに不審に思われますけど」

「清掃用具室ですよ、洗面ルーム内の。あそこなら、そこに用事のある人以外は入室する理由も機会もない。そう——夜勤との交替間際の、トイレ掃除をやる店員が来るまでは」

俺は司水の家で入手した一枚のワークスケジュール表を取り出した。そこには、レジ接客以外の仕事が、シフトごとに割り振られている。夕方から夜にかけて、清掃用具室に立ち寄るのは、二十時五十分のトイレ清掃のみとなっている。

「七人目Xは、このコンビニのシステムを利用したんです。ワークスケジュール表に則《のっと》って店員がその時間以外には清掃用具室へ訪れないことを見越して——そこに隠れていた」

「なんのためにそこに隠れたんです？」

「緑賀一葉を殺すために隠れていたに決まっているじゃないですか」

即答されて、勢いを削《そ》がれたのか口を閉ざした。

「緑賀さんがトイレ清掃で一人になった時間を見計らって殺害を企図した。実際、午後八時五十分に清掃用具室の扉が開いて誰かが出入りしたのを見たという店員の証言もあります。その後トイレに入ったことから、殺害はトイレの個室内で実行しようとしたのでしょう。そしてそのアリバイ工作もしようとした。だからわざわざ清掃用具室に隠れ潜み、その時間に自分はすでに退勤したと見せかけることで、捜査の手から逃れようとした」

その人物を真正面から見据える。

「しかし実際には、殺し損ねた。緑賀さんにトイレから追い出されて鍵をかけられた。そしてなすすべもなく逃走し、店を出た。それが、なぜか一つ多い退店音の真実だったんです」

「まるでその犯人は店員みたいな口ぶりですね。ワークスケジュールまで把握してるとは」

「はい。店員が犯人なら、一つ納得できることがあるんです。当時現場のイートインにいた常連客が、当時の店内状況についてこう言っているんですよ。『当時は珍しく閑古鳥が鳴いていて他のお客も店内にはいなかった』と。でも、先ほども言ったように退店音の数や他の人の証言では、他のお客と思しき七人目Xの存在が示唆されてもいるんですよ」

「食い違う証言ですか……うーん、その常連客のただの勘違いだったんじゃないですか？」

「そうかもしれません。でも、もし勘違いじゃないなら？　そう考えたとき、一つ思いついたんです。その七人目Xがもし店員だったら、それは途端に勘違いじゃなくなるって」

「……？　ごめんなさい、よく意味が……」

「常連客がその七人目Xをお客としてではなく店員として認識していたら……つまり、ユニフォーム姿ではなく黒服を着た店員を店内で見ていた場合、常連客にとってそれは他のお客ではなく店員になるってことです。七人目Xをちゃんと目撃しながらも、『他のお客は当時店内にいなかった』と、そういう証言になるんですよ。よくあるステレオタイプの誤認ですけど」

実際鳥栖炉さんは、その犯人の顔から髪色まではっきりと認知しているみたいだったし。

「……へえ。でも……今までの話って全部、なんの証拠もないのでは」

俺は次に、胸ポケットから一本のペンを取り出す。銀色に光るボールペンだ。

「これは事件当時、三つある電子レンジのうち、上段の上部に置かれてあったペンです」

その人物の顔つきが一変した。

「なんで……」

「もちろんただのペンではありません。これはボイスレコーダーで、録音することもそれを再生することもできます。たとえば、三時間五十八分ほどほぼ無音状態の音を再生したあとに、電子レンジの中でソースが爆発するような音を流せば、あたかもその時間に電子レンジでソースが爆発したかのように思わせることができるってわけです」

その人物はそのペンを奪い取るように手を突き出してくる。俺はひらりと躱した。

「もちろん、最初はシンプルに考えましたよ。本当にその時間帯にソースを入れてその時間帯に電子レンジを加温状態にして爆発させたって。けど、そうなると引っかかる点が一つあったんです」

俺は彼の手をかいくぐりながら、レジカウンターの上に〝焦げ落としちゃん〟を差し出す。

「ソース、なぜかこびりついていたそうなんです。それこそ、焦げ跡を綺麗にするタワシじゃないと拭き取れないようなソース跡。普通、そんなに焦げつくほどソースが電子レンジでチンされるでしょうか。爆発した時点で稲熊さんが電子レンジの扉を開けないわけがないでしょうし、そもそも加温する音自体、聞こえていても不思議じゃない。なぜ稲熊さんは、ソースが電子レンジ内で頑固汚れと化すのを止められなかったのか？」

その人物は後ずさり、震えた手で自身のポケットをようやく確かめ始める。

「止められるはずがなかったんです。なぜなら長時間、すでにそこにソースは放置されていたからです。電子レンジ内でソースが爆発したのは午後九時前後じゃない。それよりもずっと前——それこそ、昼過ぎから夕方にかけてのことだった。それをこのボイスレコーダーで録音しておき、午後九時前後にリアルタイムに発した音として流す。その時間帯に洗面ルームに店員を近づかせないために、余計な仕事を増やしたんです」

実際、稲熊さんの意識は洗面ルームではなく電子レンジに向かっていたそうだし。

「これの肝は、店員の身長差にあります。三つある電子レンジのうち、最上段の電子レンジは百六十センチ以下の人には手の届きにくい高さとなっています。つまりそれは、その身長の人にとっては普段から使用率が低いということを意味します。あの時間帯に出勤したクルーの中では、稲熊さん以外自然と手にかけようとは思わないほどの高さ――」

台場先輩がソースを爆発させた電子レンジも中段だったし、その日に司水が最初に手にかけたのも中段の電子レンジだった。緑賀一葉の身長も小柄なのはこの目で実際に会ったときに確認したたし、御流木店長は言わずもがな。

「中を覗くこともわざわざしないでしょうし、臭いも扉が閉まっている以上ほとんどしない。お弁当を三つ以上温める瞬間もそうはない。すべては計算ずくだったんです」

「……え？　そんな……馬鹿な……」

その人物はポケットをまさぐって、俺の持つペンと同じデザインのペンを取り出す。

焦燥の色濃い険しい表情で、その人物は言う。

「……まさか……嵌《は》めましたね」

「ペンは容易に用意できました。あなたがそのペンを一度取り出したのを、見ましたから」

「……いつですか？　めったなことがないと僕は――」

「稲熊さんがたちの悪いクレーマーに絡まれていたときです。あなたはあのとき、胸ポケットからそのペンを取り出し、クレーマー相手に突き出していました。最初はその意図がわからず、武器代わりなのかと勘繰っていましたが、実際は違いました。録音しようとしていたんですね。あとで証拠として突き出すために」

そしてその名を、ついに告げた。

「そうですよね、金和座景臣さん──」

俺は傍にあったスキャナーを手に取って、彼へかざした。

「あなたが、犯人です」

彼が立ちすくみ、一瞬硬直する隙を俺は突いた。

素早く彼の腕を捻り上げ、ペンを握る手のひらの緊張を解く。レジカウンターの上にそれが落ちて、売り場へと転がり落ちる寸前でキャッチした。

「さて、証拠品は押収しました。すでに電子レンジの中でソースが爆発する音声は消去していることかと思われますが、警察に調べてもらえば復元してくれるかもしれません」

糸がプツリと切れたみたいに、光の一切がその彼の瞳から消え失せている。

普段あれほどまでに腰の低かった彼の面影はもはやどこにもない。

「なぜ……いつから……気づいて……いた？」

丁寧な言葉づかいで振る舞う余裕もないほどに──。

「確信したのは、台場先輩の家に伺ったときです。仮面の人物が身に着けていたマントを洗面台の棚に隠したのがあなただとわかって、それで……」

「どうして……？　普通に考えたら、台場さんがあれの持ち主だって……」

ペンを宙に浮かしては手に取ってを繰り返す。

「金和座さんは黒色のリュックサックを背負って待ち合わせ場所にやってきました。そのときそのバッグは、膨らんでいました。いったい何が入っているのかとまではそのとき勘繰りませんでしたが、台場先輩の家から出るとき、そのバッグは萎んでいたんです」

彼は視線を下に落として、諦観したような物寂しい笑みを浮かべる。

「芽ヶ久里があなたを人質に取ったときもそう――彼女が易々と密着してあなたにナイフを突きつけられたのは、バッグが萎んでいたからこそでした。でもいつ、バッグからその中身が取り出されたのか。時間を考えれば、台場先輩の家の中で、なおかつ俺と司水が目を離している隙――そう、俺たちが台場先輩の配信アーカイブを見ていたとき、あなたがこっそりと洗面所に忍びこんで隠したと見るのが自然だった」

あのときの彼は、リュックを背負った状態で通路の方に立って俺たちを茶化してきた。位置関係上もそうだし、何より軽装だった司水には仮面やマントなんて持ち運べない。

「正解だよ。彼女に疑いの目を向けさせたかった。あんなの、ずっと持っていたくなかった」

普段の彼の生真面目然とした言動は、もうすっかり消えてなくなっていた。

「清掃用具室に隠れて緑賀さんを襲ったのも……君の言う通り。緑賀さんがトイレ清掃するのは知っていたから、電子レンジで気を逸らしている隙に……」

平坦な口調だったが、明らかに声のトーンは脆く、そして弱々しくなっていた。

「けど、持ってきたナイフは彼女のつけていた腕時計でガードされて、手首に多少の傷がついた程度だった。むしろ、そのまま逆に、押し倒されそうになって……うん、失敗だった。僕自身、ためらいもどこかにあったんだと思う。思いきり、切りかかれなかった」

咽ぶような声が聞こえてくる。

「店を出て……でも、気になってしばらくして店に戻った。そうしたら、緑賀さんは亡くなったって訊いて……頭、真っ白になって……なぜか、完全に彼女の自殺で処理されてて」

探偵の鳥栖炉さんは言っていた。金和座さんが事件後に店にやって来た、と。

手首の辺りを触りながら、拳をぎゅっと握る。

俺は少しだけ間を空けてから、神妙に切り出す。

「緑賀さんを、どうして襲ったんですか？」

遠い記憶のことのように、言葉を紡ぐスピードは緩慢だった。

「……僕のおばあちゃんを、殺したから」

胸の辺りが締めつけられる。重たいものが、ずしりとのしかかる。

「やはり、そう……だったんですね」

それでも口を衝いて出る考えは濁らない。

「緑賀一葉が、連続殺人鬼。このコンビニのお客を殺していた――犯人だったんですね」

2

最初に疑問を覚えたのは、緑賀一葉の俺への依頼内容だった。

渡し忘れたチケットの領収書を、お客の住所や通勤ルートを調べてまで渡したいという一見親切な依頼。

だがそれは同時に、コンビニ店員の埒外《らちがい》でお客の個人情報を入手したいという執念深さを意味してもいる。

領収書を偽造されたとわかったときこそイタズラだと短絡的に決めつけていたが、もしイタズラじゃなかったとしたら？　常軌を逸した目的がそこにあったとしたら？

疑問はそれだけじゃない。そう、たとえば腕時計の傷。

彼女が生前まで身に着けていた腕時計は、斜めに一本分しか傷が刻まれていなかった。

しかし、彼女の両手首には×印がそれぞれ無数に刻まれている。つまり、腕時計をつけていた時点ではまだ×印の傷は不完全な状態だったはずで、そのあとすぐに金和座さんが逃走している以上、やはり×印の傷は緑賀一葉自身がつけたという以外に、考えられない。

ただそうなると、新たな疑問が生まれる。なぜ彼女は、金和座さんに襲われたのにもかかわらず、助けを求めなかったのか。そればかりか腕時計の処分を司水に託し、金和座さんにつけられた手首の傷を上書きするような×印の傷をさらに作ったのか。なぜ彼をかばったのか。なぜ、すべて自分の仕業にしようとしたのか。

「おばあちゃんというのは、もしかして第三の被害者の——文子さん？」

力なく、彼は首肯する。

「……母方の祖母で、自分が中学に通っていたときは、そこの養護教諭だった。時々このコンビニの前でスズメに餌やりしていて、覚えている人も多かった」

鳥栖炉さんが言及していた常連客だ。ただし彼女には、色々な噂もついて回っていた。

「クレーマーだったと、他の店員は言っていましたが」

「……クレーマー。確かに、店員のことをよく注意していたっていうのは、僕も知っている。気丈で頑固な性格だから、僕に対してさえ、厳しく言ってくる。古かったよ、色々と。カスタマーハラスメントに該当するかと言えば、否定できないくらいには」

一転して彼は語気を強くする。

「でも……！　緑賀さんに……殺される謂《いわ》れなんて、どこにも……なかった……」

「なぜ、緑賀一葉が連続殺人鬼だとわかったんですか？」

「……そこまではわからなかったよ。ただ僕は、彼女がおばあちゃんに襲いかかるのは見た。見てしまったんだ」

彼は今にも消えてしまいそうな口ぶりで話してくれた。

「……あれは九月二十六日だった。忘れもしないさ。僕はその日は半夜勤で、夕勤の緑賀さんとは途中まで……そう、午後十時までは一緒に働いていた」

司水の家で見たシフト勤務表を思い出す。緑賀一葉は午後五時から十時まで。彼は午後九時から翌日午前一時まで。確かに二十六日のシフトは一時間だけ二人が一緒だった。

「でもその日、彼女が上がる間際の午後十時過ぎになって、問題が一つ……起きたんだ」

「問題……ですか」

「……クレーム、だよ。おばあちゃんが、緑賀さんのレジ接客を受けた。そのときに、トラブルがあったんだ。廃棄商品を下げずに陳列し続けてしまった問題」

これも司水からそのさわりを訊いた。販売時間を過ぎた商品の一部を見落としたりしていて棚から下げ忘れ、それがお客の手に渡りそのまま会計へと進んでしまうこと。

廃棄となったお弁当などはレジに通らず、つまり販売することを禁止されている。まだ販売時間内の代替商品があれば良いが、なければ謝る以外に店員の選択肢はない。

「……おばあちゃんは、かなり怒ってた。これを買うつもりで来たのに、なんで買えないのかって。ずっとずっと、緑賀さんは平謝りだった。ただ彼女にも思うところがあったみたいで、おばあちゃんが帰ったあと、〝あれは私が廃棄チェックしたときにはなかったお弁当で、見落としていたはずがない〟って、珍しく、はっきり苦言を……呈していたんだ」

当時を振り返るその声には普段の潑剌とした雰囲気は一切ない。

「……きっと、緑賀さんはミスだと思っていなかった。おそらく、おばあちゃんが廃棄時間よりも前からずっと、わざとそのお弁当を持っていて、廃棄時間が過ぎたあとで、レジに出したんだと、考えていたんだと思う……。それを匂わすようなことも、言っていた」

「それで悪質なクレーマーだと、文子さんを認識して……殺すターゲットに据えた？」

震え声で俺のその言葉を引き継いだ。

「おそらくは。その日の深夜、このコンビニから数キロ離れた森林公園で、おばあちゃんを襲っていた。おばあちゃんは深夜に散歩することが多かったから、多分そのときを防犯カメラが少ない場所で狙われた。あれは一時半過ぎ——僕は勤務の帰り途中で、その公園をよく通るんだ。そのときは茂みから変な声が聞こえて、なんだろうと思って、こっそりと近づいて覗きこんでしまった。そうしたら……フードをかぶっていたからわかりにくかったけど……街灯の光で……顔が照らし出されていて——」

まるで、危険な妖魔にでも出くわしたかのように。

「能面を被ったみたいな、真っ白な顔だった。目つきも、無機質で……無心で。それなのに、口元だけは、ずっと……笑ってて……倒れているおばあちゃんの顔に、ナイフを突き立てて、ぶつぶつ何か言ってるんだ。『とれない』、『うるさい』『早く消えて』って……」

彼は歯を食いしばって言う。

「その口元に、見覚えがあった。だってそこだけは、いつもの緑賀さんだったから。いつもお客様に向ける、笑顔だったから……」

背筋が凍りつく。喉元まで出かけた言葉がすっと引いていく。

「足がすくんで……動けなかった……彼女が……立ち去るまで……ずっと物陰に隠れてて……とても、止めることなんて……できなかった……そのときは」

彼の独白はより一層の悲痛さを伴う。

「許せなかった。おばあちゃんの命を、奪ったことが。おばあちゃんを、悪質なクレーマーだと思って、犯行に臨んだことが……どうしても……どうしても……腹立たしかった！」

「……つまり、第三の被害者の文子さんは悪質なクレーマーじゃなかった。廃棄商品を彼女がレジに持ってきたのは、何も店員に意地の悪いことをしていたわけではなかったと？」

「……その理由まで、わかるのかい？」

俺は顎に手を添えて今一度考える。

文子さんのクレームは正当だった。しかし一方で、緑賀一葉も廃棄商品を見落としていないと思いこんでいた。腕時計のタイマーでわざわざ十五分前から準備するように意識していた業務だ。勤務態度にいい加減な印象が彼女にはない以上、考えうる可能性は――。

脳裏によぎったのは、初出勤の日。ぎゅうぎゅうに棚に詰められたお弁当。

「もしかして、奥取りですか？　お客が商品の賞味期限を気にして、できるだけ日持ちする方の商品を奥から強引に取って行く問題」

言いながら、手応えを感じつつあった。俺はお弁当コーナーの方を眺める。

「このコンビニの棚は上下の間隔が狭いから、奥に詰められた商品は構造上見にくい。たとえば、あるお客が奥の商品を取ろうとしても、手を奥に入れるスペースがないため、まずは手前側の商品をどかすしかない。しかし棚の手前は前陳が普段から行き届いていて、どかしておくスペースも無論充分にはないわけだから、手で一度持つか、奥のスペースに強引に詰めこんで目当ての商品を手繰りよせる他ない。もちろん元の位置になんかいちいち戻さずに。もし片手がバッグか何かで塞がっていてその後者を選んだお客さんがいた場合、本来なら手前側に陳列されてあった商品が奥に行っているわけだから、当然廃棄として下げにくくなる」

単純な話だ。消費期限の近い商品が棚の手前側にあるものだと店員もお客も思いこんでいる。だからこそ、奥に陳列された商品へは注意が払われにくい。

「実際、そうだったんだ……。僕は彼女からクレームの話を聞いて、再度廃棄漏れがないか、確認してみた。そうしたら奥に——あったんだ。その弁当と同一の廃棄がもう一つ」

「言わなかったんですか、緑賀さん本人に。誤解だって。文子さんは悪くないって」

「……言えなかったんだ。そのときは、あの子の……店員としてのプライドを、傷つけるかと思って……。仲間のミスを……勘違いを……正せるほどの勇気が……なかった」

「じゃあ文子さんは、やっぱりちゃんとしたクレームを申し立てただけのお客だった。店のためを思ったお客だった。そういうことですか?」

何も言わない彼に、なおも続ける。

「それなのに緑賀一葉は彼女を悪質なクレーマーとして、処断した。だからその横暴を、四日後の九月三十日に、あなたは精算しようとしたんですか？」

「……精算。どちらかというと、保留だったんだけどね。直前までは……」

「保留……じゃあやっぱり殺意……いや、彼女が犯人って確証はなかったんですか？」

彼が意外そうな眼差しで俺を見てくる。俺は考えていたことを告げた。

「もしも緑賀さんが自身の祖母を殺めた犯人だと確信しているなら、まずは警察にそのことを話すのが筋なんじゃないかって思っただけです。もちろん自分の手で復讐《ふくしゅう》したいっていう強い怨恨がそうさせた可能性もありますけど、それならどうしてわざわざ足のつきやすいこのコンビニを殺害現場に選んだのか、わからなかったもので……」

訴えかけるように、彼の視線が揺れる。

「……心のどこかで、緑賀さんじゃないと思ったんだ。街灯だけが頼りの深夜の暗がりだったのもある。フードもかぶってた。でもそれ以上に、見覚えがあるのに見覚えがないんだ！　到底信じられなかった！　だってあの緑賀さんだよ？　どんなお客にも平身低頭で、優しくて、僕の尊敬していたあの人が……まるで別人で……別人だと思いたかった……」

自分の勤め先の仲間が殺人を犯した——かもしれない。その曖昧な認識下で警察に通報することを……仲間を殺人犯として告発する行為をためらったのか。

「だからまずは本人に直接訊いて確かめたかった。だけど内容が内容だけに、他の人に聞かれたらまずいし、かといって緑賀さんが本当に殺人犯だったらって思うと、なんの対策も打たないわけにはいかない。だから職場の密室《トイレ》で逃げ場がないようにして、こっそりと問いただそうと思ったんだ。売り場には防犯カメラがあるし、意表を突く恰好だからさすがに彼女も強くは出られないと思って……凶器は、それで脅して真相を訊くためでもあったし、その……護身用のつもりでもあった。ただもしも万が一邪魔が入ったとき、凶器を持ってる僕の立場がないだろ……だから電子レンジとかを使って、邪魔されないよう工作を……」

「……だけど先ほどは、腕時計で防がれて失敗したとおっしゃっていましたが」

「ああ、そうだ。そうなんだ……。僕は、彼女にナイフを突きつけて言った。『君がおばあちゃんを殺したのか』って。そうしたら、あっさりと認めて……悪びれる素振りなんて微塵も見えなくて、それで頭に血がのぼって、気づいたら……ナイフを……彼女に……」

突発的な殺意だったと、彼は弱々しく吐露する。

「防がれて、なぜこんなことを？　って言われて、全部……話した。彼女が、実は僕の祖母だってことも。緑賀さんが、祖母に恨みを抱くのが不当だったたってことも」

恨み……か。恨み——本当に、恨みなのか。恨みだけなのだろうか。

彼女が店のクレーマーばかりを殺していたのはおそらく事実だ。それが怨恨というわかりやすい動機なのか、それとももっと別の理由があったのか、今となっては知る由もない。

しかしいずれにしてもその根底には、常軌を逸した彼女の苦悩があったように思う。

「ひと通り話したら、彼女は……いつも以上に思いつめた顔で、僕の手に持っていたナイフをポケットにしまうよう促した。それで、〝早く逃げて〟って、僕をトイレから押し出して……鍵をかけてきた。それからのことは……ほとんど覚えてない。無我夢中で、パニックになってて……気づいたら、店の外に……いた……」

台場先輩や司水の証言から、緑賀一葉のそのあとの行動は概《おおむ》ね予測できる。

「……緑賀一葉は、おそらくは尋常ならざる自己嫌悪の果てに、自ら死んだ」

自分の拠《よ》り所《どころ》としていた思想が――正義が悪になっていたことを教えられて。その責任を取らずにはいられないほど、あるいはその責任から逃げる手段に死を選ぶほどに……。

衝動的な自殺願望。真実を知ったから。文子さんはなんの罪もない自分の被害者だったから。ここでようやく、彼女の感覚が一般的な人間のそれに戻ったというのだろうか。

人を殺してはいけない――という、道徳的な考え。一般論に準じた感性。つまりそれ以外の被害者を、そのときの緑賀一葉はお客どころか人だとさえ思っていなかった？

……それは、最後に手首に×印を幾重にも刻んだ、自分自身でさえも。

ではなぜ、勤務中に勤務先のトイレですぐ死のうという異様な決断に至ったのか？　ただの衝動的な行動のようにも思えるし、何かその先に考えがあったようにも思う。そう、たとえば彼女がこのコンビニという場所をもう……いや、今その憶測はいい。

とにかく、すぐその場で自殺を完遂するためには、誰にも制止させられない必要がある。トイレから出て自らスカーフを手に取れば、稲熊さんや台場先輩に気づかれる可能性は高い。金和座さんによってつけられた手首の傷と出血は、隠せるほど浅いものでもなかった。

だから台場先輩に代わりに自殺道具を買わせ、トイレの扉越しに受け取る計画を立てた。

しかしそこで彼女は気づいた。傷の入った血まみれの腕時計の存在に。もしも傷の入った腕時計が見つかれば、自殺という事実それ自体を疑われてしまうだろう。そうなれば、自分の犯行が公になる可能性も否めない。なぜだかそれだけは避けたかった。

だから腕時計は現場から遠ざけて、処分したかった。そこでなぜか手に持っていたレジロールの芯で司水を呼び、その処分を託した。司水の人間なら、なるべく自分の自殺を大事にしたくないという点では利害が一致していそうでもあったから。

まあ、結果その目論見《もくろみ》は外れることになる。司水は彼女が思う以上に、司水の人間に相反していたから。そして彼女との関係を、腕時計を処分できないほどに大切していたから。

そして次に――。

自分自身を処断するために、金和座さんの犯行を隠す意味も込めて腕についた傷を上書きして×印を雑に刻んだ。きっとポケットに持っていた業務用のカッターナイフを使ったんだろう。彼女が直前にペットボトル補充の業務を割り当てられていたことから、その段ボールを開けるのに使っていてそのままポケットに入れていた可能性は高い。

そして最後に――。

「スカーフを引っ掛けて、首を吊った。トイレに鍵をかけて臨む以上、その自殺は揺るがない――そう確信して、緑賀さんは自分を最後に殺したんだ」

警察が事件性を認められないはずだ。手首の傷も首つりも、紛れもなく彼女が自らやったことだと結論づけられるよう、執拗に幾度となく上書きされていたのだから。

「……自首、するよ」

長い――とても長い沈黙の末に、金和座さんは腹を据えた。

いつかこうなることを、待っていたみたいだった。

「彼女を殺そうとしたのは、本当だ……もう、楽になりたいんだ……楽に……っ」

「しかしまだ事件は終わっていません。緑賀一葉という×印の連続殺人鬼が死んだあとにも、同様の手口で事件が数件起きています」

彼は黙ったかと思うと、次に一笑に付すような態度をとる。

「……台場さんの家に仮面とマントを隠したのは僕だって、暴いたばかりだろう。君と稲熊さんの前にあのとき現れた仮面の人物は、僕だよ。僕が全部、引き継いでいたんだ」

すべてを諦めたような、疲弊した語調。

「鬱陶《うっとう》しかったんだ、嗅《か》ぎ回る君が。稲熊さんには、申し訳ないことをしたけど……」

納得がいく。金和座さんは稲熊さんと仲が良い。彼への躊躇は、そういうことだった。

「ではなぜ、緑賀一葉の殺人様式まで引き継いだんですか？」

彼は言葉を詰まらせた。それでも最後には、本心をこぼしてくれた気がした。

「もう……疲れたんだ……。普通の、コンビニ店員を……演じるのは……ッ……」

「……俺には、あなたはとても優秀で模範的な店員に見えましたが」

「……そう、見えなきゃいけない。そしてそれが普通でしかないのが、コンビニなんだ」

そして、吐き捨てるように言い方を変えた。

「……そういうのを極端に求め続けられると、人はおかしくなる」

既視感を覚える。以前そんな人を……そんな兄の姿を、ぼんやりと見た気がした。

「エラーが発生したら、いよいよ引き返せない。取り消しボタンも返品返金ボタンも、コンビニ店員自身には備わっていない……！　保留さ保留。保留保留保留保留……ッ……」

懺悔《ざんげ》のような響きを残して、吐き出すように告げる。

「その行き着く果てが……緑賀さんや、今の僕なんだ……」

俺は帽子を深くかぶり直した。店の出入り口へ足を向ける。

いつだったか、大学生が講義を受けたくなくて爆破予告したニュースを思い出しながら、

「……店からは、当時レジロールやハンディースキャナーがなくなっていました。誰かが——いや明言します、緑賀さんが、人目につかないような場所や自身のポケットに隠したんだと俺は思っています。しかしなぜ隠したのか。端的に、至った考えがあります」

憶測を言葉に直して、その先へ届ける。

「本当はもう接客なんてしたくなかったくらい、追い詰められていたんじゃないですか」

これは推理や謎とはなんの関係もない。

「形や方法は最低最悪ですが、彼女は最終的に買わせることさえ拒んだんです。今の自分から――こんな息苦しいコンビニから脱却しようと――抗《あらが》ってはいたんだと思います」

ただ口を衝いて出た俺自身の譲れない思いだった。

「でも、どうかそんな彼女と同じだと思わないでください――金和座さんならきっと、やり直せます。他の、もっと真っ当な方法で……ちゃんと……ずっと……いつか絶対に」

甲高いセンサーチャイムは、無情に鳴り響く。風の音に紛れてそれは、儚《はかな》く消えた。

3

そこは風光明媚《ふうこうめいび》な場所であると同時に、異国情緒が匂い立つ空間だった。

長さ八六〇メートルにも及ぶ巨大な斜張橋《しゃちょうきょう》。横浜を象徴する一つの優美な建築物。

横浜ベイブリッジ――そこをバイクで渡りながらの港の眺めは、圧巻と言えた。

人が賑《にぎ》わいを見せ始める休日の午前十時半、彼と共に大黒埠頭《だいこくふとう》に到着した。看板の案内に従って進んでいくと、正面にその展望施設であるガラス張りのタワーが見えた。

隣接した駐車場へ、減速しながら向かって行く。やがてバイクは場内の隅でスムーズに停止していった。クラッチレバーを握りながら、彼――稲熊さんは感慨深げに言う。

「ここは昔一度、閉鎖されたんだ。他に高層ビルが建って役割を取られたり、近くに立ち並ぶはずだった商業施設の計画が飛んだり、そもそも立地が微妙によくないこともあって、利用者が年々減っていって……まるで今のコンビニ業界のように――」

雄弁だった。普段のオドオドする彼はもちろん、格闘術に身を任せているときとも違う。自然体で、これこそが本来の彼なのではないかと素直に思えるほど軽妙に見えた。

「だけど、二〇一九年。特定日にだけ営業を再開した。このスカイウォークから見下ろせる客船は、本当に凄いんだ。子どもの頃、姉に連れていってもらったのを思い出すよ」

俺もつい、口元から笑みがこぼれる。

「奇遇ですね。俺も、兄によく連れてってもらいました。そのたびにラウンジの自販機で、ナタデココ入りのヨーグルト味の缶ジュース、買ってもらって……」

「へえ、春紅くんにはお兄さんがいたんだね。どんなお兄さんなんだい？」

「えー……謎解きとコンビニが好きで、でもそれが原因で蒸発するような奴です」

少し気まずそうになった稲熊さんと共に施設入り口へと向かう。すぐそこのエレベーターを上がって、空中散策路へ降り立つ。ベイブリッジを隔てて展開されるこの通路は、今来た場所と主塔下部に設置されたスカイラウンジを結んでおり、海の景色が一望できる。

格子越しに見渡せる港は、天気が快晴ということもあって目を疑うほどの絶景だった。ひときわ目立つのは、やはり大黒埠頭に停泊する客船。王者が君臨するように、青くて滑らかな極大な船体が、埠頭の脇に鎮座している。

その周りを、太陽に照らされた海面がぴかぴかと煌めき、揺らめいているのがわかる。まるでたくさんの宝石が浮かんでいるかのように。

その上空ではカモメなどが飛び交い、騒々しく鳴いている。ただ、時間帯が午前ということもあってか、この空中散策路に俺たち以外の人は現状見当たらない。

「それで、僕に話しておきたいことっていうのは？」

稲熊さんは傍の四つ並んだベンチのうち、端に腰掛けた。ポケットに手を入れる。

「金和座さんのことです。稲熊さんとは、それなりに仲が良さそうに……見えましたが」

少し照れたようにそっぽを向く。

「そんな……でも、それはもう聞いたよ。彼は、コンビニでのバイトを辞めるみたいだね。なんていうか……なんて言ったらいいのかわからないけど、残念だよ……」

格子に指先を這わせる。遠くの海の色を感じながら、頷いた。

「ええ、本当に残念です」

「……それで？　それだけのために、僕と話がしたかったってわけでもないのだろう？」

首肯し、俺はポケットから一枚の小さなポリ袋を取り出す。

「……これは？」

「九月三十日の午後八時十四分、午後九時四分、午後九時八分に、アクアマート泉河店のレジ②でそれぞれ発行されたレシートです。持ち主たちから貰いました」

鳥栖炉さんが二回買ったコーヒーのレシートと、司水がレシート入れから回収していた稲熊さんが立て替えたという肉まんのレシート。

「へぇ……そうかぁ……でも、それがいったい？　一見普通のレシートに見えるけど……」

指先で、それぞれのレシートの両端に入ったピンク色の縦線を順番に示していく。

「コンビニ店員ならご存知のはずです。これらが何を意味するのか」

彼にしては珍しく興奮気味に、間髪を入れずに答えが返ってくる。

「ロールの残りが少なくなっていることを示す案内線だね。これになった途端、お客さんが増えると変な緊張感があるんだよ。いつ切れるのかそわそわしながら、新しいレジロールの交換のタイミングを見計らって……っていう」

「はい。店員のチキンレースが始まるんです。この案内線が消えたあとは、いよいよ限界」

「そうそう。両端が白色に戻って、それでも憎いことにしばらくはもつから、ふとレジロールの用紙が切れかかっていることを失念してしまうなんてこと、何度もあったなぁ……ははは。それで僕が会計にもたつくたびに、お客さんや店長に怒られて……」

コンビニあるあるで盛り上がったところで、すぐに水を差した。

「けど、腑に落ちないことがあったんです、この三つのレシートを踏まえると」

稲熊さんはわずかに首をかしげた。困惑に滲んだ眉が、徐々に下がっていく。

「まず、午後八時十四分に発行されたこのレシート、……両端の下半分に、ピンク色の縦線が入っているレシートでした。より厳密に、これが何を表すのかわかりますよね？」

状況を依然として飲みこめていないのか、すらすらと答えてくれる。

「これはロールの残りが少なくなり始めたことを最初に示したレシート、だね。レシートは上から発行されてくるから、このピンク色の線の入り方はそれ以外にありえない」

「はい。そしてこれが、午後九時四分に発行されたレシートです。同じく、両端にピンクの縦線が入っていますが、こちらは上半分だけです。さて、これは何を表しますか？」

「えっと……これはロールの残りがいよいよ切れかかっている状態を示すレシート、だね。さっき春紅くんが言った通り、真にロール切れが迫っているって状況。信号で例えるなら、黄色から赤色に変わるほんの直前……って、いったいそれが、どうしたんだい？」

俺は口角を緩めるに留めた。

「そして最後に、午後九時八分に会計されたことを証明するレシートが、これです。端の上半分にピンク色の縦線が入っているものです。見覚え、ありませんか？」

彼が目を瞬かせる。どう反応するべきか、迷っているように見えた。

「これは……僕が間違って肉まんを落として、立て替えたときの……でもそれは？」

「これは、二番目のレシート――そう、午後九時四分のレシートの症状と同じです。ロールの残りがいよいよ切れかかっている状態を示すレシート。でも、おかしくないですか？」

「何が……だい」

「どちらも同じレジで同日に発行されています。時間帯も、午後九時四分のものと午後九時八分のもので、たったの四分差しかない。たったの四分で、二度もレジロールが切れかかっていることが示された状態に、当時そのレジは陥っていたことになるんですよ」

海風が頬を下からぐわりと撫で上げてくる。帽子が飛ばされないよう深くかぶり直した。

「ありえない。どんな繁盛店でも、四分間でほぼ一つ分のレジロールを——つまり、六十数メートルにも及ぶ用紙を発行されたレシートとして消化するなんて、百パーセント不可能なんです。ましてや、当時あのコンビニは四十六分頃から閉店状態にありましたからね、基本的に切れかかったレジロールとその芯はすぐにゴミ箱に捨てられるものですし、実に奇妙なんですよ」

「……奇妙だね。春紅くん、それは実に奇妙だよ」

稲熊さんは他人事《ひとごと》のようだった。俺もその口ぶりに便乗する。

「ええ、不思議でなりません。ただ、レジロールをなぜ一個、そのときにまかなえたのかはすでに掴んでいるんです。その張本人が話してくれましたから」

「へえ、それはいったい、誰なのかな?」

「台場先輩ですよ。彼女は自殺する間際の緑賀さんから、トイレの扉越しにレジロールを手渡されたんですよ。なんでも、コレでスカーフを買ってきてほしいって頼まれたそうで」

「まさか……本当かい？」

「ええ。緑賀一葉が当時あのコンビニからレジロールを持ち去って、隠していたんです。その動機はともかく、スカーフを買ってきてもらうためには、レジで会計できるほどのレジロールが必要だった。彼女自身、レジがもう機能しなくなっている可能性を危ぶんでいて、だからポケットに隠してあったレジロールを一つ、台場先輩に手渡したんです」

そして台場先輩は言われるがまま、そのレジロールをセットしてから、緑色のスカーフを買った。その時点で、切れかかっていたレジロールはゴミ箱におそらく捨てたのだろう。

「問題はここからです。彼女が緑色のスカーフを買ったのは午後九時五分。それは、金和座さんの着ていたマントから落ちてきたレシートが証明してくれていますが――」

俺は彼と共に金和座さんに襲われた日に拾ったレシート入りポリ袋を取り出す。

「それから三分後の午後九時八分にはもう、そのレジロールが切れかけている。そのとき稲熊さんはまだレジにいましたよね？　何か、ご存知ないですか？」

「……いや、覚えてないな。あんまり……」

「そうですか。ところで、実はこのレシート、指紋鑑定所で調べてもらったんですよ。もしかしたら、誰かの不自然な指紋が出てくるんじゃないかって思って。でも出ませんでした。ただ血痕鑑定所の方にも持って行ったら、面白いことがわかりまして――実はこのレシートの側面……〇・何ミリの世界で、少量の血液が付着していたんです」

　手に持ったポリ袋を横に向けて、レシートの側面を見せる。

「肉眼ではわかりにくいですが、染みているでしょう。この血痕はＡＢ型のものだというところまではわかりました。ええ、そうです。緑賀一葉と同じ血液型なんです」

「……つまり、どういうことだい？」

「当時そのレジロールの側面には緑賀一葉の血液が付着していた。側面ということはつまり、この用紙の表面ではなくて、何重にも巻かれた用紙の層が見える側の方——そう、それこそ多少のことでは取り除けないようなところにまで、彼女の血は側面に染みついていたことになる」

「だから、どうして血が付着していたんだい？」

「当然でしょう、そのレジロールは金和座さんに襲われ、手首を出血させた緑賀一葉が、台場先輩に直で手渡したものなんですから。血が付着していないことの方が不自然です」

　稲熊さんが無言で数度首を動かす。納得したという表情。

　と同時に、ふいにタバコを胸ポケットから取り出して、落ち着き払おうともしていた。

「しかしそれを危惧した用心深い人物がいたんです。このレジロールをセットしたままでは、以後、側面に血の付着したレシートを不特定多数のお客に手渡すことになる。それは誰かが出血したうえでレジロールを手にしたという事件性のある証拠を市内全域にばらまくことを意味する——と、懸念したんです」

稲熊さんの息遣いに、一瞬の乱れが生じたのを見る。

「その人にとってそれは……いや、アクアマート泉河店の店員にとってそれは不都合だった。だからどうにかしてレジロールの大部分を処分する必要に迫られた。もちろん、血液が付着した部分と、芯に近い部分を切り離すこと自体は、容易です。少し面倒だけど、ひたすら巻かれた部分の先端をぐるぐると引っ張って、血が付着していない芯に近い部分まで解いたら、そこを千切ればいいだけなのですから。しかも当時レジカウンターにはその人しかいませんでしたから、誰にも気づかれずこっそりとやることはできたはずですし」

慎重に、俺の真意を探るように彼はつぶやいた。

「……それが、上半分にピンク色の縦線が入ったレシートが、四分間に当時二つ存在したことの、真実だって言うのかい？」

「はい。血液が付着していない部分が、ちょうどピンク色の縦線が途切れる部分の手前側だったんです。その人物は芯と少しだけ巻かれた残りの用紙をレジにセットし直しました。それでも血が印字ヘッドの方にこびりついていないか不安だったために肉まんを買ったことにして、レシートを発行し側面や表面を確認した。そう——あのとき支払われた肉まんの会計は、レシートをただ発行したかっただけだったんです。さすがにその問題はないとわかったレシートの処分にまでは、頭が回らなかったようですけどね。それをまさか司水が拾って保管し、俺の目にとまるとまでは、どんなに用心深い人物でも予測できませんよ」

彼は絶句していた。

「さて問題は、切り離した方。血液の付着したレジロール——およそ五十メートル弱の用紙の処分方法です。もし安直にポケットやカバンにしまえば、すぐに駆けつけてくる警察が事情聴取という名目で手荷物検査をするかもしれない。仮にそれを逃れたとしても、街中は例の×印の連続強盗殺人事件で捜査員が何人も市内に派遣されている。三日前に被害者が増えたばかりですからね、警戒態勢が敷かれたこの辺りを血液の付着したレジロールを持ってうろつくのは、危険極まりない」

海風が吹き荒れる。彼の髪が、ここから逃げ出したそうになびいている。

「だから、石橋の上を叩いてから渡るその人物は、即効性のある方法でレジロールの大部分を店内で処分しようと、考えたんだと思います。ただし警察が来るまでの時間や司水たち他のクルーの目もあって、そのときは隠すことまでしかできませんでした」

「隠す？　どこに隠したんですか、その人は？」

俺はポケットから小さなポリ袋を取り出した。中には、黒色の紙切れ。

「まずは説明しておきましょう。これは、フライヤーの下の奥の方で見つけたものです。黒く滲んでいてわかりにくいですが、レジロールのレシートの切れ端です」

彼は手でその場所を確かめるような仕草をして、ライターをポケットから取り出した。

「ああ、そういえば、思い出した。僕のせいで……フライヤーで小火が起きて……」

「はい、その結果、偶然そこにあったレジロールが一つダメになってしまったんですよね」

「て、手厳しいね。そりゃ、僕が悪いんだけど。緑賀さんが亡くなった日の翌朝に出勤っていうことで、まだ自分の中で気持ちに整理がついていなくて……ボーッとしていて……」

彼が火をつけようとしたタイミングで、俺は体ごと振り返る。

「温度調節器……おそらくはサーモスタットの故障。そして安全装置の不具合が重なったのでしょう？　そんな状態で……つまり、出火するほど高温で熱されたフライヤーにバケツいっぱいの水をかけて、よく稲熊さんは大火傷《おおやけど》せずに小火で済ませられましたね。まるで最初から出火《それ》を見越して、少し離れた場所で準備していたみたいじゃないですか」

褒めるような語調だったことが、かえって彼の顔を曇らせた。

「……な、何が言いたいんだい？」

「実は、出火原因は別にあったと思うんです。たとえばそう、ライターからとか」

彼はハッとしたように、タバコとライターを落ち着きなくポケットにしまう。それが、俺がたった今言及したからなのか、ここが禁煙スペースであることを思い出したからなのかはわからない。

「ま、まさかとは思うけど、レジロールを火で燃やして証拠隠滅したとか、言わないよね……。どうしてそんなあまりに目立つ方法を、わざわざとらなきゃいけないのかな……」

「とらなきゃいけなかったんですよ。そのレジロールは火事で燃えたと思わせる以外に、そのコンビニ店内から正当に処分することはできなかったのですから」

「な、何を？　春紅くんが何を言っているのか、全然わからないよ」

「ええ、俺も全然わかりませんでした。なぜ、レジロールを燃やしたのか。だから発想を変えたんです。そもそも燃えてなかったんじゃないかって」

彼は俺が手に持ったそのポリ袋の中身を凝視する。

「……えっと、その黒色のは、どう見ても燃えて、焦げてるようにしか……」

俺は不敵な表情でそれを裏返しにした。そこは、辺り一面真っ白だった。

「紙が表面だけ綺麗に燃えるなんてこと、ありえません。だからつまりこれは、燃えたから黒くなったわけじゃないのです。可燃物と支燃物の化学エネルギーが、熱と光のエネルギーに変換される現象以外のことが、当時そのレジロールには起きていたんです」

彼はすっかり黙りこんでしまった。茫然と俺を見据え続ける。

「さて、どうすれば、レシートを表面だけ黒くできるのか。ヒントは、レシート用紙の性質です。稲熊さん、わかりますか？」

何も言わないことを見越して、すぐに付け足す。

「感熱紙っていう特殊な専用紙なんですよね、レジロールって。あれの仕組みって、その名の通り、熱に反応する化学物質がその面に塗布されてあって、レジのレシートプリンタの中にある印字ヘッドをそこに当てて印刷しているんですよ」

そんな知識はどうでもいいとばかりに、彼の瞳は広がる海その一点に視線を移した。

「印刷された箇所は、黒くなる。コンビニではどこだってそうです。熱が加わって、レシートは黒くなる。そして裏面は黒くならない。裏面には化学物質が塗布されていないから」

俺はひらひらとポリ袋をかざして、言い放った。

「このレシートも、そうだった。ただしこっちは、熱の加わり方がだいぶ不規則ですが」

「……その人物が、そうなるように熱を加えて黒くしたと？」

「はい。その人は当時、焦っていたんでしょう。なるべく迅速に、血の付着したレジロールを隠したかった。しかし、たかだか二〇〇平方メートルに満たないコンビニで、警察や店員に気づかれない隠し場所なんて、そうそうありません。それこそ、レシートが変色するような場所くらいしかなかったんでしょう」

「そ、そんな真っ黒にできるような〝熱〟……コンビニのどこにあるってんだい？」

俺は片頬だけ吊り上げて、格子に指先を絡ませる。

「電気ポットですよ。色々試しましたが、レシートを一瞬にして広範囲に黒く染めることのできる〝熱〟は、コンビニではカップ麺とかに使う電気ポットしかありませんでした」

金和座さんとの一対一でのやりとりの直前まで行った検証作業のことを、彼に話した。

コンビニには様々な加熱を目的とした機器があるが、その中で唯一強く反応した熱源。

「特に電気ポットっていうのは、隠し場所として良い着眼点だと思いました。普段は閉じられていて、お湯を入れ替えるとき以外に上部の蓋を開ける理由は誰にもない。その理由を持つ人物さえ、ワークスケジュール表によれば翌朝のシフトに入っている者のみ」

「な、なぜ、そこまで……」

「当時の店の外ガラスの状態ですよ。当時出勤していたので稲熊さんも目視していて不思議ではないですが、そのとき店のイートインにいたお客がこう言っていたんですよ、『雨も降ってないのに、イートイン側のガラスの少し上の方が一部だけ曇っていた』って」

彼が目を大きく見開いた。明らかにそれは、取り乱していると言っていい表情だった。

「窓ガラスが曇る原因は、結露です。店の外側と内側を仕切る窓ガラスは、外気によって冷やされています。そこに水蒸気を含んだ温かい空気が触れると冷却され、水蒸気が水滴に変わります。このことから、当時温かい空気が店内で発生していたことがわかりますよね？」

メモ帳を取り出し、店内の簡略な図面を見せる。

「そこでピンと来たんです。電気ポットが普段ある位置は、ここ。イートインコーナーのテーブルの上に設置された備品ボックス横。レジロールをその中に隠すために蓋を開けたことにより、ポット内の熱気が外部へ逃げ、それがすぐ傍の窓ガラスを曇らせたんだって」

「そんなバカな……なぜ？　なぜ、そこまで……するんだい」

「翌朝、何食わぬ顔で出勤したその人物は、店長の目を盗んで電気ポットの中に隠していた黒く変色したレジロールを、きっと取り出したことでしょう。しかし、それをそのままゴミ箱に捨てようとすれば、必ず店長に視認される。なぜなら当日、ワークスケジュール表によればゴミ捨ての仕事は店長がやっていたから。そうじゃない日でも、彼女はゴミの分別にうるさくて、よくゴミ袋の中を検《あらた》めてチェックしていると、見聞きしました」

実際彼は注意されているし、俺がゴミを適当に放ったときも、真っ先に指摘してきた。

「かといって、それを店の外に持ち運ぶほど、その人物の警戒心は薄くなかった。できることなら、誰か無自覚な者の手で、疑われることなく店内で捨てさせたい――」

彼が開きかけた口を、俺は力強い言葉で閉じさせた。

「だからフライヤー周りごと燃やした。レジロールは、燃焼したことで黒くなったと店長に思わせるために。緑賀一葉の死に動揺した店員が、うっかり延焼させてしまっただけなのだと、店長たちが黒色のレジロールに疑問をもたなくて済むように――！」

俺は総括するように、言った。

「そこまでして血液の付着したレジロールを処分したい執拗さが、ずっと疑問だったんです。その人物は緑賀一葉の異変にずっと前から気づいていながら、なぜ彼女にまつわる事件性をまず徹底的に排除するような行動をいち早く取っていたのか。なぜ自殺を止めるのではなく、自殺をサポートするような行動をレジで即座にとっていたのか」

なんの感情もこもっていないような反論がくる。

「……台場さんだって、同じはずだ。彼女自身が、それをレジに持ちこんだのだろう？」

「台場先輩は彼女と仲良しで、なおかつ脅されてもいましたからね。その脅されていた秘密も二人の関係性も、そんな軽いものじゃなかった」

停泊する大きな客船の方に、彼の視線が逃げる。俺は逃すまいと目の前に立った。

「けどあなたは別だ。脅されていた様子もない。彼女と親交が深いようにも見えなかった。そのうえで、血の付着したレジロールに唯一手を伸ばせる位置にいた」

「……店長にだって、レジロールをどうにかすることはできそうだけど」

「彼女が事件のずっと前に退勤し、事件が終わるまでは店に来ていないことは他の店員の証言にもあります。事件当時店のレジにいて、翌朝、電気ポットに勤務の範囲内で触ることができたのは、この世界であなたただ一人なんです」

帽子のつばに手を添えて、あえてこの動詞を選んだ。

「あなたが緑賀一葉を殺した犯人ですね？　×印の連続殺人鬼の二代目、稲熊怜……！」

4

稲熊怜は薄く笑った。

まるで何かスイッチが入ったみたいに、その表情は目を疑う変貌を一瞬のうちに遂げた。

「いつから僕に――稲熊怜に疑問を覚えた？」

引き締まった、端正な顔立ち。爽やかだとすら思えてくる、冷静で明朗な笑顔へ向けて。

「最初に変だと思ったのは事件当時の芽ヶ久里との会計です。あなたは鳥栖炉さん――百円コーヒーをいつも買う人との会計で、百八円未満ではポイント付与できないことをだいぶ前から指摘していたそうですね」

「ああ、君に話した通りさ」

「にもかかわらず、芽ヶ久里との百円未満の会計でのレシートを、〝ポイントカードを後出しする可能性があるから〟という理由で二ヵ月弱も保管していたんです。百八円未満の会計でポイントなんて付与できないことを知っていながら、ポイントカードを後出しされたら百八円未満の会計にポイントを付与する気でいる。そんな荒唐無稽《こうとうむけい》な話、ありますか？」

「ほう……そこを拾ったんだね」

「最初の印象は嘘をつかない。まるであらかじめ自分がレジにいたことを……洗面ルームにはその時間行ってないことを証明したいみたいに、俺には見えたんです」

指をパチンと鳴らし、納得がいったように颯爽《さっそう》と俺の横を通り過ぎる。

「なるほど。金和座さんに襲われる直前に、僕へ尋ねようとしていたことはそれか」

「襲われる？　襲わせる、の間違いなのでは？」

感心したような目で俺を見下ろしてくる。

「……へえ。すごいな。まさか、あのときからすでに、芝居を打っていたとは」

「……はい。あなたの警戒心を少しでも和らげられたらと思いました」

疑ってすみませんでした――いいえ、こっちの話です――。

そうあたかも疑いを取り下げる主張をしておいた結果、彼はこうして隙を作ってくれた。

「金和座さんが襲ってきたのは、やはりあなたの指示《じょうぜつ》だったんですか？」

もう特に言い訳するつもりもないのか、やけに饒舌だった。

「もちろんさ。君が僕を店の外で待っていたのはわかっていたからね。上がる間際、洗面ルームでこっそりと彼に非通知で電話をかけて、ボイスチェンジャーを使って脅したんだよ。×印の殺人鬼になりすまして、帰宅途中の春紅を襲えって。そうしなければ、お前が緑賀一葉にやったことを警察に言うって」

「……あの事件のあとに、かばってくれた彼をよくもまあ、脅そうと思えましたね」

「事件……かばって？　ああ、ポイントの不正付与がどうたらって奴かい？　あれは君に謎を解かせるために、あえて乗ってあげただけだよ、あのクレーマーの小細工にね」

「……乗ってあげた？　あえてって、まさか――」

「そう。休憩中に外でわざとユニフォームを脱いで、あのクレーマー客がポイントカードをすり替えやすくさせたんだ。迅速にレジ打ちするためだなんて、嘘もいいところさ」

思いがけず総毛立つ。

「……それで、俺に事件を解かせて、何がしたかったんですか？」

「もちろん、君と打ち解けるためさ。君から向けられている疑いを解くために一緒に帰る。そのときに×印の犯人と思しき人物が襲ってくれれば、僕にはアリバイができるだろう？」

度肝を抜かれる。表情には決して出さないようにしたが、内心は気が気じゃなかった。

「どうりで、金和座さんのナイフ捌きに、あなたが苦戦するはずだ。あなたはわざと、手を抜いていたんだ。身を挺《てい》して俺をかばい、彼を逃がすまでを目的としていたから」

いや、きっとそれだけじゃない。

「……緑色のスカーフを買ったレシートが彼のマントから出てきたのも、その一環ですか」

「もちろん。交錯時に僕がそっと仕込んでおいた。君が疑いの目を僕以外に向けるように、しっかり手袋をつけたうえでね」

……事件当時、清掃用具室にずっと隠れていた金和座さんが台場先輩の捨てたレシートを回収することは難しい。しかしずっとレジにいた稲熊さんなら、その限りじゃない。

「良心は、痛まないんですか。金和座さんは、ボイスチェンジャーを使った相手に脅されていたことすら、黙っていましたよ。全部自分のせいにして……それってつまり――」

言外に、金和座さんのおそらく抱いていた心境を含ませた。

届いたのか、届かなかったのか――稲熊さんは目線と話を逸らし続ける。

「そう睨まないでほしい。とにかく、それでも疑いの目を向けてきた君に、今回軍配が上がったんだ。彼の話なんてどうでもいい。もっと君は喜ぶといい。まさか連続殺人犯が探偵をかばって怪我を負うなんて、普通の心理状態なら誰も思わない。疑いを止めるどころか、信頼すらしてしまうはずなんだけど……そこはさすがに、噂のナイトアウルだったね」

なんの悪意もない賞賛の声。それがなぜか、ひどく俺の気分を損ねた。

「……台場先輩のタブレット端末をいじって配信を開始させたのも、稲熊さんですか？」

「ああ。念のため、保険をかけておいたんだよ、僕がレジに居続けたことを、録音しておこうと思ってね。案の定、防犯カメラの映像記録は消されてしまったから。いざというときに僕のアリバイを証明してくれるものが、五十分のレシートだけじゃ心許《こころもと》なかったんだ」

「じゃあ、金和座さんが清掃用具室に隠れていたことも？」

「察していたよ。電子レンジの中はソースで塗れ、その上には妙なペンも置いてあったからね。だから僕は、四十四分から配信を開始させて、状況がどうなるか見てみたんだ」

その用心深さとは裏腹に、まるでショーでも観覧するかのような言い方に、苛立つ。

「見てみた結果、彼女は自殺した。彼女を見殺しにした感想は、どうですか？」

俺の皮肉は、素朴な苦笑いで返された。

「微妙だったかな。あまり気分の良いものじゃなかったよ。彼女が隠し持っていたレジロールとハンディースキャナーを回収したのも含めてね」

……第一発見者の彼には、台場先輩が洗面ルームへ向かうまでのあいだ、ほんの数十秒ほどの時間の猶予があった。彼女が接客を拒否して隠し持っていたハンディースキャナーやレジロールを回収するなら、そのとき以外にはなかったのだろう。

「でも緑賀さんは実に凄いと思わないかい？」

彼は顎を触りながら、格子の先の遥か水平線を愛おしそうに眺める。

「もちろん、自殺道具や証拠の処分を他の店員に託すっていう理由もあっただろうけど、何より〝金和座さんは自殺と関係ない〟と警察に判断させるために、司水さんや台場さんと会話することで自分の生存確認をさせたんだから。万が一防犯カメラを調べられても、彼が立ち去ったあとに生きていたという証言が複数から挙がる以上、彼は真っ先に緑賀一葉の死とは無関係の人物になる――脱帽だよ」

「……考え過ぎでは。彼女はそこまで計算していない」

「……探偵ナイトアウルくん、×印の連続殺人鬼は――緑賀さんは、どうして毎回決まって被害者の携帯や財布を奪っていったのか、わかるかい？」

俺は寒さを凌《しの》ぐような素振りでポケットに手を入れる。

「強盗なんて、大抵が売りさばいたり、自分のものにしたりって目的ですけど――」

「けど？」

「けど……そう思わせることこそが目的。ただの強盗事件だと思わせることで、捜査の手をコンビニという動機から遠ざけたんでしょう。財布に入っているポイントカードやレシート、携帯端末に残っている支払い履歴を簡単に洗われないために——」

「……そう。警察もまさかアクアマート泉河店の出入りを隠すための強盗だったなんて、なかなか思いつかない。九月三十日以前の防犯カメラの映像記録の不具合も、緑賀さんの仕業だったんだろうね。そこまでやってようやく、被害者の隠された繋がりは覆い隠せる」

　稲熊さんは急に振り返った。声の調子を変えて言ってくる。

「それで、僕が×印の模倣犯だという証拠は？　今まで君が証明してきたのはどれも、僕がアリバイを作ろうと躍起になっていたことと、事件当時に×印の犯人が自殺するのを故意に手助けをしていたということくらいだけど……なぜ、そこまでわかったんだい？」

　どこか値踏みするような目つき。

　怯まずに告げる。

「……まず現在の×印の事件を完璧に引き継げる者は、二点の要素を満たす必要があります。一つ目に、アクアマート泉河店に少なくとも一年前から今日まで精通している必要があります。でなければ、六件目の被害者——一年前に出禁されたクレーマーを今になって被害者に選ぶことはそうそうできませんから」

「そうだね。これはただの無秩序な殺人鬼じゃない。法則性のある殺人ストアなんだから」

「しかし司水は俺と同じ高一で、昨年はまだ年齢の問題で働けない。台場先輩もここで働くようになったのは七ヵ月前。金和座さんも一ヵ月違いだとおっしゃっていたから、これには該当しない。該当するのはあなただけ。就活に失敗して六年前にアクアマート泉河店に拾われた恩のある、稲熊さんただ一人」

彼は大げさに肩をすくめてくるが、俺は淡々と続ける。

「そして二点目に——これは推測も多分に含まれていますが、×印の犯人が亡くなったことをすでに知っていること。そして、緑賀一葉の死を穏便に済まそうとしていた人物」

「……へぇ。意外な切り口だね」

「時期的観点から、四件目以降は間違いなく模倣犯の仕業なんですが、疑問なのはなぜ模倣したのかということです。ただでさえアクアマート泉河店のお客を殺すなんて異常な心理的欲求なのに、それを彼女の死後に模倣しようなんて……もっとおかしい」

俺はある程度の予測をつけて、あえて投げかけた。

「なぜ、緑賀一葉の遺志を引き継いだんですか？」

しばらく返事はなかった。どこか、言いあぐねているように見えた。

「……そこからは、無粋だね」

彼が格子から手を離し、足を踏み出す。この場から逃げ出そうとするように。

「緑賀一葉のこと、好きだったんですか？」

動き出した足が、ぴたりと静止する。背中だけで、表情はわからない。

「彼女を×印の犯人だと警察に突き止められたくなかった。だから、あんなに手間をかけて彼女の自殺から事件性を排除させて――一方で彼女の選んだ死を最大限尊重していた」

俺はポケットに忍ばせたカラーボールの感触を確かめながら、なおも引き留めに動く。

「自分か、他人か……とにかく彼女以外の何者かが×印の犯人だと思わせたかった。だから彼女の死後に事件を起こすことで、彼女に鉄壁のアリバイを作ろうとした。そこまでするからには、彼女に傾倒、心酔でもしていなければできないと思うんですが……？」

そのとき、堪えきれずに噴き出してしまったような、邪《よこしま》な笑いが聞こえてきた。

俺が見当違いなことを言っていると、彼のその冷笑が暗に示してくるように。

「……春紅くん、なぜ彼女は、遺体の口元に――そして自分の手首に×を刻んだと思う？」

「……。それは……」

金和座さんの独白を思い出す。彼女は犯行中に『うるさい』『消えて』と言っていたと。

「何も言われていないときでさえ聴こえてくる。視《み》えてしまう。そこを×で塞がないと、罰を与えないと、いつまで経ってもお客からの彼女への叱責――罵詈雑言は、心の中で収まらなかった――そういう状態に限りなく近かったと俺は思います」

「うん、そうだね。もはや彼女は店員じゃいられなかった。だけど――」

「それだけじゃないかもしれない。緑賀さんは、それでも店員だったかもしれない」

手元のピンク色の線が両側面に引かれたレシートを眺め、それを横向きにした。

「緑賀さんは以前、レシート絡みでクレームを……深刻なカスタマーハラスメントを受けたと聞きました。それ以来、しきりにレシートプリンタをチェックするようになったと」

「よく調べているね。そうさ。彼女はレジロールに固執させられた」

「そしてこのピンク色の線の入ったレシートは、横向きにすると……こうなる」

俺はポリ袋に入ったレシートを自身の口に覆いかぶせるようにかざした。

「開いた口だね。君のそれはピンクの部分が唇に見える。レシートが開いた口に見えるよ」

胸がつかえるほどに、苦しい推理を告げる。

「いいえ。違うと思います。切れかけのレシートが開いた口に見えるからじゃない。開いた口が切れかけのレシートに見えるから、彼女はその口に×印を何度も刻んだ。これはもう使用済みだから処分しなければいけないという一心で。レシートで理不尽なクレームをもう誰も受けるわけにはいかないという強迫観念が、殺人の直後に彼女を店員に戻したんじゃないかと、俺は考えます」

「だけど本当のレシートと違って人の口は簡単には処分できない。だからせめてこれはもう使えないというのをみんなに……僕たちに周知させるために、引き継ぎ作業の一環だと思いこんで×印を何度も刻んだと？　それが、自分の手で殺めた人の口だとは思わずに？」

×印を刻む際の彼女の言葉の中には『とれない』が含まれていた。それはおそらく、口ではなく、レジロールが、だったのではないか？　そのうえで×印を刻んだとしたら緑賀一葉はコンビニ店員として、同じ店員仲間を思ってそんな行動に走っていた。けして自分のためではない。殺人も×印も、すべて店員仲間を慮《おもんぱか》ったものだったとしたら——。

「……君は、優しいね」

俺に向かってはっきりと——。

「本人以外はもう知る由もないけど、それが真実なら……痛いほどに、彼女も優しい」

稲熊さんは何か奥から込み上げるものを堪えるように、言った。

「でも人に優しい人ほど、世の中から優しくされないものさ。僕だって、何もしてあげられなかった。あんなに、良くしてもらったのに……何も。でも、いや、だからこそ……」

大海原を、悲観的に眺めている。ポケットから、彼は何か棒状のものを取り出した。

「ところで、宝石のエメラルドって知ってるかい？　希少で、綺麗で、内部が傷ついていて、衝撃に弱いんだ。物心がつく頃には、虜《とりこ》になっていたさ、いつか絶対欲しいって」

ふいに、俺の方を見る。共感を誘うような、屈託のない顔。

「彼女の犯行を引き継いだ動機？　多分、君がお兄さんに抱くそれと似たようなものだよ」

その瞬間、辺り一帯が灰色のくすんだ煙に覆われた。

「——彼女の犯行は、僕が盗《なぞ》んだ」

……ッ!? 足元に転がってくるのは、赤い棒状のもの。真っ先に頭によぎったのは、発煙筒！ そこから煙が噴出している——！ クソ、さっき取り出したのはこれか！

煙をかいくぐって、走り去る彼の背中を見る。咳き込みながら、すぐさま追いかけた。

その先のスカイラウンジは、青々とした空間だった。そこにはすでに何人かの見物客がいたが、彼の姿は見えない。一階の展望スペースにも、あの背丈は見当たらなかった。

……おかしい。ここは行き止まりのはず。隠れるスペースだってどこにもなかった。

ハッとして、進行方向と反対側のスカイプロムナードの出入り口へ。

そう、かつての施設閉鎖に伴って、内港側の空中散策路は今もなお封鎖されたまま。それなのに現在、その扉の錠は壊されており、簡単に開くことができたということは！

呼吸を整えて、扉の先へ。こちら側の空中散策路は依然として舗装がなされておらず、石ころやゴミなどが通路に放置されたままとなっていた。

屋根も柵も錆《さ》びており、今にも崩れそうなほど不安定だ。それでも足早に、その通路の先を進んでいく。

しばらく進むと、通路の真ん中にタバコが落ちていた。彼が先ほど持っていた銘柄だ。

近づいて、それを拾い上げようと手を伸ばしたとき——。

強い衝撃が、腹部を襲った。唸り声をたまらず上げる。

ベンチの陰から、黒い何かが視界を覆う。隠れていた稲熊さんが、突如姿を見せた。

抗う隙すら与えてもらえず、そのまま首根っこを掴まれて柵めがけて叩きつけられる。

その衝撃で、尻もちをつく。と同時、背中側に奇妙な感覚があった。際限なく、奥へと押し流されるような。柵がまるで、自分の体重を支えきれずに壊れるような――。

かがんだまま後ろを覗く。瞬間、背筋が凍りついた。

そこには、なんの淀みもなく広がる青と白に、柵の残骸が飛び込むのが見えた。

「ッ……アンタ……まさか……！」

「良いスポットだよね。二人きりなら、外せない場所だよ」

彼は俺の肩を摑んで、押し出すように思いきり海の方へ。

「悪いけど、落ちてもらう。君のポケットに入った証拠と共にね」

素早くポケットをまさぐられ、携帯端末とレシートの数々を強引に奪われる。

最初からそのつもりで、この場所に誘導してきたのか……！

口の中に血の味が広がる。先ほどの蹴りによる腹部の痛みが、抵抗する力を鈍らせた。

どうする。どうすればいい。体格にしろ、体術にしろ、このままじゃ……！

だったら――！

俺は腰を落としたまま勢いよく振り返った。ポケットからカラーボールを取り出し、彼の頭の方向めがけて放る。

だが、いとも簡単に躱され、頭上へと抜けていった。

彼は無表情のまま、俺に拳を振り上げてくる。

と、そのときだった。

彼の後頭部に、ボロボロとなった屋根の一部が降りかかってきた。そこには、先ほどぶつけて飛び散らせたカラーボールの塗料が滴っている。

狙い通り。不意を突いた格好だ。それが直撃し、彼はよろめく。そのまま勢いよく、転落防止用柵から落ちていく。柵が低いのに加え彼の身長が高いから、上半身を支えきれなかったのだ。

海へと投げ出される——俺はそんな彼に咄嗟に手を伸ばした。

「……何を……しているんだい」

彼のほぼ全身が、海面から五、六十メートルの真上を漂う。それでもなんとかかろうじて、彼の手首の辺りはしっかりと摑めていた。転落防止用柵に体ごと引っ掛ける。

「ッ……持って帰るまでが……買い物なんでね……！　逃がす……かよ！」

それでも体格差がここにきて出てきた。ずるずると柵の向こうへ引きずり込まれていく。

「……君まで、死ぬぞ」

海が見える。五、六十メートル先——落ちたら、無事生きて帰るのは難しい。

しかし、やはり彼の体重を持ち上げるのは土台無理な話だった。

体がどんどん柵の奥へ。腕が引き裂かれそうな痛みに、顔を歪める。

「……ッ……くッ……そ……」

ふと、稲熊さんの顔を見る。彼は、この場の状況にそぐわない顔をしていた。

穏やかで、柔らかい――まるで、慈愛に満ちたような……。

口元が動く。何か俺につぶやいてきた。

「……もっと……早く……君に…………たら…………は……」

その直後、腕を振り払われた。そのまま彼は、俺の方に手を伸ばしたまま離れていった。

「稲熊さんッッ……！」

数秒後、とてつもない大きな落下音と共に、水柱が派手に上がった。

海面に叩きつけられた彼は、いよいよ上がってくることはなかった。

そのとき、転落用防止柵が傾いて折れた。俺までそのまま、海側へと投げ出される。

緩くかぶっていた帽子がきらりと光って俺から離れ、海へと真っ先に落ちていく。

「……くッ……くそ……！　ッな……!?」

流れに逆らえない。気力と体力がいよいよ限界だった。

体感速度が異様に遅い。頭が真っ白になって……ついになすすべがなかった。

……あぁ……俺は……ここで――……まだ……何も――兄貴の――。

ついに、そして――…………駆けてくる。何かが。足音が。……っ!?

瞬間、後ろから誰かに抱き寄せられた。そのまま通路側へと引き戻される。

唖然としてその人物を見る。水色のメッシュの煌めきがまず目に入る。

司水美優――彼女が、呼吸を乱しながらもそこにしゃがみこんで俺を支えてくれていた。

「っ……なんで……？　ここに……」

「……それよりも、何があったの？　はぁ……はぁ……っ……稲熊さん……は？」

真下の海を見下ろす。拳を強く握りしめて、うなだれる。

しばらく、その場は静まりかえった。まるで時間が止まったようだった。

その間、うつむく俺の態度でだいたいのことを察知したのか、彼女は声のトーンを落とす。

それなのに、どこか呆れたようだった。

「……君、正義感はなかったんじゃなかったのかしら？」

いつだったか俺が叩いた軽口を、こんなときに持ち出してくる。

「これが謎解きの範疇《はんちゅう》？　なぜ、こんな危険な目に遭ってまで彼を捕まえようとしたの？」

鋭い剣幕で言われる。しかし未だに頭がボーッとして、何も思い浮かばなかった。

そこでまた、沈黙は訪れる。落ち着きを取り戻した頃に、やっとそれに答えられた。

「……コンビニは……買い物をする場所だ。……店員をいびる場所でも、お客を排除する場所でもない。自分を否定する場所でもない。ましてや殺人なんて……ッ……」

「……」

「あんなのを野放しにしたら……俺が買いたい商品が陳列される前に……そのコンビニが

潰されると思った。それだけだよ」
彼女も呼吸が整ってきたのだろう、一つ、深い溜め息をつく。
「……不器用。……で？　それで？　買いたいものは、買えたのかしら」
儚げな笑みを浮かべられて、俺は知る。いや、そこでようやく気がついた。
すでに、あのコンビニでの買い物は済んでいたことに――。
凍《い》てつくような冷たい風が、俺たちのあいだを空虚に横切った。

【9】退勤

それから三週間が経過した。

事件のことは、新聞やテレビ、ネットではほとんど扱われることはなかった。

ただ彼が閉鎖中のスカイプロムナードに忍びこんで、バランスを崩して落ちた――そういうことを俺はかいつまんで警察に話した。彼が×印の真犯人だと口にすることは、ついにしなかった。証拠のレシートは海に落とされて消えたのもあるし、仮にそれでも話したところで、何か状況が好転するとも思えなかった。そして何より――。

「行方不明……なんだってね」

バックルームでは、台場先輩がユニフォームに着替えながら俺へと語り掛ける。

懸命の捜索にもかかわらず、稲熊怜はとうとう見つからなかった。いったいどこへ消えたのか、唯一海面に漂っていたタバコだけが、そこに彼がいたおぼろげな痕跡だった。

「稲熊さん、大丈夫かな……」

事情をほとんど知らない台場先輩は、彼の身を店員仲間として案じている。

それは横の御流木店長も、ほとんど同じだった。

「どこかの誰かみたいに、サボるようなヤツじゃないしねー」

「なんで私を見るんですか。私は別にサボってないですけど。監禁されてただけですけど」

御流木店長は給料袋の中身を確かめながら、口笛を吹く。

「聞きましたよ、そんな態度とって、実際は私のこと心配してくれたんですよね」

「し、してないんだが！　アンタなんか、どうでもよかったよ？」

「へえ、そうですか！　目が大変泳いでますけどね！」

「……昨日、廃棄のお寿司食べたからねえ。タウリンが目に回ってきてんだわ！」

この二人、お互いがいないところでは悪態をついていたけど、普通に仲良しに見えるな。

「はい、これ。今までお疲れ様、春紅」

御流木店長は、俺に給料袋を手渡してくれた。それを見た台場先輩が、肩を少し落とす。

「ハルクンも、いなくなるんだ。家の事情だから仕方ないけど、寂しくなるね」

俺は家の事情という理由でアクアマート泉河店を本日限りで辞めることにした。

ここでできることは、もうない。買うべき謎は、もう買ってしまった。

コンビニは買い物をする場所。それ以外でここに留まる理由なんて俺にはない。

頭を軽く下げて、レジカウンターへ。そこには、見知った顔があった。

「芽ヶ久里……」

髪の毛をばっさりと切ってショートボブにした彼女がそこにはいた。ユニフォームを着て、レジカウンターの内側に立っている。その表情はどこか居心地が悪そうに見えた。

それもそのはずだ。なぜなら彼女は三週間前警察に逮捕されたばかりのはず。

「その……台場……さんに、被害届を取り下げていただいたのです……」

そう言う芽ヶ久里の顔は、失意のどん底にいるみたいに陰々と曇っている。

「示談の……交渉にも、その……すぐに、応じていただいて……」

宥恕《ゆうじょ》……つまり不起訴の可能性も高く、よって勾留期間も短く済んだということか。

「だから、うちで面倒みることにした」

後ろで御流木店長が腕を組んで立っていた。申し訳なさそうに芽ヶ久里は目を伏せる。

「どうせ、いくとこないんでしょ。金和座や稲熊が抜けた穴、アンタが埋めなさい」

「店長……でも……私は……」

「あーもう！　うるさいねえ。台場、いいんだよね？」

バックルームの方を向く。背中を向けた台場先輩が、少しだけ体を出して頷いていた。

表情はわからない。しかし御流木店長に先ほどまで反抗的態度を示していた彼女にしては、やけにしおらしく見えた。

「……ごめんなさい、迷惑……かけてしまって……本当に……本当に……ごめんなさい」

そんな台場先輩に向かって咽び泣くような声で芽ヶ久里は謝る。

対照的に、台場先輩の声は胸が詰まるほど優しかった。

「いいの。ヨウちゃんに何もしてあげられなかったのは、私もだから」

彼女が芽ヶ久里の方を向く。今にも泣きそうなほど、切り裂かれそうな笑顔をしていた。

そのままレジカウンターの方までゆっくりとやってくる。芽ヶ久里は顔を上げた。その瞳には涙がたまっている。今にも溢れてきてしまいそうなほどに。

そんな芽ヶ久里を、台場先輩はそっと抱き寄せた。そのまま二人は、しばらく泣いていた。御流木店長はそのあいだ珍しく何も注意せず、代わりにお客の対応を進んでしていた。

……じゃあ俺は、何ができただろうか。

そのとき、一つの来店音が鳴った。

口元に厭な笑みを浮かべた、三十代くらいの男性。手に持ったレジ袋から揚げ物を入れた袋を取り出す。それをレジの前で店長たちに突き出してきた。

「おい、さっき買ったフライドチキンによぉ、髪の毛がついてたんだけど？」

半分まで齧り取られた部分に、髪の毛一本がべったりと食い込むように付着していた。

「どうしてくれんだ？　なあ？　まずは謝れよ。頭下げろ！　なあ？」

すぐに俺は、それが不当なクレーム――この男性客の言いがかりだと察した。髪の毛が付着した箇所は外側の衣ではなく齧り取られた内側の鶏肉。店員が袋詰めする際に本来付着しない部分であると同時に、食い込んでまでいるのは明らかに作為を感じる。

ふと、思いつく。俺にできる唯一のことは、これだ。

いつものように反射的に反論しようとした――が、すぐに横から別の声が上がった。

「接客したのは私ですが、髪の毛を付着させてしまった覚えはありません」

驚愕する。それは台場先輩によって発せられた、明確な反発の声だった。

「前回も、そうでした。お客様はその……埃がついていたとか、味が変だったと言って」

「あァ⁉ 俺のいちゃもんだって言うのかよ！ 客になんて態度だ⁉」

少し怯む台場先輩。おそらくこの男性は常習的な悪質クレーマーなんだろう。そしておそらく台場先輩は、今まで頭を下げて謝ったり、この男性の要求を飲むことしかできていなかった。かつての緑賀一葉や、俺の兄貴のように。

「差し支えなければ毛髪鑑定、してみませんか？」

「台場の言う通りね。お客様、あたしは店長の御流木です。少しよろしいですかー？」

舌打ちして退店していくクレーマー。

その背中を眺めながら、安堵したように表情を緩める店員たち。

俺は開きかけた口をつぐむ。その輪から遠ざかろうとして――。

手に持った給料袋を、ふと思い出す。それを、芽ヶ久里に強引に手渡した。

「……これ、依頼の代金。買い物の、対価」

芽ヶ久里は、濡れた頰を指先で拭う。何度も何度も、かぶりを振ってきた。

「……そんなの、受け取れません……」

「なら、ここに還元してください」

「ここ……？　ここって……」

「……決まっているでしょう。ここはコンビニです。買い物をする、場所なんですから」

台場先輩と芽ヶ久里の顔を交互に見た。その二人が共に前へ進めることを願って笑う。

「コンビニで買えないものは、きっとありませんから」

俺は頭の上に手を伸ばす。しかし、空振りに終わった。いつもの癖で帽子を触ろうとしたが、稲熊さんと揉み合いになった末、海に落としていたんだった。

きまりが悪かったが、あらたまって言う。

「今まで、お世話になりました」

頭を丁寧に下げて、振り返らずにそのまま店の出入り口へ。ふとイートインコーナーに目をやると、あのくたびれた探偵の鳥栖炉さんが紙コップ片手にこちらを半笑いで見ていた。

まるでこうなった俺を待っていたかのようだった。どこか何かを見極めるような眼差し。

それを嫌って、そそくさと立ち去ろうとする。しかしその瞬間、いくつもの声が響いた。

「ハルクン！　ハルクンのおかげで私、謝るばかりじゃないって、思えたから！　あのときのヨウちゃんのような思いをさせたくない、したくないって、思ったから……！」

「春紅さん……！　ありがとうございました！　私、ここで頑張って働いて、誰も苦しい思いをしなくていいコンビニを、買い物できる場所を目指しますから……！」

「ま、春紅が来てからクレームも減ったしね？　司水も以前よりあたしの話聞くようになったしね？　最後くらい褒めてあげるさ。ってか、春紅の最後の日に、司水はなんでこないかな……一番アイツがシフト一緒に入っていただろうに」

再度会釈して、あらためて店内を見渡す。一ヵ月に満たなかったが、その光景が――。なぜだか――。なぜだろう。ここではもう買い物なんて終わったはずなのに。

足取りが重い。手動扉すら、やけに重たく感じる。

扉の先に出たとき、それは少しだけ軽くなった。身も心も次第に楽になって――。

そして俺は、また一人になった。


『――次のニュースです。昨夜未明、横浜市の美術館に何者かが侵入し、貴重な絵画十三点と宝飾品二十六点が盗難される事件が発生しました。関係者によると、事件の三日前に犯行予告文のようなものが美術館に届けられたということで、その文末には〝raiu〟――』

俺はイヤホンを外す。待ち合わせまでネット動画でニュースを聞いていたが、飽きた。

気怠く視線を店の外へ移す。アクアマート湯河《ゆがわ》店――県の南西部に位置するコンビニは、泉河店周辺と比べれば山の麓《ふもと》にあったため、自然が広がるのどかな場所だった。

のどかで、退屈だった。心に穴がぽっかりと空いたような、言い知れぬ虚無感。まばらに降り積もっていく雪をボーッと眺めながら、これは今晩相当積もることを予感する。

さて、新しい依頼人との待ち合わせ時間まで、あと十分。

そこで、来店音が聞こえてくる。なんの気なしに出入り口の方を向くと――。

「浮かない顔をしているわね」

すらっとした青色のロングコート姿。腰まで伸びた長く艶のある黒髪をファサッと指先で揺らし、かかっていた氷雪を散らすその人物には、紛れもなく見覚えがあった。

「慣れ親しんだ場所から離れて、寂しいのかしら」

煽るように言われて、そこで胸の辺りに緊張が走る。

「……何、やってるんだ、こんなところで」

彼女はいつものように不敵に微笑んで、肩にかけていたバッグからつばのある帽子を取り出した。フクロウの絵が真ん中に入った、茶色の――。

俺が海に落としてなくした帽子とおそらくは同じメーカーのものだった。

それを俺の胸に託すように押しつけてくる。

「勘違いしないで。何かを貰う以上、何かを渡さないと気が済まない生い立ちなの」

「え?」

「依頼よ、依頼。君……コンビニのことならなんでも解決してくれる探偵なのよね?」

「……まさか」

「ええ、私が依頼人。匿名で悪かったわね。また、驚かせてみたかったの」

「なんで……そんな……」

「これから、この私――司水美優が売ってあげると言っているのよ、極上の謎をね」

鼓動が早くなる。目を見開いたまましばらく硬直する。

気づいたら、口元が緩んでいた。

俺は告げる。そっと吐露する。それは自分にとっても思いがけない返答だった。

「ありがとう――司水」

途端顔が真っ赤になる彼女。それでも彼女は鼻を鳴らして、尊大に構えた。

「今度の依頼は、怪盗よ。巷を騒がす怪盗が、コンビニに奇怪な犯行予告を出したの」

後ろで手を組みながら、俺を上目遣いで見てくる。挑発的な眼差しだった。

「果たして、君にこのミステリーが買えるかしら?」

吹っ切れたように、俺はその帽子を被り直した。深く、今度こそ離れないように。

「そのミステリー、私が買いましょう」

店を出た。目に飛び込んできたのは、一面真っ白の雪景色――。

遠くの方で、ふいにホーホーという独特な低い鳴き声が重なって聞こえてきた。

フクロウが二羽、羽ばたいている。

本書は書き下ろしです。
この物語はフィクションです。実在の人物・団体とは一切関係ありません。

〈著者紹介〉
秋保水菓（あきう・すいか）
1994年、神奈川県生まれ。2018年、第56回メフィスト賞受賞作『コンビニなしでは生きられない』でデビュー。高校1年よりコンビニエンスストアに勤務、現在に至る。

謎《なぞ》を買《か》うならコンビニで

2021年8月12日　第1刷発行　　定価はカバーに表示してあります

著者……………………………秋保水菓《あきうすいか》

発行者…………………………鈴木章一
発行所…………………………株式会社 講談社
〒112-8001 東京都文京区音羽2-12-21
編集03-5395-3510
販売03-5395-5817
業務03-5395-3615

KODANSHA

本文データ制作……………講談社デジタル製作
印刷……………………………豊国印刷株式会社
製本……………………………株式会社国宝社
カバー印刷…………………株式会社新藤慶昌堂
装丁フォーマット…………ムシカゴグラフィクス
本文フォーマット…………next door design

ISBN978-4-06-523528-7　N.D.C.913　328p　15cm

講談社
タイガ

柾木政宗

ネタバレ厳禁症候群

〜 So signs can't be missed! 〜

イラスト
おみおみ

女子高生探偵のアイと助手のユウは、ひょんなことから遺産相続でモメる一族の館へ。携帯の電波が届かない森の中、空一面を覆う雨雲……外界から閉ざされた館で発見されたのは男の刺殺体だった。遺体に乗った巨大な鶴《つる》の銅像と被害者の異様な体勢、それらが意味するものとは？　謎解きの最中に第二の不可解な殺人も発生。さらには二人にも魔の手が。やりたい放題ミステリ開幕！

講談社タイガ

望月拓海

透明なきみの後悔を見抜けない

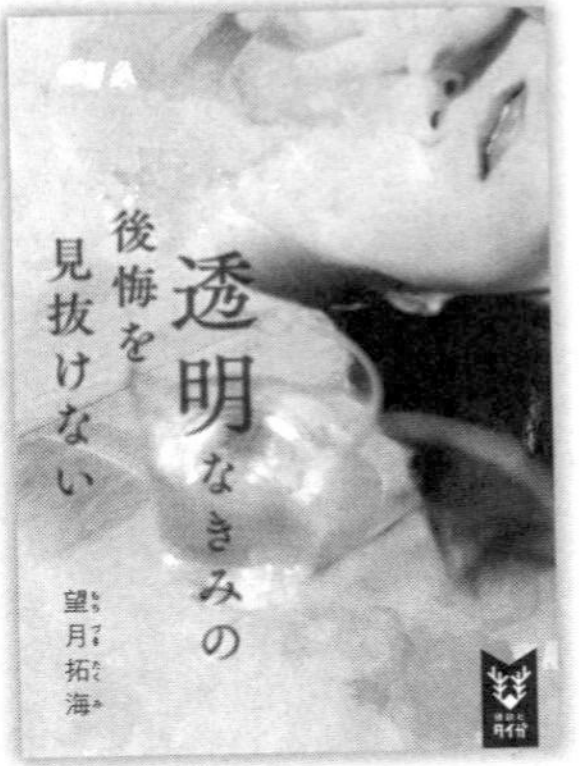

気がつくと駿府《すんぷ》公園の中央広場にいた。ぼくは——誰なんだ？　記憶を失ったぼくに話しかけてきた、柔らかな雰囲気の大学生、開登《かいと》。人助けが趣味だという彼と、ぼくは失った過去を探しに出かける。心を苛《さいな》む焦燥感。そして思い出す。ぼくは教師で、助けたい子がいるんだ！　しかしぼくの過去には驚きの秘密が……。本当の自分が見つかる、衝撃と感動が詰まった恋愛ミステリー。

講談社タイガ

芦沢 央　阿津川辰海　木元哉多
城平 京　辻堂ゆめ　凪良ゆう

非日常の謎
ミステリアンソロジー

イラスト
南波タケ

今、新型コロナウィルスにより「日常」が脅《おびや》かされています。ですが、そんな非日常の中でも、大切な日常は続いていきます。いえ、日常を守り続けていくことこそが、私たちの戦いでしょう。

そこで「日常の謎」ではなく、日々の生活の狭間、刹那《せつな》の非日常で生まれる謎をテーマにアンソロジーを編むことにしました。物語が、この「非日常」を乗り越える力となることを信じて——。

《最新刊》

謎を買うならコンビニで

秋保水菓

お金を出してまでコンビニの謎を集めて解く少年探偵が、店のトイレで起きた店員の不審死の謎と周辺で連続する猟奇的強盗殺人の犯人に迫る。

NIGHT HEAD《ナイトヘッド》 2041（上）

飯田譲治 協力 梓 河人

超能力が否定された世界で迫害され〝逃げる霧原兄弟〟。国家保安隊員として能力者を〝追う黒木兄弟〟。翻弄される２組の兄弟の運命は……？

探偵は御簾《みす》の中
鳴かぬ螢《ほたる》が身を焦がす

汀こるもの

ヘタレな検非違使別当《けびいしべっとう》（警察トップ）の夫に殺人容疑!?　鴛鴦《おしどり》夫婦の危機に頭脳明晰《めいせき》な妻が謎に挑む。泣ける、ときめく平安ラブコメミステリー。